Wie het mooist valt

www.meulenhoff.nl

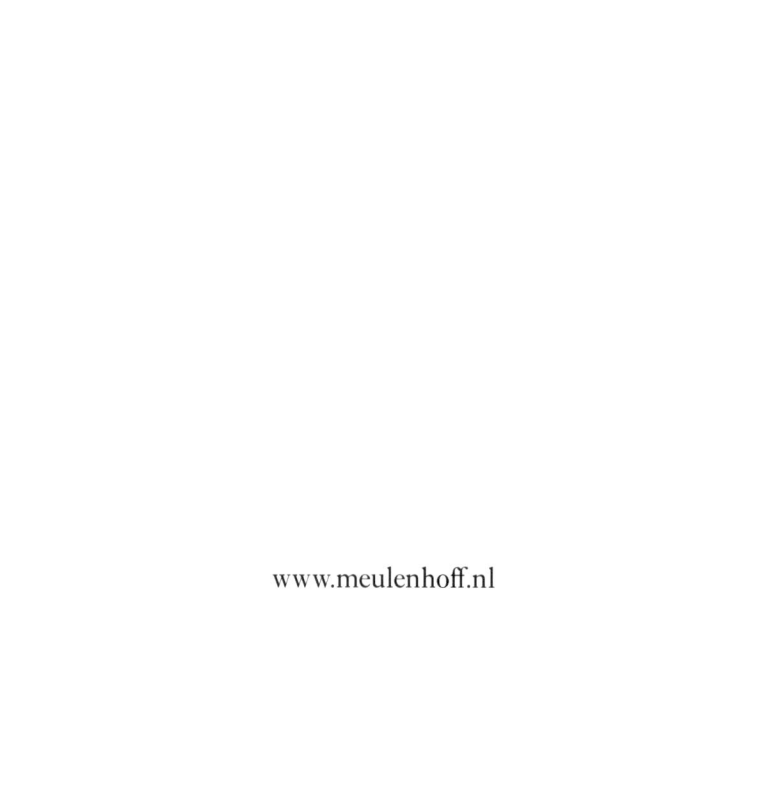

Sara Nović

Wie het mooist valt

Roman

Uit het Engels vertaald door
Maaike Bijnsdorp en Lucie Schaap

Ongecorrigeerd vooruitexemplaar –
niet bestemd voor verkoop

MEULENHOFF

isbn 978-90-290-9188-6
isbn 978-94-023-0929-4 (e-book)
nur 302

Oorspronkelijke titel: *Girl at War*
Oorspronkelijke uitgever: Random House, an imprint and division of Random House LLC, a Penguin Random House Company, New York
Omslagontwerp: Kelly Blair en Pinta Grafische Producties
Omslagbeeld:
Zetwerk: Steven Boland

© 2015 Sara Nović. All rights reserved.
Nederlandstalige uitgave © 2017 Maaike Bijnsdorp, Lucie Schaap en Meulenhoff Boekerij bv, Amsterdam

Wie het mooist valt is een fictief verhaal. Namen, personages, plaatsen en gebeurtenissen zijn ofwel door de auteur verzonnen ofwel in een fictieve context gebruikt. Alle overeenkomsten met bestaande gebeurtenissen en personen, levend of dood, berusten op toeval.

Niets uit deze uitgave mag openbaar worden gemaakt door middel van druk, fotokopie, internet of op welke andere wijze ook, zonder voorafgaande schriftelijke toestemming van de uitgever.

*Voor mijn familie
en voor A*

Ik was naar Joegoslavië gekomen om het vlees en bloed van de geschiedenis te doorgronden. Wat ik nu zag, was dat de ondergang van een rijk ertoe kon leiden dat een wereld vol sterke mannen en vrouwen en copieuze maaltijden en koppige wijn niettemin een schimmenspel kon lijken: dat een in elk opzicht voortreffelijke man bij een vuurtje zijn handen kon zitten warmen in de ijdele hoop een kilte te verdrijven die niet in het vlees huisde.
– Rebecca West, *Black Lamb and Grey Falcon*

Voor mijn ogen vermengen zich beelden van paden door velden, oeverlanden en bergweiden met de beelden van verwoesting, en pervers genoeg zijn het de laatste, en niet de volkomen irreëel geworden idylles uit mijn vroege jeugd, die bij mij een soort vaderlandsgevoel oproepen.
– W. G. Sebald, *Luftkrieg und Literatur*

I
Allebei neer

1

In Zagreb begon de oorlog om een pakje sigaretten. Er waren spanningen aan voorafgegaan, geruchten over onlusten in andere steden waarover ik volwassenen had horen fluisteren, maar nog geen explosies, niets onverholens. In Zagreb, dat ingeklemd ligt tussen de bergen, is het 's zomers zinderend heet. Tijdens de warmste maanden verliet vrijwel iedereen de stad en trok naar de kust. Zolang ik mij kon herinneren hadden wij de vakantie samen met mijn peetouders in een vissersdorpje in het zuiden doorgebracht. Maar de Serviërs hadden de wegen naar de kust afgezet, dat zei iedereen tenminste, dus bleven we voor het eerst van mijn leven de hele zomer thuis.

In de stad voelde alles klam aan. Deurgrepen en tramstangen waren glibberig van het zweet van andere mensen en de etensgeuren van de vorige dag bleven hardnekkig hangen. We gingen onder de koude douche staan en liepen in ons ondergoed door het huis. Als ik onder het stromende koele water stond, stelde ik me voor dat mijn vel siste en de stoom ervan afsloeg. 's Nachts lagen we boven op de lakens in afwachting van een onrustige slaap en koortsachtige dromen.

In de laatste week van augustus werd ik tien, wat gevierd werd met kleffe taart en overschaduwd werd door hitte en onrust. Mijn ouders nodigden hun beste vrienden, mijn peetouders Petar en Marina, uit om dat weekend te komen eten. Het huisje waar we anders altijd 's zomers verbleven was van Petars opa. Mijn moeder was lerares en dankzij haar lange zomervakantie konden we drie maanden weg. Mijn vader kwam later na met de trein. Dan woonden we met zijn vijven op de kliffen aan de Adriatische Zee. Nu we noodgedwongen in het binnenland zaten, waren onze gezamenlijk weekendmaaltijden veranderd in een krampachtig toneelstukje waarin we de schijn ophielden dat er niets aan de hand was.

Voordat Petar en Marina er waren, had ik met mijn moeder ruzie over het aantrekken van kleren.

'Je bent geen dier, Ana. Aan tafel draag je een korte broek, anders krijg je niets.'

'In Tiska heb ik ook altijd alleen maar mijn bikinibroekje aan,' zei ik. Mijn moeder keek alleen maar streng en ik kleedde me aan.

Die avond konden de volwassenen het er als gewoonlijk niet over eens worden hoelang ze elkaar nou precies kenden. Ongeacht mijn eigen leeftijd kreeg ik al jaren te horen dat ze bevriend waren geraakt toen ze zelfs nog jonger waren dan ik nu en na een klein uur en een fles FeraVino lieten ze het daar doorgaans bij. Petar en Marina hadden geen kinderen met wie ik kon spelen, dus zat ik met mijn zusje op schoot aan tafel naar hen te luisteren terwijl ze elkaar probeerden af te troeven met hun oudste herinnering. Rahela was pas acht maanden oud en was nog nooit aan de kust geweest, dus vertelde ik haar over de zee en ons bootje. Ze lachte toen ik vissenbekken voor haar trok.

Na het eten riep Petar me bij zich en gaf me wat dinars. 'Laat maar zien of je je eigen record kan verbreken,' zei hij. Het was een spelletje van ons; ik rende naar de kiosk om sigaretten voor hem te kopen en hij klokte mijn tijd. Als ik mijn eigen record verbeterde, mocht ik wat van het wisselgeld houden. Ik propte het geld in de zakken van mijn afgeknipte broek en schoot weg, de trap af, negen verdiepingen naar beneden.

Ik wist zeker dat ik een nieuw record zou halen. Ik had mijn route geperfectioneerd, wist hoe ik de hoeken om gebouwen zo strak mogelijk kon nemen en hobbels in de zijstraten moest ontwijken. Ik kwam langs het huis met het grote oranje 'Pas op voor de hond'-bord (hoewel er zover ik wist nooit een hond had gewoond), sprong een betonnen trapje af en week uit voor de vuilcontainers. Met ingehouden adem rende ik onder een stenen poort door waar het altijd naar pis stonk en sjeesde de open stad in. Ik omzeilde de grootste kuil voor de kroeg waar de dagdrinkers rondhingen en remde iets af bij de oude man die aan zijn klaptafel gestolen chocola verkocht. De rode luifel van de krantenkiosk wenkte wapperend in een zeldzaam briesje als een vlag bij de eindstreep.

Ik zette mijn ellebogen op de toonbank om de verkoper te laten weten dat ik er was. Meneer Petrović kende me en wist wat ik wilde, maar vandaag leek zijn lach meer op een grimas.

'Wil je Servische of Kroatische sigaretten?' Het klonk onnatuurlijk zoals hij die twee nationaliteiten benadrukte. Ik had mensen op het nieuws op die manier over Serviërs en Kroaten horen praten naar aanleiding van de gevechten in de dorpen, maar niemand had ooit rechtstreeks zoiets tegen me gezegd. En ik wilde niet de verkeerde sigaretten kopen.

'Mag ik alstublieft die die ik altijd heb?'

'Servische of Kroatische?'

'U weet wel. Die met de gouden wikkel.' Ik probeerde om zijn dikke lichaam heen te kijken en wees naar de plank achter hem. Maar hij lachte alleen maar en gebaarde naar een andere klant die me spottend aankeek.

'Hé!' Ik probeerde weer de aandacht van de verkoper te trekken, maar hij negeerde me en gaf de volgende klant zijn wisselgeld. Ik had de wedstrijd al verloren, maar toch rende ik zo snel ik kon terug naar huis.

'Meneer Petrović vroeg of ik Servische of Kroatische sigaretten wilde,' zei ik tegen Petar. 'Ik wist niet wat ik moest zeggen en toen gaf hij me niets. Het spijt me.'

Mijn ouders keken elkaar aan en Petar gebaarde dat ik bij hem op schoot moest komen zitten. Hij was groot, langer dan mijn vader, en had een rode blos van de warmte en de wijn. Ik klom op zijn brede bovenbeen.

'Geeft niets,' zei hij, en hij klopte op zijn buik. 'Ik heb toch te veel gegeten om nog te roken.' Ik haalde het geld uit mijn broekzak en gaf het terug. Hij stopte een paar dinarmunten in mijn hand.

'Maar ik heb niet gewonnen.'

'Klopt,' zei hij. 'Maar daar kon jij niets aan doen.'

Die avond kwam mijn vader de woonkamer binnen, waar ik sliep, en ging op de kruk van de oude piano zitten. De piano hadden we van een tante van Petar geërfd. Marina en hij hadden er geen plek voor, maar wij hadden geen geld om hem te laten stemmen en de eerste octaaf was zo vals dat alle toetsen dezelfde vermoeide toon produceerden. Mijn vader zat zoals vaker zenuwachtig met zijn been te wiebelen en ik hoorde zijn voet op de maat de pedalen indrukken, maar de toetsen raakte hij niet aan. Na een tijd stond hij op en ging op de leuning van de bank zitten, waarop ik lag. Binnenkort zouden we een matras gaan kopen.

'Ana? Ben je wakker?'

Ik probeerde mijn ogen open te doen, voelde ze heen en weer schieten onder mijn oogleden.

'Jawel,' wist ik uit te brengen.

'Filter 160. Dat zijn Kroatische. Nou weet je het voor de volgende keer.'

'Filter 160,' zei ik. Ik knoopte het goed in mijn oren.

Mijn vader drukte een kus op mijn voorhoofd en wenste me goedenacht. Even later merkte ik dat hij nog in de deuropening stond, waardoor hij met zijn lichaam het licht uit de keuken tegenhield.

'Als ik erbij geweest was,' fluisterde hij, maar ik wist niet zeker of hij het tegen mij had, dus hield ik mijn mond. Verder zei hij niets.

De volgende ochtend hield Milošević een toespraak op tv. Ik moest om hem lachen. Hij had grote oren en een dik, rood gezicht met hangwangen als een treurige buldog. Hij sprak met een nasaal accent, heel anders dan de zachte, hesige stem van mijn vader. Hij keek kwaad en bonkte met zijn vuist op de maat van zijn toespraak. Hij zei iets over het land zuiveren, wat hij steeds weer herhaalde. Ik had geen idee waar hij het over had, maar terwijl hij sprak en met zijn vuist sloeg liep hij alsmaar roder aan. Daar moest ik om lachen. Mijn moeder stak haar hoofd om de hoek om te zien wat er zo grappig was.

'Zet dat uit.' Ik voelde dat ik een kleur kreeg. Ik dacht dat ze boos op me was omdat ik zat te lachen om iets wat kennelijk een belangrijke toespraak was. Maar haar trekken verzachtten snel. 'Ga maar buiten spelen,' zei ze. 'Ik wil wedden dat Luka al op het plein is.'

Luka was mijn beste vriend. Die zomer fietsten we van 's ochtends vroeg tot 's avonds laat over het stadsplein en speelden potjes straatvoetbal met klasgenootjes die we daar tegenkwamen. We waren zongebruind en besproet en zaten steevast onder de grasvlekken. Nu we nog maar een paar weken vrijheid in het verschiet hadden voordat school weer zou beginnen, trokken we er nog vroeger op uit en bleven nog langer buiten, vastbesloten geen seconde van de vakantie te verspillen. Ik haalde hem op onze vaste fietsroute in. We fietsten samen verder, waarbij Luka af en toe zijn voorwiel in dat van mij liet zwenken zodat we bijna vielen. Dat was een van zijn lievelingsgrapjes en hij moest aan een stuk door lachen, maar ik was met mijn gedachten nog steeds bij Petrović. Op school was ons verteld dat we geen acht moesten slaan op onderscheidende etnische kenmerken, hoewel je makkelijk genoeg iemands afkomst kon herkennen aan de hand van diens achternaam. In plaats daarvan leerden we pan-Slavische leuzen opdreunen: '*Bratstvo i jedinstvo*!' Broederschap en eenheid. Nu leek het alsof de verschillen tussen ons er misschien toch toe deden. Luka's familie kwam oorspronkelijk uit Bosnië, een gemengde staat, een verwarrende derde categorie. Serviërs schreven in het Cyrillisch en Kroaten in het Latijnse alfabet, maar in Bosnië deden ze het allebei. De gesproken verschillen waren zelfs nog miniemer. Ik vroeg me af of er ook speciale Bosnische sigaretten bestonden en of Luka's vader die rookte.

Toen we op het Jelačićplein aankwamen, was het er druk. Ik had meteen door dat er iets aan de hand was. In het licht van deze nieuwe Servisch-Kroatische tweedeling leek alles, zelfs het standbeeld van Ban Jelačić met getrokken zwaard, een aanwijzing voor de spanningen die ik niet had zien aankomen. Tijdens de Tweede Wereldoorlog had het zwaard van de landvoogd in een verdedigend gebaar naar de Hongaren gewezen, later hadden de communisten het beeld in het kader van het neutraliseren van nationalistische symbolen verwijderd. Luka en ik hadden toegekeken toen na de laatste verkiezingen mannen met touwen en zware apparaten Jelačić weer op zijn post hadden gezet. Nu keek hij naar het zuiden, naar Belgrado.

Het Jelačićplein was altijd een populaire ontmoetingsplaats, maar vandaag dromden er opvallend veel mensen onrustig rond de sokkel van het standbeeld en bij een verzameling busjes en tractoren die midden op de keitjes van het plein stonden, waar normaal gesproken geneens auto's mochten rijden. Laadbakken puilden uit met koffers, tassen, kisten en allerlei losse huishoudelijke artikelen die ook her en der over het plein verspreid lagen.

Het deed me denken aan het zigeunerkamp waar we eens op weg naar het graf van mijn grootouders in Čakovec langsgereden waren; een stoet woonwagens met aanhangers met daarin geheimzinnige apparaten en gestolen kinderen.

'Ze gieten zuur in je ogen,' waarschuwde mijn moeder me later, toen ik zat te wiebelen op de kerkbank terwijl mijn vader kaarsen aanstak en bad voor zijn ouders. 'Blinde bedelaartjes vangen drie keer zoveel als ziende.' Ik pakte haar hand vast en was de rest van de dag muisstil.

Luka en ik sprongen van de fiets en liepen aarzelend naar al die mensen en hun bezittingen. Maar hier waren geen kampvuren en circusacts, er was geen muziek. Dit waren niet de rondtrekkende mensen die ik aan de rand van de noordelijke dorpen had gezien.

Het kamp was vrijwel uitsluitend van koorden gemaakt. Stukken touw, garen, schoenveters en repen stof van verschillende dikte waren in een dichte wirwar van auto's naar tractoren naar bergen bagage getrokken. Daar overheen hingen lakens, dekens en grotere kledingstukken die provisorische tenten vormden. Luka en ik keken afwisselend naar elkaar en naar de vreemdelingen. We wisten niet hoe dat wat we zagen heette, maar begrepen wel dat het niets goeds te betekenen kon hebben.

Rondom het kampement stonden flakkerende kaarsen naast dozen waarop iemand had geschreven: 'Bijdragen voor de vluchtelingen.' Vrijwel iedereen die langsliep deed iets in een doos, sommigen leegden hun hele zak.

'Wat zijn dat voor mensen?' fluisterde ik.

'Ik weet het niet,' zei Luka. 'Moeten we ze ook iets geven?'

Ik haalde Petars dinars tevoorschijn en gaf ze aan Luka. Zelf durfde ik niet te dichtbij te komen. Luka had ook wat losgeld op zak. Ik hield zijn fiets vast terwijl hij ons geld in een doos deed. Toen hij vooroverboog werd ik overvallen door een angst dat de touwenstad hem zou verzwelgen, zoals ranken die tot leven komen in een enge film. Toen hij zich omdraaide, duwde ik zijn stuur naar hem toe waardoor hij een paar passen achterwaarts struikelde. Bij het wegfietsen voelde ik een knoop in mijn maag, waarvan ik pas jaren later hoorde dat die *survivor's guilt* wordt genoemd.

Mijn klasgenootjes en ik speelden vaak een potje voetbal aan de oostkant van het park, waar minder bobbels in het gras zaten. Ik was het enige meisje dat voetbalde, maar soms kwamen er ook andere meisjes naar het veld om touwtje te springen en te kletsen.

'Waarom draag jij jongenskleren?' vroeg een meisje met een paardenstaart me eens.

'In een broek kun je beter voetballen,' zei ik. De echte reden was dat het de kleren van mijn buurjongen waren en we geen geld voor iets anders hadden.

We begonnen verhalen te verzamelen. Ze begonnen altijd met een ingewikkelde uitleg over wie wie hoe kende – de achterneef van mijn beste vriend, de baas van mijn oom – en wie de bal tussen de geïmproviseerde (en eindeloos onderhandelbare) doelpalen wist te schieten mocht als eerste zijn verhaal vertellen. Er ontstond een onuitgesproken wedstrijd in gruwelijkheid, met als winnaar degene die met de meeste verbeelding de opgeblazen hersenen van zijn verre kennissen kon beschrijven. Stjepans neven hadden gezien hoe een mijn het been van een jongetje uiteen had laten spatten. Nog een week lang hadden er stukjes vel tussen de stoeptegels gezeten. Tomislav had een verhaal gehoord over een jongen die in Zagora door een scherpschutter in zijn oog was geraakt. Zijn oogbal was waar iedereen bij stond uitgelopen als een te zachtgekookt ei.

Thuis liep mijn moeder door de keuken te ijsberen terwijl ze met vrienden in andere steden belde, waarna ze uit het raam ging hangen en het nieuws doorgaf aan het tegenoverliggende flatgebouw. Ik kwam dichterbij staan wanneer ze met de vrouwen aan de andere kant van de waslijn de oplopende spanningen aan de oevers van de Donau besprak en zoog zoveel mogelijk informatie op voordat ik ervandoor ging op zoek naar mijn vrienden. We vormden een spionnennetwerk dat de hele stad bestreek, speelden alles door wat we opvingen en herhaalden verhalen over slachtoffers die steeds minder ver van ons af stonden.

Op de eerste schooldag ontdekte onze juf bij het nalopen van de presentielijst dat we niet compleet waren.

'Weet iemand waar Zlatko is?' zei ze.

'Misschien terug naar Servië, waar hij hoort,' zei Mate, een jongen die ik nooit had kunnen uitstaan. Een handjevol kinderen gniffelde en onze juf gebaarde dat ze stil moesten zijn. Naast me stak Stjepan zijn hand op.

'Hij is verhuisd,' zei Stjepan.

'Verhuisd?' De juf bladerde door wat vellen op haar klembord. 'Weet je het zeker?'

'Hij woonde bij mij in het gebouw. Twee dagen geleden zag ik hem en zijn familie grote koffers in een busje laden. Hij zei dat ze weg moesten voordat de luchtaanvallen zouden beginnen. Ik moest iedereen de groeten doen.' Bij het horen van dit nieuws ging er een opgewonden geroezemoes door de klas.

'Wat is een luchtaanval?'

'Wie wordt dan nu onze keeper?'

'Opgeruimd staat netjes!'

'Kop dicht, Mate,' zei ik.

'Stilte!' zei de juf. En we hielden onze mond.

Een luchtaanval, legde ze uit, was wanneer vliegtuigen over steden vlogen en gebouwen probeerden plat te bombarderen. Ze tekende met krijt plattegronden waarop ze schuilkelders aangaf en somde de dingen op die onze ouders en wij mee de kelders in moesten nemen: een kortegolfradio, een kan met water, een zaklamp, batterijen voor de zaklamp. Ik begreep niet welke vliegtuigen welke gebouwen wilden platgooien of hoe je een goed vliegtuig van een verkeerd vliegtuig kon onderscheiden, al was ik wel blij met de opschorting van de gebruikelijke les. Maar al snel veegde ze het bord weer schoon, zodat er een boze wolk stof uit de wisser opvloog. Met een zucht alsof ze geen geduld had voor luchtaanvallen sloeg ze de neergestreken krijtstof uit de plooien van haar rok. We gingen verder met staartdelingen en kregen geen gelegenheid om vragen te stellen.

Het gebeurde toen mijn moeder me eropuit had gestuurd voor een boodschap. Ik moest melk halen, die verkrijgbaar was in gladde plastic zakken die altijd uit je handen dreigden te glippen als je ze wilde vastpakken of probeerde er iets uit te schenken. Ik had een kartonnen doos op mijn stuur bevestigd om mijn onhandelbare vracht te vervoeren. Maar in alle winkels in de buurt van onze flat was de melk op – er was tegenwoordig steeds meer op in de winkels – en ik had Luka opgetrommeld om te helpen. We breidden ons zoekterrein uit en waagden ons steeds verder de stad in.

Het eerste vliegtuig vloog zo laag dat Luka en ik later eenieder die maar wilde luisteren bezwoeren dat we het gezicht van de piloot hadden kunnen zien. Ik dook ineen, onder me draaide het stuur opzij en ik viel van mijn fiets. Luka, die naar boven was blijven kijken, maar daarbij was vergeten te stoppen met trappen, botste tegen me op, sloeg met zijn gezicht op de grond en haalde zijn kin open aan de straatstenen.

We krabbelden overeind. De adrenaline drukte de pijn weg terwijl we probeerden onze fietsen recht te buigen.

Toen het alarm. Het gruizige gekraak van krakkemikkige geluidsapparatuur. Het geblèr van de sirene, als een vrouw die door een megafoon huilt. We zetten het op een lopen. Dwars de straat over en door de zijsteegjes.

'Welke is het dichtstbij?' riep Luka boven het lawaai uit. Ik haalde me de plattegrond op het schoolbord voor de geest met sterren en pijlen die verschillende routes aangaven.

'Er is er een onder de kleuterschool.' Naast de glijbaan van onze vroegere speeltuin leidde een betonnen trapje naar een stalen deur, driedubbeldik, als een lijvig woordenboek. Twee mannen hielden de deur open en van alle kanten stroomden mensen toe en verdwenen achter elkaar naar beneden de duisternis in. We vonden het maar niets dat onze fietsen onbeheerd overgeleverd zouden zijn aan het naderende onheil en lieten ze zo dicht mogelijk bij de ingang op de grond vallen.

In de schuilkelder rook het naar schimmel en ongewassen lichamen. Toen mijn ogen aan de duisternis gewend waren, keek ik om me heen. Er stonden stapelbedden, bij de deur een houten bank en achter in de hoek een fietsgenerator. Tijdens latere luchtaanvallen zouden mijn klasgenootjes en ik ruziën wie er op de fiets mocht en elkaar met de ellebogen wegduwen zodat we ook een rondje konden trappen om stroom op te wekken voor de lampen in de kelder. Maar de eerste keer viel hij ons nauwelijks op. We keken onze ogen uit naar al die verschillende mensen die uit hun dagelijkse bezigheden gerukt waren en bij elkaar gegooid in een schuilplaats uit de Koude Oorlog. Ik bestudeerde het dichtstbijzijnde groepje: mannen in pak, andere in overal en net zo'n jack als mijn vader had en vrouwen in panty en kokerrok of met een schort voor en een baby op de heup. Ik vroeg me af waar mijn moeder en Rahela waren. In de buurt van onze flat was geen openbare schuilkelder. Ik hoorde Luka mijn naam roepen en ontdekte dat we uit elkaar gedreven waren door een toestroom van nieuwkomers. Ik liep op de tast zijn kant op en herkende hem aan de contouren van zijn warrige bos haar.

'Je bloedt,' zei ik.

Luka veegde met zijn arm over zijn kin en probeerde in het donker de streep bloed op zijn mouw te zien.

'Ik had het al verwacht. Ik hoorde mijn vader er gisteravond over praten.' Luka's vader werkte op de politieacademie, hij was verantwoordelijk voor de training van nieuwe rekruten. Ik was boos dat Luka niets over een mogelijke luchtaanval had gezegd. Hij had zijn arm om de sport van een stapelbedladder geslagen en leek zich hier in het donker best op zijn gemak te voelen.

'Waarom heb je dat niet tegen me gezegd?'

'Ik wilde je niet bang maken.'

'Ik ben niet bang,' zei ik. Dat was ik ook niet. Nog niet.

Weer klonk de sirene, deze keer om het sein veilig te geven. De mannen duwden de deur open en we liepen de trap op zonder te weten wat ons te wachten stond. Buiten de kelder was het nog steeds klaarlichte dag en de zon verblindde me net zozeer als beneden het donker had gedaan. Voor mijn ogen dansten vlekken. Toen ze oplosten, kwam de speeltuin in beeld, precies zoals ik me hem herinnerde. Er was niets gebeurd.

Thuis stormde ik naar binnen en liet ik mijn moeder weten dat er in heel Zagreb geen melk meer te krijgen was. Ze duwde haar stoel naar achteren van de keukentafel, waar ze een stapel werkstukken had zitten nakijken en schoof bij het opstaan Rahela hoger tegen haar borst. Rahela huilde.

'Ben je ongedeerd?' vroeg mijn moeder. Ze sloot me stevig in haar armen.

'Ja, niets aan de hand. We zijn naar de kleuterschool gegaan. Waar was jij met Rahela?'

'In de kelder. Bij de *šupe*.'

De kelder van ons gebouw had twee opvallende kenmerken: het was er vuil en er waren šupe. Ieder gezin had een *šupa*, een houten opslagruimte met een hangslot. Ik duwde graag mijn gezicht tegen de kier tussen de deur en de scharnieren om naar binnen te gluren en een inkijkje te krijgen in de nederigste bezittingen van de andere gezinnen. Wij bewaarden in onze šupa de aardappelen, die bleven in het donker langer goed. De kelder leek me niet echt veilig. Hij had geen dikke metalen deur of stapelbedden of een generator. Maar mijn moeder klonk verdrietig toen ik haar daar later naar vroeg. 'Het is er net zo veilig als overal,' zei ze.

Die avond kwam mijn vader thuis met een schoenendoos vol brede bruine tape die hij had meegepikt van het tramkantoor waar hij een paar dagen per week werkte. Hij plakte grote x'en op de ramen. Ik volgde hem op de voet en drukte de tape nog eens aan om alle luchtbellen eruit te strijken. Op de openslaande deuren naar het balkonnetje bij de woonkamer plakten we een dubbele laag. Het balkon was mijn lievelingsplek. De enkele keer dat ik een steekje teleurstelling voelde nadat ik bij Luka thuis was geweest, waar zijn moeder niet hoefde te werken en hij in een echt bed sliep, liep ik altijd het balkon op, ging op mijn rug liggen, liet mijn voeten over de rand bungelen en hield mezelf voor dat iemand die in een gewoon huis woonde nooit zo'n hoog balkon kon hebben als ik.

Maar nu was ik bang dat mijn vader de deuren zou dichtplakken. 'We kunnen toch nog wel naar buiten?'

'Natuurlijk, Ana. We zekeren alleen de ramen.' De tape moest bij een eventuele explosie het glas bij elkaar houden. 'Niet dat een beetje verpakkingstape zoveel zal uitmaken,' voegde mijn vader er met vermoeide stem aan toe.

2

'Welke kleur zijn wij ook weer?' Ik stond achter mijn vader die de krant las, met mijn kin op zijn schouder, en wees naar een kaart van Kroatië vol rode en blauwe stippen die de strijdende partijen voorstelden. Hij had het me al eens verteld, maar ik bleef ze door elkaar halen.

'Blauw,' zei mijn vader. 'De Kroatische Nationale Garde. De politie.'

'En de rode?'

'*Jugoslavenska Narodna Armija*. Het JNA.'

Ik snapte niet waarom het Joegoslavisch Volksleger Kroatië zou willen aanvallen, waar Joegoslavische mensen woonden, maar toen ik het mijn vader vroeg, sloeg hij alleen maar met een zucht de krant dicht. Ik zag een glimp van de foto op de voorpagina van mannen die met kettingzagen en vlaggen met doodshoofden zwaaiden. Ze hadden een boom omgezaagd die nu dwars over de weg lag, waardoor niemand er meer langs kon. Eronder stond paginabreed in vette letters de kop BOOMSTAMREVOLUTIE!

'Wie zijn dat?' vroeg ik mijn vader. De mannen hadden baarden en droegen allemaal een ander uniform. Ik had al veel militaire parades gezien, maar nooit een waarin JNA-soldaten piratenvlaggen meedroegen.

'Četniks,' zei hij, en hij vouwde de krant op en legde hem op een plank boven de televisie waar ik niet bij kon.

'Wat doen ze met die bomen? En waarom hebben ze een baard terwijl ze in het leger zitten?'

Ik wist dat de baarden belangrijk waren, er werd de laatste tijd namelijk veel geschoren. Overal in de stad werden mannen met iets meer dan eendagsstoppels wantrouwend bekeken door hun gladgeschoren stadgenoten. De vorige week nog had Luka's vader de baard afgeschoren die hij al droeg voordat Luka en ik geboren waren. Hij had het niet over zijn hart kunnen verkrijgen ook zijn snor af te scheren, wat een nogal komisch effect had. De welige haargroei op zijn bovenlip toonde nog maar een schim van het gezicht dat we kenden, waardoor hij continu een verloren indruk maakte.

'Het zijn orthodoxen. In hun kerk laat je je baard staan als je in de rouw bent.'

'Waar treuren ze dan om?'

'Ze willen dat de Servische koning terugkeert op de troon.'

'Wij hebben niet eens een koning.'

'Zo kan hij wel weer, Ana,' zei mijn vader.

Ik wilde er meer van weten – wat een baard te maken had met verdriet, waarom de Serviërs zowel het Joegoslavische leger als de Četniks aan hun kant hadden en wij alleen de oude politiemacht –, maar voor ik daarover kon beginnen zette mijn moeder een kom met ongeschilde aardappels en een mesje voor me neer.

Te midden van alle chaos sloeg Luka aan het analyseren. Hij had er altijd al een handje van gehad me vragen te stellen die ik niet kon beantwoorden, hypothetische kwesties die onze fietstochten voorzagen van eindeloze gespreksstof. Voorheen hadden we het meestal over de ruimte gehad, hoe het mogelijk was dat een ster al uitgedoofd was op het moment dat wij hem zagen vallen, hoe het kon dat vliegtuigen en vogels in de lucht bleven en wij op de grond en of je op de maan alles met een rietje zou moeten drinken. Maar nu was zijn onderzoeksdrift alleen nog maar op de oorlog gericht: wat bedoelde Milošević als hij zei dat het land gezuiverd moest worden en hoe zou een oorlog daarbij moeten helpen als al die ontploffingen er zo'n puinhoop van maakten? Waarom was het water steeds op terwijl de leidingen onder de grond lagen? En stel dat het de bommen waren die de waterleidingbuizen vernielden, waren we dan in onze schuilkelders wel veiliger dan thuis?

Ik had Luka's gevraag en het feit dat hij benieuwd was naar mijn mening altijd heel leuk gevonden. Bij andere vriendjes, de jongens op school, deed hij er meestal het zwijgen toe. En aangezien volwassenen de neiging hadden mijn vragen te ontwijken was het een opluchting dat er tenminste iemand was met wie ik erover kon praten. Maar de maan was ver weg en nu hij kwesties aansneed die zo dicht bij huis speelden, kreeg ik hoofdpijn van het idee dat alle vertrouwde gezichten en straten van de stad puzzelstukjes waren die niet in elkaar bleken te passen.

'Stel dat we bij een luchtaanval omkomen,' zei hij op een middag.

'Nou, tot nu toe hebben ze nog geen gebouwen opgeblazen,' redeneerde ik.

'Maar stel dat het toch gebeurt en een van ons komt om.'

Op de een of andere manier was het vooruitzicht dat alleen

hij dood zou gaan enger dan alles wat ik me tot dan toe had voorgesteld. Ik werd er nerveus van en ritste mijn jas open omdat het zweet me uitbrak. Ik werd zo zelden kwaad op hem dat ik het gevoel bijna niet herkende.

'Je gaat niet dood,' zei ik. 'Dus hou daar nou maar over op.' Ik sloeg onverwachts af en liet hem alleen achter op het Jelačićplein, waar de vluchtelingen hun bezittingen uit de stapels visten en zich opmaakten voor hun volgende etappe.

Een tijdperk van loze alarmen brak aan, in de vorm van luchtalarm of waarschuwingen voorafgaand aan het luchtalarm. Zodra politieverkenners naderende Servische vliegtuigen bespeurden, verscheen er op televisie boven in beeld een tekststrook met een waarschuwing. Er klonken geen sirenes, niemand rende naar de schuilkelders, maar degenen die de waarschuwing hadden gezien, staken hun hoofd om de deur naar de gang en riepen: '*Zamračenje, zamračenje!*' De kreet zweefde door het trappenhuis naar beneden, over waslijnen naar naburige gebouwen, door de straten, en overal gonsde het onheilspellend door de lucht: 'Verduisteren.'

We trokken de rolgordijnen naar beneden over onze met tape beplakte ramen en bevestigden aan de bovenkant repen zwarte stof. Als ik in het donker op de grond zat was ik niet bang, het leek meer op de zenuwkriebels bij een heel spannend spelletje verstoppertje.

'Er is iets niet in orde met haar,' zei mijn moeder op een avond toen we onder de vensterbank zaten. Rahela lag te huilen, maar deed dat eigenlijk al een hele tijd, het leek wel alsof ze niet meer was opgehouden sinds ze er een paar dagen geleden mee was begonnen.

'Misschien is ze bang in het donker,' zei ik, al wist ik dat het dat niet was.

'Ik ga met haar naar de dokter.'

'Er is niks met haar aan de hand,' zei mijn vader op een toon die geen tegenspraak duldde.

In ons gebouw woonde een Servische man die weigerde zijn verduisteringsgordijnen dicht te doen. Hij deed alle lampen in zijn woning aan en uit zijn indrukwekkende gettoblaster klonk keihard pompeuze orkestmuziek van het soort dat in de hoogtijdagen van het communisme populair was geweest. 's Nachts smeekten de andere bewoners hem om beurten zijn licht uit te doen. Ze vroegen hem mededogen te tonen en hen te helpen hun kinderen te beschermen. Toen dat niet hielp, deden ze een beroep op zijn gezonde verstand door te redeneren dat als de flat gebombardeerd zou worden, hij zeker ook om het leven zou komen bij de ontploffing. Hij leek bereid tot dat offer.

In het weekend hingen sommigen van ons op de parkeerplaats rond waar hij op zijn rug onder zijn kapotte Jugo lag en dan jatten we zijn gereedschap en verstopten het in de bosjes. Soms verzamelden we ons 's ochtends voordat school begon op de gang voor zijn flat. Dan drukten we eindeloos lang op de bel en stoven weg als we hem aan hoorden komen sloffen.

De vluchtelingenkinderen verschenen een paar weken na hun aankomst in de stad op school. De leraren hadden geen gegevens over hun niveau en probeerden hen zo evenwichtig mogelijk over de klassen te verdelen. Wij kregen er twee jongens bij die qua leeftijd dicht genoeg bij ons in de buurt leken te zitten om niet uit de toon te vallen. Ze kwamen uit Vukovar en hadden een raar accent.

Vukovar was een kleine stad op een paar uur rijden van Zagreb. In vredestijd had ik er nooit veel over gehoord, maar nu was het plaatsje continu op het nieuws. Mensen verdwenen in Vukovar. Mensen werden onder dreiging van geweld te voet naar het oosten gestuurd. Mensen verdampten tijdens de nachtelijke bombardementen tot bloedrode mist. De jongens hadden het hele eind naar Zagreb gelopen en wilden er niet over praten. Zelfs toen ze al een tijd bij ons waren, bleven ze toch altijd een beetje smoezeliger dan wij en waren de kringen onder hun ogen iets donkerder dan de onze, en we bejegenden hen met een afstandelijke nieuwsgierigheid.

Ze waren ondergebracht in een pakhuis dat we vanwege de verlatenheid ervan vroeger de Sahara plachten te noemen. De oudere kinderen waren er altijd heen gegaan om te kletsen en te roken en in het donker te zoenen. Nu ging het gerucht dat de mensen er op de grond sliepen en dat er maar één wc was, of misschien wel geen, en zeker geen wc-papier. Luka en ik probeerden een paar keer stiekem naar binnen te glippen, maar er stond een soldaat bij de deur die de papieren van de vluchtelingen controleerde.

Al snel begonnen ze ook bij onze flat met het controleren van identiteitsbewijzen. De flatbewoners stuurden om beurten een volwassene naar beneden voor een dienst van vijf uur om de ingang te bewaken in een poging te voorkomen dat een Četnik zou binnenkomen en zichzelf opblies. Op een avond was er ruzie. De mannen buiten schreeuwden zo hard dat we het door de ruiten heen konden horen. Degene die op wacht stond weigerde de Servische buurman binnen te laten.

'Je bent een beest! Je wilt dat ze onze kinderen vermoorden!' schreeuwde de bewaker.

'Helemaal niet.'

'Doe dan goddomme je lichten uit als er verduisterd moet worden!'

'Ik zal jouw lichten eens uitdoen, gore moslim!' zei de Serviër, waarna nog meer gegrom en geschreeuw volgden.

Mijn vader deed het raam open en stak zijn hoofd naar buiten. 'Jullie zijn allebei beesten!' zei hij. 'Wij proberen hier te slapen!' Rahela werd wakker van de herrie en begon weer te huilen. Mijn moeder keek mijn vader woedend aan en liep naar de slaapkamer om mijn zusje uit haar wieg te halen. Mijn vader trok zijn werkschoenen aan en rende naar beneden om te voorkomen dat de ruzie uit de hand zou lopen. Alle politieagenten waren als soldaat ingezet en er was niemand anders die hun werk deed.

'Moet jij straks ook in het leger?' vroeg ik mijn vader.

'Ik ben geen politieagent,' zei hij.

'Stjepans vader ook niet en die moest wel.'

Mijn vader zuchtte en wreef over zijn voorhoofd. 'Kom, dan stop ik je weer in bed.' Hij pakte me met een zwiep op en legde me op de bank.

'Om eerlijk te zijn schaam ik me een beetje, want ik mag niet in het leger. Vanwege mijn oog.'

Mijn vader had één oog dat niet goed werkte. Hij kon geen afstand schatten. Als hij achter het stuur zat, deed hij het slechte oog soms dicht en probeerde turend met het zijn goede oog te schatten hoe ver de andere auto's van hem af waren en hoopte er dan maar het beste van. Hij had geleerd zich op die manier zo goed mogelijk te redden en schepte graag op dat hij nog nooit een ongeluk had gehad. Maar de tot leger omgebouwde politiemacht liet zich niet zo makkelijk overtuigen dat 'er het beste van hopen' een goede tactiek was, met name waar het granaten betrof.

'Voorlopig in elk geval niet. Als er een tekort aan manschappen ontstaat kan ik misschien als monteur of radioman aan de slag, maar niet als echte soldaat.'

'Daar hoef je je toch niet voor te schamen?' zei ik. 'Daar kun je niks aan doen.'

'Maar het zou toch beter zijn als ik het land kon beschermen?'

'Ik ben blij dat je hier kunt blijven.'

Mijn vader boog zich voorover om me een kus op mijn voorhoofd te geven. 'Tja, ik zou je wel missen, denk ik.' Het licht flikkerde en viel toen uit. 'Oké, oké, ze gaat al slapen!' riep hij naar het plafond. Ik giechelde. Hij liep naar de keuken en ik hoorde hem rond stommelen op zoek naar lucifers.

'In de bovenste la bij de gootsteen,' riep ik. Ik deed de lamp uit voor het geval we 's nachts weer stroom zouden krijgen en dwong mezelf in slaap te vallen in de plotselinge stilte van onze flat.

Moderne oorlogsvoering bracht voor ons het onwerkelijke voorrecht met zich mee dat we de vernietiging van ons land op televisie konden volgen. Er waren maar twee zenders en nu er in het oosten met tanks en in loopgraven werd gevochten en de grondtroepen van het JNA zich op minder dan honderd kilometer afstand van Zagreb bevonden, vertoonden beide kanalen alleen nog mededelingen van de overheid, nieuwsuitzendingen en politieke satire – een genre dat was opgebloeid sinds niemand zich meer druk hoefde te maken om de geheime politie. Als er geen televisie of radio in de buurt was of vrienden om het laatste nieuws mee uit te wisselen en je in onwetendheid verkeerde over gebeurtenissen, ervoer je een onrust die als fysieke honger op je maag drukte. Het nieuws werd de achtergrond bij al onze maaltijden, zozeer zelfs dat televisietoestellen tot lang na de oorlog een vaste plek in de keuken van Kroatische huishoudens bleven houden.

Mijn moeder gaf Engels op de technische hogeschool en zij en ik kwamen 's middags ongeveer gelijktijdig thuis, ik vies, zij uitgeput en met Rahela op de arm, die tijdens schooluren bij de oude overbuurvrouw was. We zetten het nieuws aan en mijn moeder gaf Rahela aan mij terwijl zij de pollepel hanteerde om de zoveelste maaltijd van water en wortels en stukken kippenkarkas te bereiden. Ik ging met Rahela op schoot aan de keukentafel zitten en vertelde hun beiden wat ik die dag had geleerd. Mijn ouders waren heel streng wat school betrof, mijn moeder omdat ze had gestudeerd en mijn vader omdat hij niet had gestudeerd. Mijn moeder onderbrak me vaak met een vraag over de tafels of om me woorden te laten spellen, kleine testjes waarvoor ze me soms beloonde met een stukje zoet brood dat ze in het gootsteenkastje bewaarde.

Op een middag werd mijn aandacht getrokken door een speciale uitzending. Ik onderbrak mijn verhaal over de lessen van die dag om de tv harder te zetten. De verslaggeefster hield haar oortje tegen haar hoofd gedrukt en meldde dat er nog ongemonteerde beelden van het zuidelijk front in Šibenik zouden worden getoond. Mijn moeder vloog bij het fornuis vandaan en kwam achter me staan om te kunnen kijken.

Een cameraman sprong met onvaste hand op een uitstekende rots om beter zicht te krijgen op een Servisch toestel dat met brandende motor in zee stortte terwijl de vlammen zich mengden met de zonsondergang van die late septemberdag. Toen vloog rechts ervan een tweede toestel in brand. De cameraman draaide zich om waardoor een Kroatische luchtafweerschutter in beeld kwam die ongelovig naar zijn handwerk wees en riep: '*Oba dva! Oba su pala!*', Allebei! Allebei neer! De rest van die dag en ook verder gedurende de oorlog werden de oba su pala-beelden steeds weer herhaald op de twee zenders. 'Oba su pala' werd een strijdkreet en telkens als het fragment werd uitgezonden of als iemand dat op straat riep of door de muur heen naar de Serviër boven schreeuwde, werden we eraan herinnerd dat we weliswaar slechter bewapend en met minder man waren, maar toch aan de winnende hand.

Die eerste keer dat we het zagen, mijn moeder en ik, klopte ze me op de schouder omdat die mannen Kroatië beschermden en de strijd er niet al te heikel uitzag. Ze lachte, de soep stond op het vuur te dampen en zelfs Rahela huilde even niet, en ik dompelde mezelf onder in mijn fantasie die ik zelfs terwijl ik haar beleefde al herkende als zodanig – dat ik daar in onze flat, bij mijn ouders en mijn zusje, veilig was.

3

'Dat bestaat gewoon niet, dat een dokter op zaterdag tijd voor ons heeft,' zei mijn vader. Mijn moeder negeerde hem en ging door met brood en appels in haar tas stoppen.

'Dokter Ković heeft haar al gebeld. Ze weet dat we komen.' Rahela gaf al twee weken lang over en de afgelopen week had mijn moeder onbetaald verlof genomen van haar werk om in het ingewikkelde web van de communistische gezondheidszorg te duiken. Ze was van arts naar arts gestuurd, kreeg verwijzing op verwijzing; bij de ene arts kon je alleen woensdags terecht, bij de ander alleen op dinsdag en donderdag tussen een en vier. Ze hadden bloedonderzoeken gedaan, röntgenfoto's gemaakt (één arts voor het maken van de foto's, een andere voor het analyseren ervan) en geprobeerd Rahela flesvoeding te geven op basis van een speciale poedervoeding die heel duur en moeilijk verkrijgbaar was. Ze was alleen maar magerder geworden en mijn ouders waakten tegenwoordig de hele nacht bij haar en hielden haar om beurten rechtop vast zodat ze niet zou stikken in haar eigen spuug.

'Maar Slovenië, Dijana. Hoe moeten we dat betalen?'

'Onze dochter is ziek. Het kan me niet schelen hoe we het moeten betalen.' Ik droeg Rahela naar haar kinderzitje in de auto.

In Slovenië had de oorlog tien dagen geduurd. Het grensde niet aan Servië en had geen brede toegang tot de zee en de inwoners hadden niet de verkeerde etniciteit. Nu was Slovenië een vrij land. Een apart land. We reden door de verlaten velden van noord-Kroatië en toen een Sloveense politieagent ons naar een geïmproviseerd douanehokje dirigeerde dat haastig in elkaar was gezet om de nieuwe grens aan te geven, remde mijn vader af. Hij draaide het raampje open en mijn moeder grabbelde in haar tas naar onze paspoorten. In het verleden waren we ook weleens 's winters naar Slovenië gereden voor een dagje in Čatež, een overdekt zwemparadijs net over de grens. Wat raar dat je een paspoort nodig hebt om te gaan zwemmen, dacht ik. De agent bevochtigde zijn duim en bladerde door onze papieren.

'Wat is de reden van uw bezoek?'

'Familievisite,' zei mijn vader. Ik vroeg me af waarom hij niet gewoon de waarheid sprak.

'Hoe lang bent u van plan te blijven?'

'Een dagje maar. Een paar uur.'

'Aha,' zei de agent, en hij grijnsde. Ik herinnerde me de vierkante inktstempels die we hadden gekregen toen we naar Oostenrijk waren gereisd, maar deze man krabbelde alleen iets met pen in onze paspoorten en wuifde ons door.

Ik wist niet wat ik moest verwachten van een compleet nieuw land en constateerde teleurgesteld dat Slovenië er nog net zo uitzag als ik me herinnerde, net zoals Kroatië in de landelijke gebieden buiten Zagreb: vlakke, lege velden met op de achtergrond bergen die nooit dichterbij leken te komen.

'Je weet dat het me niet om het geld gaat,' zei mijn vader, waarmee hij het stilzwijgen verbrak dat hij had volgehouden sinds we van huis waren vertrokken.

'Ik weet het.'

'Ik maak me alleen zorgen.'

'Ik weet het.'

Mijn vader pakte mijn moeders hand en kuste de binnenkant van haar pols. 'Ik weet het,' zei ze.

Naarmate we dichter bij de hoofdstad kwamen, nam de bebouwing toe, dicht opeengepakte woonwijken rondom de stad. In het centrum leek Ljubljana op een kleiner uitgevallen versie van Zagreb, behalve dat de rivier dwars door de stad stroomde in plaats van langs de rand. Het verschil tussen Kroatisch en Sloveens was irritant klein; op de etalageruiten en verkeersborden stonden allemaal woorden die er bekend uitzagen, alleen waren ze niet helemaal goed gespeld, waardoor ze net niet te begrijpen waren.

'Hier zit geen dokterspraktijk,' zei mijn vader toen mijn moeder aangaf dat hij moest afslaan naar een naamloos stratje. Hij sprak overdreven duidelijk, zoals hij altijd deed wanneer hij geïrriteerd was.

'Daar is het.' Mijn moeder wees naar een tweelaags flatgebouw met op de voordeur een opgeplakt rood kruis. Mijn vader zette de auto voor een brandkraan.

'Goedemiddag,' zei de vrouw die ons binnenliet in het Engels. 'Ik ben dokter Carson.' Ik had vanaf de eerste klas Engels, maar vond het een troebele taal met een grammatica die gewoon ter plekke verzonnen leek. Niettemin besloot ik goed op te letten en zoveel mogelijk te begrijpen. Dokter Carson gaf mijn ouders een stevige hand. Door haar voordeur stapte je meteen de woonkamer binnen, waar ze ons liet plaatsnemen op haar bank, een meubelstuk dat te groot was voor de kamer en vol pluizende, gebloemde stoffen kussens lag. Zwart-witfoto's van ziek ogende kinderen die omhelsd werden door Amerikaanse dokters met een brede tandenlach hingen in posterformaat aan de muren. MEDIMISSION stond er in blokletters onder de foto's, gevolgd door allerlei opgewekte leuzen over kinderen en wonderen en de toekomst.

Dokter Carson was dun en blond en had net zo'n gebit als de mensen op de posters, wat voor mij reden was te besluiten haar niet te mogen. De blijmoedigheid op haar gezicht deed me denken aan de manier waarop leraren tegen leerlingen spraken van wie ze dachten dat ze dom waren. Maar ik wist dat ze Rahela's beste kans op herstel was, want al bestond dokter Carsons uniform uit een spijkerbroek, rubberen handschoenen en een stethoscoop, ze had wel betere instrumenten dan alle echte dokterspraktijken in Zagreb.

Ze nam bloed af in haar keuken. 'Het is hier steriel,' zei ze steeds weer, alsof we iets te kiezen hadden. Ik vond het niet fijn Rahela's armpjes op het aanrecht van die vrouw vastgepind te zien liggen, al huilde Rahela niet. Ze had niet meer gehuild sinds we hier waren en zag er moe uit. Ik wendde mijn ogen af en keek naar een foto van een Aziatisch meisje met een halfverbrand gezicht, verwrongen als knoestige boomschors. Ze zat op schoot bij een dokter die een verband bij haar aanlegde.

Dokter Carson deed nog meer tests. Zij en mijn ouders spraken in gebroken talen met elkaar. Mijn moeder tolkte halfsamenhangende brokken informatie voor mijn vader. Op de echo was te zien dat Rahela's nieren niet goed functioneerden. Het leek erop dat ze er mogelijk maar een had, hoewel de beelden zelfs met de nieuwere apparatuur niet eenduidig waren.

'Er zijn betere apparaten voor deze tests, in andere steden,' zei dokter Carson. 'Maar we kunnen beginnen met medicijnen. Om het te stabiliseren.' Mijn moeder bestookte haar met een spervuur aan vragen. Ze spraken nu uitsluitend nog Engels en mijn vader en ik stonden iets afzijdig ongeduldig te schuifelen. Dokter Carson verdween in de keuken om terug te keren met een stapel papier en een glazen potje met rode en blauwe pillen.

'Tweemaal daags. We houden contact.'

Bij de grenscontrole draaide mijn vader het raampje naar beneden en gaf onze paspoorten aan de politieagent, wiens ogen met stijgende nieuwsgierigheid heen en weer gingen tussen onze gezichten en de pasfoto's.

'Weet u zeker dat u daar weer heen wilt?' Hij wees met zijn hoofd naar de grens. In zijn stem klonk iets tussen minachting en oprechte zorg door.

Mijn vader griste onze papieren terug en draaide het raampje zo snel dicht dat ik even bang was dat de hand van de agent ertussen zou komen. Hij opende zijn mond om iets door het raam te zeggen, maar leek zich te bedenken en gaf plankgas zodat we over de grens naar Kroatië schoten.

'Wat is dat nou voor een vraag?' vroeg hij een tijd later met rauwe stem. 'Natuurlijk willen we terug. Natuurlijk gaan we naar huis.'

'Ben je wakker?' Die avond stak mijn vader zijn hoofd om de hoek van de woonkamer. 'Ik heb een verhaal voor je.' Ik ging rechtop op de bank zitten met mijn rug tegen de armleuning. Mijn vader had mijn lievelingsboek bij zich, *Verhalen van lang geleden*. De sprookjes daarin waren heel oud en heel beroemd en het exemplaar dat wij hadden was zo versleten dat we de middelste pagina's er met plakband weer in hadden moeten plakken.

'Welk?'

'Op een dag raakte een jongeling in het bos van Stribor verzeild,' las hij voor. 'Hij wist niet dat het bos betoverd was en dat er allerlei toverwezens woonden, goede en kwade. Het bos zou betoverd blijven tot de juiste persoon het betrad en de betovering zou verbreken, iemand die zijn eigen leven, zelfs met het bijbehorende leed, zou verkiezen boven al het gemak en geluk van de wereld.' Mijn vader klapte het boek dicht en ik deed alsof ik geduldig was, want ik wist dat hij verder zou vertellen, dat hij daarvoor niet de woorden voor zijn neus nodig had.

'De jongeling had hout gehakt en was onderweg naar huis, naar zijn moeder toen' – mijn vader stond op en maakte een sprongetje – 'hij ongemerkt in Stribors rijk belandde. Daar leek alles bedekt te zijn met fonkelende goudvlekjes, alsof overal vuurvliegjes zaten.'

Ik probeerde een plek in Zagreb te verzinnen waar alles schoon en glimmend was, maar de stad was de laatste tijd niet erg betoverend.

'Ook de vrouw die op de open plek voor hem verscheen, schitterde hem toe. Ze was de mooiste vrouw die hij ooit had gezien.'

'Niet!' zei ik. 'Ze hield hem voor de gek!'

'Je hebt gelijk. De vrouw was in werkelijkheid een betoverde slang. Maar dat wist de jongeling niet. Ze verblindde hem opzettelijk met haar schoonheid.'

'Maar zijn moeder zag het wel.'

'Toen de jongeling haar mee naar huis nam, zag zijn moeder meteen dat de vrouw de gespleten tong van een sssssss-slang had!' Mijn vader stak zijn tong uit en siste als een slang. 'De moeder trachtte haar zoon te waarschuwen, maar hij sloeg geen acht op haar. Hij was gelukkig, zei hij beslist. Niet lang daarna trouwde hij met de slangenvrouw.

De nieuwe schoondochter behandelde de moeder van de jongeling heel slecht. De moeder was oud, maar de schoondochter gunde haar geen rust en droeg haar op te koken, schoon te maken en in de tuin te werken. 's Avonds zat de moeder op haar kamer te huilen en te wensen dat er een oplossing was voor haar benarde situatie.'

'En toen?' onderbrak ik het verhaal, mijn lievelingsgedeelte. 'De elfjes!'

'De elfjes hoorden de wanhopige jammerkreet. Ze vlogen midden in de nacht de berg op naar het dorp en door het keukenraam het huis binnen.'

'Hoe zagen ze eruit?'

'Ze werden omgeven door een wolk geel licht en hadden allemaal twee paar vliesdunne vleugels die zo snel fladderden dat je ze amper kon zien! Net als een kolibrie.' Ik had een keer op tv een kolibrie gezien. Die had er veel te zwaar uitgezien om zo in de lucht te kunnen blijven hangen.

'De elfjes tilden de vrouw aan de mouwen van haar nachtpon op en droegen haar het dorp uit, de berg af en tussen de hoge witte eiken door, waar Stribor, de bosheer, hen zat op te wachten. Stribor woonde in een gouden kasteel in de holte van de grootste, sterkste eik…'

'Hoe had hij dat kasteel in een boom gekregen?'

'Tovenarij, Ana. Toen de elfjes de moeder bij zijn boom hadden afgezet, kwam hij naar buiten. "IK BEN STRIBOR, DE heer van het bos! wie is daar?"' baste mijn vader in zijn beste Stribor-imitatie.

"'Ik ben Brunhilda en mijn zoon is getrouwd met de boze slangenvrouw!'" piepte hij.

'Brunhilda?' zei ik. Ik moest lachen om de gekke naam. Mijn vader verzon elke keer een andere.

"'Ah, ja, Brunhilda. Ik ben bekend met je situatie en ik kan je helpen. Zoals je weet ben ik zeer machtig en heb ik vele toverkrachten.'" Mijn vader stak zijn borst vooruit en zette zijn handen in zijn zij. "'Met mijn supertoverkrachten kan ik je laten terugkeren naar je jeugd. Ik zal vijftig jaar van je leeftijd aftrekken zodat je weer jong en mooi zult zijn!'"

De vrouw werd enthousiast bij het idee dat ze weer jong zou zijn en bevrijd uit de klauwen van haar boze schoondochter. Ze knikte instemmend.

En dus pookte Stribor alle tovenarij in het bos op.' Mijn vader zweeg even om dramatische roergebaren te maken. 'En voor hen verscheen een reuzenpoort. Stribor zei tegen de vrouw dat ze terug in de tijd zou gaan als ze erdoorheen zou lopen. De vrouw zette een voet over de drempel, maar plotseling aarzelde ze.

"Wacht! Wat zal er met mijn zoon gebeuren?"

Stribor lachte schamper om die vraag, die hij dom vond. "Hij zal er natuurlijk niet zijn, in je nieuwe leven, in je jeugd."

De vrouw deinsde terug. "Ik wil liever mijn zoon kennen dan als jonge vrouw zonder hem gelukkig zijn," zei ze. En daarmee...' en mijn vader knipte met zijn vingers, 'verdween Stribor en met hem de toverkracht van het bos. De boze schoondochter werd weer een slang. Degene die haar eigen verdriet verkoos boven al het geluk in de wereld had het bos betreden en de betovering verbroken.'

Mijn vader trok de deken op tot mijn kin.

'Begrijp je dat moeilijke dingen soms de moeite waard zijn, Ana?'

'Ik denk het wel.' Ik was ineens heel moe.

'Goed zo.' Mijn vader kuste me op mijn voorhoofd. '*Laku noć*,' zei hij. Hij zette het sprookjesboek terug op de plank en knipte het licht uit terwijl ik wegkroop in de plooien van de bank.

4

Twee dagen later werden er raketten afgevuurd op het presidentiële paleis. Ik zat met de andere kinderen van school in de schuilkelder te wachten op het sein veilig dat ons uit deze duistere, bedompte ruimte zou bevrijden. Er stonden stapelbedden van drie hoog in deze schuilkelder en terwijl we op onze beurt wachtten om op de generatorfiets te mogen, vermaakten we ons door op het bovenste bed te klimmen en eraf te springen, waarbij de klap die onze sneakers op de cementvloer maakten de maat was voor ons succes. Onze juf, die er anders altijd als de kippen bij was om dit soort sportieve uitbarstingen streng te verbieden, maande ons geen botten te breken maar liet ons verder onze gang gaan. Er was blijkbaar iets aan de hand waardoor alles langer dan anders duurde. Ik wierp een zijdelingse blik op de slager, de zelfbenoemde deurwachter, wiens vadsige lichaam in een bloedig schort gehuld was. Uit zijn voorzak stak een draagbare politiescanner en hij stond te fluisteren met de kassière van de winkel naast de zijne. Plotseling draaide hij zich bijna paniekerig om en begon aan de grendels te morrelen. Zijn vlezige handen werkten sneller dan ik ze ooit achter zijn toonbank bezig had gezien.

'Heb jij de sirene gehoord?' vroeg Luka. Dat had ik niet, maar de deur was open en het gedrang van de menigte was sterker dan de spillebeentjes van de kinderen. We wilden trouwens ook niets van de opwinding missen. Mijn klasgenootjes en ik werden tegen elkaar aan gedrukt op weg naar boven, naar het daglicht.

Eerst was er de stank. De aardse lucht van brandend hout, de chemische stank van gesmolten plastic en iets zurigs en onbekends waarvan we later zouden ontdekken dat het mensenvlees was.

Daarna de rook: drie opstijgende zuilen boven het hoger gelegen deel van de stad, breed en dicht en donkerrood.

Nu was het geen opwinding of onrust meer, maar echte angst. Ik voelde me duizelig, alsof iemand een touw om mijn middel had gebonden en alle lucht uit me perste. Ergens achter ons stond onze juf te roepen dat we naar huis moesten gaan. Toch stroomde iedereen die uit de schuilkelder opdook als één man in de richting van de explosie. Ik pakte Luka's hand, een meisje naast me greep mijn T-shirt in een knoedel en de anderen sloten zich ook aan tot onze hele klas een rommelige menselijke keten vormde. Het voelde enger om allemaal apart naar huis te gaan dan om een brandende stad in te lopen.

We kwamen bij de stenen trap naar de bovenstad, naar Banski Dvori. De politie had de trap al afgezet dus drongen we door de menigte volwassenen naar voren en klommen op een betonnen rand om een beter uitzicht te hebben. Mijn vader werkte sommige dagen op het vervoerskantoor in de bovenstad, maar ik wist nu niet meer op welke. Het was ver genoeg bij hem vandaan, hij kon niet gewond zijn. Toch? Door de rook was het niet te zeggen. Ik liet mijn ogen over de gezichten van alle breedgeschouderde mannen in mijn buurt glijden, maar zag hem er niet tussen staan.

Flarden van elkaar tegensprekende mededelingen vlogen ons om de oren:

'Heb je het al gehoord? De president is achter zijn bureau ontploft!'

'Hou toch op! Hij zit al de hele week in een bunker.'

'Heb je het al gehoord? Zijn vrouw was ook in het gebouw!'

Een stem achter ons. 'Zijn jullie hier alleen, kinderen?' Mijn klasgenootjes en ik schrokken van het feit dat iemand tegen ons sprak in plaats van over ons hoofd heen, dezelfde schok die er door ons voer als we betrapt werden op het doorfluisteren van antwoorden op een wiskundetoets. Toen ik me omdraaide zag ik een journalist met een grote microfoon in zijn hand die aan een snoertje in zijn oor stond te friemelen. Hij droeg een grijs mouwloos hesje met een metalige, nylonachtige glans.

'We zijn niet alleen,' zei ik. 'Mijn vader is…'

'Gaat u dat wat aan dan?' onderbrak Luka me, en hij zette zijn borst uit om net zo breed en gewichtig te lijken als de man tegenover hem. De verslaggever, bij wie zich intussen een cameraman had gevoegd om de kinderen te filmen, begon te stamelen.

'Jullie horen thuis te zijn,' zei hij. Zijn bezorgde woorden verrieden een Frans accent. Dat hij een buitenlander bleek te zijn, ontnam hem zijn laatste restje gezag.

'Ga zelf naar huis, *stranac*,' zei ik hierdoor aangemoedigd. Mijn klasgenoten giechelden en ik genoot van de bijval van de andere meisjes, hoe kortstondig misschien ook. Ik voelde me moedig, machtig zelfs.

'Stranac, stranac,' joelden mijn klasgenootjes. Een van hen

gooide een klokhuis dat afketste tegen de dik gevoerde schouder van de journalist.

'Zoek het dan maar uit ook. Voor mijn part worden jullie allemaal weggeblazen, zigeunertuig!' zei hij. Hij gebaarde naar zijn cameraman dat hij een eindje verderop moest gaan staan zodat we niet meer in beeld waren en begon opnieuw met zijn verslag.

Weer klonk de klap van een ontploffing bij het paleis, die door het beton de heuvel af golfde. Onder onze voeten sproot een haarfijn scheurtje op over de volle breedte van de richel waarop we stonden. Naar huis gaan leek opeens niet meer zo'n slecht idee. We gingen ervandoor en Luka en ik holden samen de hoofdstraat af, waarna onze wegen zich scheidden.

'Succes!' riep ik toen we elk een andere kant op renden. Dat sloeg eigenlijk nergens op, maar er kwam net een nieuwe stoet ambulances met loeiende sirenes de hoek om, dus ik kon niet horen of hij nog iets terugriep.

Ik kwam opgewonden en stinkend naar brand thuis en gooide de deur met zoveel kracht open dat ik de deuk die al in de muur erachter zat door eerdere krachtexplosies weer wat dieper maakte.

'Waar zat je?' riep mijn moeder vanuit haar slaapkamer. Ze klonk over haar toeren.

'In de schuilkelder. Heb je niet gehoord wat er met Banski Dvori is gebeurd?'

Ik had verwacht dat ze me in haar armen zou klemmen, zoals na de eerste luchtaanval, maar ze keek me alleen maar aan en zei: 'Je stinkt een uur in de wind, Ana. Waarom kun je niet gewoon met meisjes spelen?' en verdween weer in haar kamer. Ik liep achter haar aan en bleef tegen de deurpost geleund staan. Het leek een vreemde reactie, maar ik vatte het op als een poging om een afgezaagde discussie op te pakken: zij wilde dat ik me bezighield met babbelen en touwtjespringen en koekjes bakken, terwijl ik wilde fietsen, in de Sava zwemmen en voetballen. Ik genoot van het gevoel van opdrogende modder op mijn armen en van de grasvlekken op mijn spijkerbroek, voelde me stoer als mijn kleren sporen vertoonden van mijn activiteiten van de dag. Bijna al mijn spullen, inclusief mijn fiets, waren afdankertjes van een jongen die op de verdieping boven ons woonde. Mijn moeder mocht dan teleurgesteld zijn door mijn jongensachtige neigingen, maar ze kon zich troosten met het feit dat bijna alles wat ik in mijn dagelijks leven nodig had, gratis was.

Het traject van de afdankertjes vormde een ingewikkeld web dat buren en onbekenden door de hele stad heen met elkaar verbond. Ik vroeg me altijd af wie degene was die alles als eerste kocht, stelde me een of andere koninklijke familie aan het begin van de keten voor die stapels kleren kocht en ze via allerlei familienetwerken verspreidde. Op straat zagen we zo nu en dan een bekend kledingstuk bij iemand uit onze vriendenkring, maar de onuitgesproken afspraak was dat je daar nooit iets over zei. In het weekend boenden we 's ochtends vroeg de vlekken uit onze nieuwe oude kleren en wrongen de herinneringen van de ander eruit.

'Er waren ook meisjes bij,' zei ik zacht.

Mijn moeder ging er niet op in, maar liep druk reddend door de kamer. Ze verlegde een stapel werk van haar leerlingen van het nachtkastje naar haar bureau en zette de potloden die in een koffiebeker in de houding stonden rechter. Het was een duidelijk teken dat er iets mis was. Ik had Rahela al op mijn moeders bed zien liggen, maar keek nu wat beter. Ze zat tegen een stapel kussens geleund en op haar slabbetje zaten rode vlekjes.

'Is dat bloed, mama?'

Rahela hoestte en het kwijl dat uit haar mondje liep was onheilspellend roze.

'Dat komt door het nieuwe medicijn. Dokter Carson had er al voor gewaarschuwd.'

'Betekent dat dat het werkt?' vroeg ik. Mijn moeder sloeg de la van haar commode met een klap dicht.

Toen mijn vader thuiskwam, maakten mijn ouders ruzie. Ze riepen dingen over doktersrekeningen en de grens overgaan, over Banski Dvori en schuilkelders en Amerika. Ze riepen dingen over Rahela en mij.

Ik liep met Rahela in mijn armen door de kamer. Het geschreeuw drong door de muur heen.

'Ik ben het wachten zo zat. Ik ben het zo zat om steeds van je te horen dat ik geduld moet hebben,' zei mijn moeder.

'Wat wil je dan dat ik zeg? We hebben geen andere keus dan afwachten of de medicijnen werken.'

'Ze werken niet. We moeten gaan.'

'We krijgen geen visum als de kans groot is dat we zullen vluchten.'

'We hebben allebei een vaste baan. We hebben een woning.'

'De stad staat in brand, Dijana. Ze zullen denken dat we willen vluchten.'

Een van hen verzette met een klap steeds dingen op het bureau. 'Ik heb trouwens al een aanvraag ingediend,' zei mijn vader na een tijd. 'Voor ons allemaal.' Ik snapte maar weinig van de regels voor paspoorten en visa of wat er kwam kijken bij een poging om ze te krijgen, maar ik begreep wel dat ik beter mijn mond kon houden als ze ruziemaakten. Ik sloeg een extra deken om Rahela heen, trok de deuren open waarop nog steeds een dubbele laag tape zat en vluchtte het balkon op. Vanaf de negende verdieping had je uitzicht over vrijwel de hele stad. Helemaal rechts zag je een groep hoge flats die een representatief staaltje vormden van de modernere, lelijkere bouwstijl van Zagreb. Het waren de Braća Domany-flats, al wist niemand wie de broers Domany waren en waarom er flats naar hen vernoemd waren. Er woonden daar zoveel mensen dat de grap ging dat als je het adres niet wist van een van je kennissen, je het best daar een brief naartoe kon sturen. Dan was het bijna altijd wel raak.

Links staken de twee torens van de kathedraal van Zagreb boven alle omringende gebouwen uit. Ik kon me niet herinneren de kathedraal ooit te hebben gezien zonder dat deze op zijn minst deels door steigers was omringd en in zeil gehuld, maar het versterkte de grootsheid ervan alleen maar, met de verwondingen als een tastbare getuigenis van de zorgen en belijdenissen van de stad. Voor de oorlog hadden de stenen torens elke avond in de warmgouden gloed van twee schijnwerpers gebaad. Nu alle lichten uit bleven voor het geval er verduisterd moest worden, kon je de overgang tussen de torenspitsen en de nachtelijke hemel nauwelijks onderscheiden.

Er hing nog een vage rooklucht, maar de wolk boven het centrum was geleidelijk aan het oplossen. Ik ging op mijn rug liggen, stak mijn benen tussen de metalen spijlen van de balustrade door en drukte Rahela aan mijn borst. Ze was wakker, maar wel rustiger nu. Als ik van streek was, voelde ik me op het balkon altijd beter en ik vroeg me af of zij dat ook zo ervoer.

Na een tijdje riep mijn moeder me weer binnen en kreeg

ik een standje omdat ik Rahela mee de kou in had genomen. Ik probeerde me te herinneren hoe mijn moeder was geweest voordat mijn zusje was geboren, of ze zich altijd zo aan me had geërgerd, maar kon me nog maar moeilijk een leven voorstellen dat niet om een huilende baby draaide. 'Je moet écht beter worden,' fluisterde ik mijn zusje in. Dat was net zo hard uit eigenbelang als uit bezorgdheid om haar en ik voelde me schuldig toen ik dat besefte.

Ik gaf Rahela aan mijn moeder en ze trok de slaapkamerdeur achter zich dicht. Na een paar minuten kwam mijn vader binnen en ging achter de piano zitten. Hij speelde de eerste maten van een Springsteendeuntje dat voor de oorlog populair was geweest, maar stopte toen hij een verkeerde noot aansloeg. In betere tijden had hij vaak gespeeld. Dan haalde hij de stapel vergeelde bladmuziek uit het bankje en liet mij een liedje uitzoeken. Het was nooit perfect, maar altijd herkenbaar – en dat terwijl hij nooit les had gehad.

Muziek, zei hij weleens, was als een toetje. Hij kon prima zonder, maar dan was het leven wel een stuk minder leuk. Soms als ik 's avonds eigenlijk huiswerk moest doen, pakten mijn vader en ik de cassetterecorder van de plank en zetten hem midden in de woonkamer op de grond. Als er een liedje op de radio was dat we leuk vonden, hielden we meteen op met wat we aan het doen waren, vlogen naar de woonkamer en doken als doelverdedigers met gestrekte armen op de cassetterecorder af. Een van ons drukte de opnameknop in, met zwaaiende armen uitglijdend over het tapijt. Aan het eind van de avond, als ik naar bed moest, schreven we de nieuwe aanwinsten bij op het doosje en zetten de recorder terug op de plank. Het bandje werd met gepaste eerbied bijgezet in onze collectie nummers waarvan de eerste tien seconden ontbraken. Soms ging zo'n cassette kapot en trokken we de dunne, iriserende tape eruit en renden er lachend mee door de kamer, waarbij we onze schenen aan de stoel- en tafelpoten stootten. Mijn moeder, die ons meestal ongeduldig tot de orde riep als we ons van ons werk lieten afhouden, liet ons bij deze wilde ontledingssessies altijd ongestoord onze gang gaan.

Maar toen mijn vader die avond de radio wilde aanzetten, klonk er alleen ruis. 'Ze hebben de Sjleme ook gebombardeerd,' zei mijn vader. 'Ze hebben geprobeerd de zendmast uit te schakelen.' Hij draaide de knop in beide richtingen helemaal naar het einde voor hij hem uitzette. Ik hoorde zijn ademhaling een ritme zoeken en hij begon te neuriën, een nieuw liedje dat sinds een tijdje door de bergen van Zagora gonsde, het lijflied van de Kroatische soldaten in het oosten. '*Nećete u Čavoglave dok smo živi mi.*' Jullie krijgen Čavoglave nooit – niet zolang wij leven.

'Nećete u Čavoglave dok smo živi mi,' zong ik mee.

'Stil nou,' zei mijn moeder door de muur.

'Dok smo živi mi!' riep mijn vader terug naar de boekenplank. Ik giechelde. Mijn moeder was nu in de keuken, en ging daar luidruchtig met borden in de weer. De glimlach van mijn vader verstrakte. 'Bedtijd, Ana,' zei hij.

'Eerst de rest nog zingen,' zei ik, terwijl ik de bank opmaakte met mijn laken en deken. Hij keek over zijn schouder of hij mijn moeder zag, knipte het licht uit en zong het in het donker fluisterend in mijn oor.

De volgende ochtend bouwde de politie barricades van zandzakken. Ik zag hen voordat ik naar school ging vanaf het balkon de wegen naar de stad afsluiten. Ze gaven de zakken door als in een emmerbrigade en legden ze in keurige stapels om en om op elkaar. Mannen op trapladders fatsoeneerden de bovenste rijen.

De zandzakken waren bedoeld als een verdedigingsmuur van waarachter wij op de Serviërs zouden kunnen schieten als ze de stad wilden komen innemen. Maar in plaats van dat ze ons een gevoel van veiligheid bezorgden, straalden de barricades iets naïefs uit. Alsof we geloofden dat een stroom tanks als een watervloed door een stapel zandzakken kon worden tegengehouden. Alsof we nooit de beelden hadden gezien van de tank die in de straten van Osijek over het kleine rode Fićo-autootje heen walste, of van de legertruck die een passagiersbus een greppel in ramde. En het leek alsof het bij niemand was opgekomen dat het blokkeren van de toegangswegen tegelijk ook het blokkeren van de ontsnappingsroutes inhield.

Maar de schrik van gisteren was al verflauwd en mijn vriendjes en ik hadden na school afgesproken bij de dichtstbijzijnde blokkade. Die smeekte erom beklommen te worden, groot en verleidelijk als een klimrek. Aan het eind van de week hadden we de zandzakken bij ons speelterrein ingelijfd. Oorlogje werd al snel ons lievelingsspel en binnen de kortste keren kwamen we nooit meer in het park. We verzamelden bij de zandzakken omdat daar de grenzen al afgebakend waren. Als we genoeg mensen zover konden krijgen dat ze Serviërs wilden zijn, vormden we partijen, Četniks tegen Hrvati, wat betekende dat je maar één leven kreeg en eenmaal dood ook dood moest blijven. Het spel was afgelopen als de ene partij de andere helemaal had uitgemoord. Soms speelden we ook ieder voor zich, waarbij je drie levens kreeg en ieder om het even wie mocht doden.

Bij beide versies schoot je de ander met een denkbeeldig geweer dood – een stuk hout of een leeg bierflesje voldeden prima voor dat doel. Je was verplicht degene die je doodde in de ogen te kijken om onenigheid over de uitkomst te voorkomen. Binnen beide varianten waren er ook nog twee andere wedstrijdjes. Het ene was wie de meest realistische machinegeweergeluiden kon maken; topspelers konden onderscheid maken tussen een Thompson, een Kalasjnikov en een Zbrojovka. Meestal won Luka. Het tweede was wie het mooiste doodging. Als er een puntentelling was geweest, hadden we vast extra punten gekregen voor een vertraagde val. Postmortale spiertrekkingen of ijlende doodskreten deden het ook goed, mits niet te melodramatisch. Degene die met zijn armen en benen in onnatuurlijke hoeken gebogen zijn houding het langst volhield, was de winnaar.

Zelfs als de zandzakken al nut zouden hebben gehad tegen een aanval van buitenaf, dan nog konden ze ons niet beschermen tegen degenen die al binnen waren. Er gingen verhalen over Servische burgers in Zagreb die op eigen houtje aan de slag gingen met het maken van explosieven in hun keuken. Ze maakten boobytraps in alledaagse gebruiksvoorwerpen, vaak speelgoedautootjes en balpennen, die ze buiten op straat achterlieten. Mate beweerde bij hoog en bij laag dat ze hem bijna te pakken hadden gehad met een bierblikje dat in brand vloog toen hij ertegen schopte. De zoom van zijn broek was verbrand, maar het blikje was uitgedoofd in plaats van te ontploffen, zei hij. We wisten niet of we hem moesten geloven. Onze juf leek de verhalen wel serieus te nemen en drukte ons elke middag weer op het hart niets van straat op te rapen, hoe mooi het ook glansde. Geen geringe opgave voor een bevolking die al zo zuinig moest leven onder het juk van de rantsoenering.

Onze klasgenoot Tomislav vond zijn oudere broer in een steegje een paar straten van hun huis vandaan. Zijn bloed was al aan het stollen en zat aangekoekt in de kieren tussen de stoeptegels. Niemand vertelde ons ooit wat er gebeurd was, niet rechtstreeks, maar we wisten het toch van de gesprekken die over ons hoofd heen werden gevoerd.

Ik zag Tomislav twee dagen later tijdens een luchtaanval in de schuilkelder. We stonden met zijn allen in de rij te dringen voor de generatorfiets toen hij erbij kwam staan. We stopten met duwen en keken naar hem. De leegte in zijn ogen joeg me nog veel meer angst aan dan als hij zou hebben gehuild. De jongen die op de fiets zat stopte met trappen zonder dat hem dat gevraagd was. Tomislav liep langs ons heen en ging op de fiets zitten.

Even bleef ik staan kijken terwijl hij verwoed begon te trappen, zijn pijn in energie omzette, in iets tastbaars en meetbaars. Toen braken we de rij op en zochten een ander hoekje van de kelder op om hem wat privacy te geven. Dat leek het enige juiste volgens de oorlogsgedragscode die we ons al doende eigen maakten.

5

De zomer maakte plaats voor de herfst op de plotselinge, onfraaie manier waarop Zagreb altijd van seizoenen wisselde. De bladeren kleurden alleen bruin voordat ze vielen en de hemel zag eruit alsof hij met een vieze lap was gewit. Op sommige dagen voelde het koud genoeg voor sneeuw, maar hingen er alleen zware, dikke wolken waaruit het net hard genoeg miezerde om ons ervan te weerhouden buiten te spelen. Mijn vrienden en ik bleven binnen terwijl de volwassenen een chagrijnig gezicht en zwarte paraplu's opzetten.

Na het bombardement van het paleis had Kroatië officieel zijn onafhankelijkheid uitgeroepen, wat een stroom van veranderingen in gang had gezet die zelfs de triviaalste zaken van ons vroegere leven op losse schroeven zette. Popzangers die in heel Joegoslavië beroemd waren brachten nieuwe versies van hun hits in beide dialecten uit en schijnbaar onschuldige woorden als 'koffie' moesten voor Kroatische en Servische luisteraars worden vervangen door *kava* en *kafa*. Zelfs je manier van begroeten was een test; op elke wang een kus kon ermee door, maar drie kussen was te veel want gebruikelijk in de orthodoxe kerk en dus een teken van verraad.

De afscheiding van onze taal wierp bij Luka en mij nog meer vragen op. 'Denk je dat we nieuwe geboorteaktes nodig zullen hebben nu Joegoslavië niet langer Joegoslavië is?' vroeg hij.

'Waarschijnlijk niet. Het was bij onze geboorte nog wel Joegoslavië.'

'En hoe zit het met ziekenfondspasjes? En paspoorten?'

'Paspoorten.' Dat wist ik ook niet direct. 'Als we de oorlog winnen, zullen we denk ik een nieuw paspoort nodig hebben.'

'Tramkaarten?'

'Tram… Wat dan nog? We rijden altijd zwart.' Ik keek hem aan en hij trok een gekke bek naar me.

'Gefopt.'

Na een tijdje zei ik: 'Als we getrouwd zijn, zal er dan op de geboorteaktes van onze kinderen staan dat ze Kroatisch zijn of Bosnisch?'

Luka remde abrupt af. 'Wat?'

'Als we getrouwd zijn…'

'Hoezo denk je dat we gaan trouwen?'

Ik had er eerlijk gezegd niet echt over nagedacht, het alleen maar aangenomen. 'Omdat we beste vrienden zijn?'

'Zo werkt het volgens mij niet.'

'Hoezo niet?'

'Je moet verliefd zijn en van elkaar houden en zo. Je weet wel.'

Ik moest er even over nadenken. 'Ik hou ook van je,' zei ik. 'Ik ken je al mijn hele leven.'

'Je weet pas of je verliefd bent als je een tiener bent en zoent,' zei Luka. 'Ik bedoel, we zullen moeten afwachten, het eerst moeten testen.'

'Tuurlijk.'

'En dat soort dingen mag je nooit op school zeggen. Ze lachen me nu al vaak genoeg uit.'

Ik had niet in de gaten gehad dat de jongens Luka net zo pestten als de meisjes mij. 'Ik zeg niks,' zei ik beschaamd. Ik had spijt dat ik erover was begonnen en overwoog een smoes te verzinnen om naar huis te kunnen, maar Luka zwaaide zijn been over zijn fietsstang en fietste weer verder, dus volgde ik hem. We fietsten langs een wegversperring waar jongens uit onze klas op de zandzakken aan het klimmen waren. Luka zwaaide.

'Kom, ander onderwerp,' zei hij. 'Heb je het nieuwe geld gezien?'

De regering was al begonnen nieuwe valuta te drukken, die ook dinar heette, alleen stond nu achter op elk biljet, ongeacht de waarde, een foto van de kathedraal van Zagreb. Aanvankelijk was het spannend om geld in handen te hebben waarop in de onopgesmukte letter van een officieel land 'Republika Hrvatska' stond en opwindend dat er een plek op afgebeeld stond die ik vanaf de achterkant van onze flat kon zien. Er was alleen niemand die wist hoeveel een dinar eigenlijk waard was, dat schommelde enorm van dag tot dag. En er waren winkels van Servische eigenaren of gewoon zuinige zakenlieden die de biljetten niet aannamen omdat ze bang waren dat het geld gedurende de oorlog nog eens zou veranderen. Alle grotere transacties werden in Duitse marken afgehandeld.

Mijn moeder stuurde me naar de slager met een stapeltje nieuwe dinars en de opdracht een zak botten te kopen. Ik keek toe hoe ze er soep van trok. Aan tafel schepte ze steeds kleinere porties op en sloeg zelf soms maaltijden over, ging dan van tafel met de smoes dat ze hoofdpijn had of huiswerk moest nakijken. Na het eten had ik nooit echt genoeg gehad, maar ik kon de gezichtsuitdrukking van mijn ouders beter begrijpen dan ze vermoedden en zei er dus niets van.

Petar en Marina kwamen nog steeds elk weekend. Mijn moeder en Marina legden al hun voorraden bij elkaar om iedereen van eten te voorzien. Er was geen geld meer voor wijn en sigaretten, dus dronken we water en zat Petar op kauwgom te kauwen en later, toen die op was, op zijn nagels.

Op een zondag kwam een bleek weggetrokken Marina binnen. Mijn moeder gaf Rahela aan mij en verdween met Marina in de slaapkamer, waar ze achter gesloten deuren zachtjes zaten te praten. In een poging de gespannen sfeer te negeren liep ik met Rahela door de flat. Ik hield haar met haar gezicht naar voren zodat ze alles kon zien en even zou vergeten dat ze ziek was en vermoedelijk honger had. Ik fluisterde grapjes uit de speeltuin in haar oor. 'Wat is klein en rood en gaat op en neer? … Een tomaat in de lift.' 'Wat heb je als je twaalf Servische vrouwen in een kring zet? … Eén compleet gebit.' Soms verbeeldde ik me dat ik haar na de clou zag lachen. Rahela was magerder, maar huilde minder. Ik had besloten dat dat moest betekenen dat de medicijnen werkten, ondanks het piepje dat je elke keer hoorde als ze inademde.

Uiteindelijk kwamen Marina en mijn moeder weer naar buiten, en toen had Petar een nieuwtje: hij moest zich over een week bij het opleidingskamp melden.

'Ben je nerveus?' vroeg mijn vader.

'Nee,' zei Petar. 'Alleen wat uitgezakt!' Hij gaf een klopje op zijn buik en grijnsde naar me in de hoop dat hij me aan het lachen had gemaakt, maar zelfs ik kon zien dat hij was afgevallen en dat zijn ogen niet meelachten met zijn mond.

'Waar word je gestationeerd?'

'In de buurt. Na de opleiding ga ik deel uitmaken van de

verdedigingsring rond Zagreb. Dan kan ik in het weekend misschien zelfs naar huis.'

'Als je wilt mag je ook bij ons komen logeren, Marina,' zei mijn moeder.

'Doe niet zo mal. Ik red me wel.'

'Ze zal niet eens merken dat ik weg ben,' zei Petar. Ze wisselden alle vier onderling een blik en ik voelde die frustratie die je als kind zo vaak ervaart, zoals wanneer iedereen lacht om een grap die jij niet begrijpt. Alleen bleef het nu stil in de flat, afgezien van het getik van onze lepels tegen de kommen en Petars gezucht als hij slikte.

Die avond lag ik zo lang ik wakker kon blijven naar mijn ouders in de keuken te luisteren.

'Ik hoor daar te zijn. Iedereen die kan staan zou de stad moeten verdedigen,' zei mijn vader.

'Er zijn soldaten genoeg. Met jouw ogen… het is beter zo.'

'Het zou beter zijn als ik mijn gezin kon beschermen.'

'Alles komt goed,' zei mijn moeder. Meestal was hij degene die haar geruststelde. Dat ik het nu omgekeerd hoorde, bezorgde me een schuldgevoel voor het luistervinken. 'Ik vind het bovendien fijn dat je hier bij mij bent. Bij ons.'

'Ik ook,' zei hij na een tijd. Ik hoorde ze elkaar kussen en viel toen in slaap.

Het luchtalarm was onze wekker, eentje die we de eerste maanden strikt gehoorzaamden. Als de sirene om één uur 's nachts klonk, betekende dat uit bed rollen en schoenen aandoen en slaapdronken buren die in het tl-licht (of bij stroomuitval in het ondoordringbare donker) de gang op stroomden. Die nacht leek het alsof ik pas een paar seconden had geslapen toen mijn vader me met deken en al van de bank tilde, mijn moeder met Rahela vlak achter hem. Ik botste slaperig tegen zijn borst terwijl hij me de trap af droeg naar de kelder. Ons hart sloeg snel en onregelmatig zoals je hebt bij mensen die ruw uit hun slaap zijn gewekt. De kelderlucht drong koud door mijn pyjama en ik trok tegen onze šupa geleund de deken strakker om mijn schouders en wachtte tot ik weer in slaap zou vallen.

Net toen mijn geest warm begon te worden van bewusteloosheid klonk het sein veilig. Ik wreef in mijn ogen terwijl mijn vader me de trap op droeg en op de bank legde. Maar zodra hij de kamer had verlaten, begon de sirene weer te loeien. Rahela zette een keel op. Ik trok de deken over mijn hoofd. Mijn vader verscheen in de deuropening met in zijn armen een stapel dekens en kussens.

'Kom, Ana.'

'Ik wil niet weer naar beneden,' zei ik, maar ik stond toch op.

Hij liet de stapel midden in de keuken op de grond vallen en bracht me naar de provisiekast, waar hij de vloer vrijmaakte en zo goed en zo kwaad als het ging mijn deken in de kleine ruimte uitspreidde. Ik keek naar mijn vader en zag op zijn gezicht een woordeloze verontschuldiging voordat ik naar binnen stapte, ging zitten en mijn knieën optrok tegen mijn borst. Mijn moeder legde Rahela op een kussen naast me neer, waarna zij en mijn vader voor de kastdeur gingen liggen. Ik sliep met mijn achterhoofd tegen een bezem aangedrukt en mijn hand in die van mijn vader. Telkens als in de vroege uurtjes van die dag de sirene loeide, kneep hij er stevig in.

6

Ik werd wakker in een leeg huis. Rahela lag niet meer op het kussen en ik kroop op stijve knieën de provisiekast uit. De televisie blèrde tegen de lege keukenstoelen. Onze voordeur stond open, een onvoorzichtigheid die totaal niet bij mijn ouders paste en ik stormde in paniek de gang op. De deuren van de buren stonden eveneens open en ook daar stonden televisies aan in lege kamers.

'*Tata*! Waar zijn jullie?' schreeuwde ik door de gang, in de hoop dat er minstens een buurvrouw of buurman tevoorschijn zou komen om me een standje te geven voor de herrie die ik maakte. Er kwam niemand. Ik begon net te denken dat ik als enige in het gebouw was achtergebleven toen iemand uit de flat aan de overkant van de gang mijn naam fluisterde.

'Psssssst. Meisje Jurić,' siste de stem. Het was Rahela's stokoude oppas. Haar deur stond op een kier en ik glipte naar binnen. Ze stond over het aanrecht gebogen te fluisteren, gewikkeld in het snoer van haar telefoon. Toen ik haar kant op keek, bedekte ze de hoorn met een hand die zo bleek en beaderd was dat hij groen leek.

'Ze zijn allemaal daarbeneden,' zei ze tegen me. Ze tikte

met een knokige wijsvinger tegen het raam. Ik liep op een holletje naar het trappenhuis.

Buiten stonden zo te zien alle flatbewoners in kleine groepjes dicht bij elkaar te praten op de binnenplaats. Zakdoeken, omhelzingen, uitgelopen mascara. Ik ontdekte mijn ouders en Rahela die zich uit een knoedel dekens in mijn moeders armen probeerde te wurmen en voelde opluchting en daarna woede dat ze me vergeten waren.

'Tata!' Ik sloeg mijn arm om zijn been. Mijn vader legde zijn hand op mijn schouder maar bleef doorpraten met een van de mannen die de hoofdingang van ons gebouw bewaakten.

Ik worstelde me los uit mijn vaders greep en drong naar het midden van de kring die mijn ouders en de buren vormden. Deze keer probeerde ik het bij mijn moeder door aan de zak van haar schort te trekken. Het feit dat ze in haar schort buiten stond gaf aan hoe gewichtig de gebeurtenissen van die ochtend wel niet moesten zijn. Ze zou er normaal op straat nog niet dood in gevonden willen worden. 'Mama,' zei ik, en ging op mijn tenen staan. 'Waarom hebben jullie me boven alleen gelaten?'

Opnieuw kreeg ik van geen van mijn ouders een reactie, maar ik ving het nieuws op uit het collectieve geroezemoes dat over de binnenplaats zoemde, af en toe zelfs zo synchroon dat het bewust op elkaar afgestemd leek te zijn.

'*Vukovar je pao*.' Het geluid van zo'n enorme fluistering was huiveringwekkend, passend bij de boodschap die het met zich meedroeg. Vukovar was gevallen.

Vukovar had maanden onder beleg gelegen. De vluchtelingen die op het plein een kampement van touwen hadden gemaakt en inmiddels in de Sahara woonden, de jongens die halverwege het jaar bij ons in de klas waren gekomen, hadden tijdig weten te vluchten. We kenden de verhalen over hun ontheemde familieleden die te voet waren afgevoerd naar kampen en van wie nooit meer iets was vernomen. We hadden gehoord over de achterblijvers, mannen en vrouwen die met zelfgemaakte wapens vanuit hun slaapkamerramen op het JNA schoten. Ik begreep alleen niet wat het betekende dat Vukovar 'gevallen' was en probeerde me er een beeld van te vormen. Eerst dacht ik aan een aardbeving, hoewel ik er zelf nooit een had meegemaakt. Daarna stelde ik me de kliffen van Tiska voor, waar we in de zomervakantie altijd naartoe gingen, en zag ik in gedachten voor me hoe de berghelling afbrokkelde en in de Adriatische Zee stortte. Maar Vukovar was geen dorpje en lag niet aan zee. De raket op Banski Dvori had een deel van de bovenstad in puin gelegd, maar dat was maar een klein stukje van Zagreb. Ik wist dat een gevallen stad iets veel ergers moest betekenen.

Na een tijdje merkte ik dat de groepjes mensen niet op een vaste plek bleven staan, maar zich in een omtrekkend gedrang bewogen in de richting van iets waarvoor ik te klein was om het te kunnen zien. Uiteindelijk drong de maalstroom van mensen de binnenplaats af, de straat op, en kon ik zien waar al die aandacht naar uitging: een bibberend kluitje mannen en jongens die door een zo onvoorstelbare angst bevangen waren dat zelfs ik begreep dat ze vluchtelingen waren. Ze zagen er nog wanhopiger uit dan die van de eerste ronde, met een verwilderde blik en een op alle verkeerde plaatsen ingevallen gestalte. Ze hielden papiertjes in hun hand met het adres van schoonfamilie, neven en nichten, vrienden van de familie, iedereen die bereid zou kunnen zijn hen op te nemen en duwden die in het gezicht van mijn ouders en buren, wisselden nieuws over het front uit voor aanwijzingen hoe ze bij het huis van hun familie konden komen.

Een van die hologige mannen greep mijn vaders onderarm en hield met trillende hand een adres voor zijn neus. Er lagen donkere schaduwen over zijn gezicht, diepe troggen onder zijn jukbeenderen.

'Ze vermoorden ze,' zei hij.

'Wie?' vroeg mijn vader, en hij bestudeerde het papiertje op aanwijzingen.

'Iedereen.'

'Wilt u misschien een beetje soep?' zei mijn moeder.

Binnen zag ik op tv wat het betekende als een stad was gevallen. De beelden kwamen uit het buitenland. Alle Kroaten in Vukovar waren of aan het vechten of gevangengenomen, daarom had de Kroatische nieuwszender een Duitse uitzending onderschept, waarin de correspondent verslag deed in een mengelmoes van onbekende medeklinkers. De uitzending was live en de voice-over werd niet vertaald, maar de vluchteling, mijn ouders en ik zaten aan het scherm gekluisterd alsof we het Duits beter zouden verstaan als we maar ingespannen genoeg keken. De betonnen gevels van huizen waren beschadigd, zaten vol littekens van kogels en mortiergranaten. Tanks van het JNA denderden door de hoofdstraat van de stad, gevolgd door een konvooi witte jeeps van de VN-vredesmacht. Aan de kant van de weg, op een terrein dat waarschijnlijk ooit een grasveld was geweest, maar nu vertrapt en modderig was, lagen rijen mensen op hun buik, hun neus in de modder gedrukt en hun handen in hun nek. Een soldaat met een baard en een kalasjnikov liep tussen de rijen door. Hij vuurde. Ergens gilde iemand. De camera schoot omhoog en weg en filmde in plaats daarvan een instortende kerktoren. Het doffe gebulder van een explosie in de verte donderde uit de speakers van de tv. Op de achtergrond marcheerden nog meer mannen met baarden door de lege straat met zwarte vlaggen met een doodshoofd. Ze zongen: '*Bit će mesa! Bit će mesa! Klaćemo Hrvate!*' Vlees zal er zijn, vlees zal er zijn. We slachten alle Kroaten af.

'Zet dat alstublieft uit,' zei de man.

'Nog even,' mompelde mijn vader.

Op dat moment kwam Luka onze woning binnenstormen, zodat de deurknop in de deuk die ik had gemaakt tot stilstand kwam.

'Ana! Vukovar is gevallen!'

'Ik weet het,' zei ik. Ik wees naar de tv en de ineengedoken man aan tafel met zijn rug naar het scherm, die met gulzige, snelle happen de soep naar binnen lepelde die eigenlijk als middagmaal voor mijn vader was bedoeld. Luka kreeg een kleur en begroette mijn ouders. Hij duwde zijn handen in de zakken van zijn spijkerbroek en we bleven met ons vieren voor de tv staan en peilden elkaars reactie op het bloedbad op het scherm.

'Weet je moeder waar je bent?' vroeg mijn moeder.

'Ja, hoor,' zei Luka net iets te snel. Hij greep mijn arm en trok me naar de deur.

'Misschien kunnen jullie allebei beter hier blijven. Ik maak wel wat lekkers voor jullie.'

'Mama.' Ik liet mijn schouders opstandig hangen. Ik wist dat Luka was gekomen omdat hij de val van Vukovar een goede reden vond om te spijbelen, maar onze kans om weg te komen was groter als we deden alsof er niets veranderd was. 'We moeten naar school,' zei ik. 'Anders komen we te laat.' Maar mijn moeder, die nooit op gezeur inging, negeerde me en begon Rahela's fles klaar te maken. Luka en ik verdwenen mokkend naar de woonkamer.

De vluchteling, die zijn soep op had en weg wilde van de tv, liep achter ons aan en ging op het hoekje van de bank zitten. Zijn gezicht zat onder de stoppels en modder, hij had vlekken op zijn hemd en vuil onder zijn te lange nagels. Hij maakte me zenuwachtig en ik wilde dat mijn ouders meer aandacht aan hun gast besteedden, maar zij hadden het te druk met hun pogingen Rahela zover te krijgen dat ze iets at – een onderneming die inmiddels meer neerkwam op dwangvoeding – en letten niet op hem.

'Hij heeft mijn vrouw gepakt,' zei de vluchteling. 'Ik hoorde haar door de muur heen gillen.'

Luka en ik keken hem alleen maar aan, durfden ons niet te bewegen.

'Hij had een ketting om van oren. Oren van mensenhoofden.' De man legde zijn handen om zijn hoofd en drukte zijn vingers tegen zijn oren alsof hij wilde controleren of ze er nog zaten. Ik wilde dolgraag naar school. Na wat eeuwen leek te duren stak mijn vader zijn hoofd om de hoek.

'Kom je na school meteen naar huis?' Hij trok zijn wenkbrauwen op.

'Ja,' zei ik, niet gewend aan een avondklok, maar bereid tot een compromis.

'Ga maar dan.'

We sprongen van de bank onder dekking van kletterende pannen in de keuken en instortende gebouwen op tv en mijn vader gaf ons een knipoog toen we de deur uit glipten.

Toen ik uit school thuiskwam was de vluchteling weg. Mijn ouders zeiden niet waar hij heen was en ik vroeg er niet naar.

Bij zonsondergang liepen mijn vader en ik naar Zrinjevac om naar de meteorologische zuil aan de rand van het park te kijken. Hij had zijn jack aan en ik een jas met sjaal, maar het was zacht voor november en al snel deden we onze rits open. Mijn vader wees me de thermometer, legde uit hoe de barometer werkte en tilde me op zodat ik mijn vingers over de glazen vitrine kon laten gaan waarin statistieken te zien waren met de gemiddelde seizoenstemperaturen en windmetingen.

'Misschien word je later wel weervrouw,' zei mijn vader. 'Maar dan moet je wel hard studeren.'

'Ja, tata,' zei ik, maar ik was er met mijn gedachten niet bij. Ik klom op de rand van een nabijgelegen fontein en pakte mijn vaders hand om mijn evenwicht te bewaren terwijl ik langs het nu stilstaande water liep. 'Wat gaat er met Rahela gebeuren?'

'Als ze niet beter wordt, moet ze misschien naar een dokter die ver weg woont. Maar alles komt goed met haar.'

'Hoe moet het nu met kerst?' Dat was nog ruim een maand weg, maar de winter was mijn lievelingsseizoen, als het hele Jelačićplein vol feestverlichting hing en er overal verkopers stonden met gepofte kastanjes in papieren tuitzakken, er sneeuw in dikke lagen op ons balkon en op straat lag en we vrij van school hadden. Ik was intussen te oud om nog in Sveti Nikola te geloven, maar keek er toch nog steeds naar uit om mijn schoen op de vensterbank te zetten en hem bij het wakker worden gevuld met cadeautjes terug te vinden. Dit jaar was ik er alleen niet zo zeker van dat dat zou gebeuren. Niets leek onberoerd te blijven door de luchtaanvallen en onze slinkende voedselvoorraad.

'Hoe bedoel je?'

'Gaan we het wel vieren?'

'Wat een zorgen allemaal!' zei mijn vader. Hij greep de franje van mijn sjaal en streek ermee over mijn wang, zodat het kietelde. 'Heb je je sjaal soms te strak aangetrokken? Natuurlijk gaan we het vieren!'

Op de een of andere manier gaf praten met hem me een goed gevoel, waar we het ook over hadden. Mijn moeder zei altijd dat mijn vader en ik op hetzelfde spoor zaten. Ik begreep dat pas toen ik er later op terugkeek – hoe we bijvoorbeeld als we naar de hemel keken (en dat deden we vaak) onbewust dezelfde kant op keken en hetzelfde gezicht in de wolken zagen. In het park lachte ik en tilde mijn vader me, mager als ik was van het vele fietsen en de rantsoenering, van de rand van de fontein, zette me op zijn schouders en droeg me de hele weg naar huis.

De stroom viel steeds weer uit op momenten die soms samenvielen met luchtaanvallen, maar vaak ook nergens mee te maken leken te hebben, de nukken van een gammele bedrading. Als het overdag gebeurde, hadden we het soms eerst niet eens in de gaten, maar als de schaduwen dan oprukten en een van ons een lamp wilde aandoen in het afnemende namiddaglicht, gebeurde er niets. Uiteindelijk raakten we gewend aan de onbetrouwbaarheid van de voorziening, en na een tijdje namen we niet eens meer de moeite de kaarsen aan te steken waarvan we een voorraad hadden aangelegd en beperkten we ons tot de activiteiten waarbij geen licht nodig was.

Vervolgens hield de watertoevoer ermee op. Dat was daarvoor ook weleens gebeurd, maar nu was het vaak mis en langer achtereen. Als je de kraan opendraaide, kwam er koperkleurige drab uit, gevolgd door het boze sissen van de luchtdruk. Op een ochtend maakte mijn moeder me al vroeg wakker en stuurde me voor het naar school gaan met twee jerrycans naar de binnenplaats om bij de pomp water te halen voor soep en om ons te wassen. Gemeenteambtenaren en andere volwassenen noemden het de 'gemeentepomp', alsof hij daar met dat doel was neergezet, maar het was eigenlijk een brandkraan die iemand uit onze flat verbouwd had met een moersleutel en een pijpleiding.

Beneden aangekomen stak ik zwaaiend met de jerrycans het betonnen plaatsje over. Het was een frisse ochtend, maar in de zon was het nog niet echt koud. De omgeving oogde de laatste tijd erg verlaten: de tabaks- en krantenkiosken waren dichtgetimmerd, de oude man met zijn chocolaatjes had zijn biezen gepakt, zijn klaptafel was tegen de muur van een steegje blijven staan. De pomp zorgde in elk geval weer voor reuring, al was het maar een paar minuten per dag. Bij de hoek aangekomen zag ik dat de meeste flatbewoners al buiten stonden met een bonte verzameling kannen en vaten in de hand en ik zette het op een hollen; er was vaak niet genoeg water en ik was de vorige dag ook al te laat geweest en had toen maar een halve jerrycan kunnen vullen. Twee meisjes die ik van school kende, stonden al bij de pomp en wenkten me.

'Niet voordringen, Jurić!' foeterde een oude vrouw naar me, maar ik riep een excuus terug over Rahela die ziek was en liep door naar de meisjes. Toen ik bij hen was, werd ik vol geraakt door een straal water die over mijn kleren naar beneden liep; Vjerja – die met de eeuwige paardenstaart – had haar hand tegen de kraanopening gedrukt waardoor het water door haar vingers spoot als zonnestralen die uit gevangenschap losbraken.

'Dat is kóúd!' gilde ik, maar ik moest ook lachen. Nu richtte ze de straal op mijn gezicht en ik ving hem in mijn mond en sproeide het water naar boven alsof ik de engelenfontein in Zrinjevac was. Ik greep de pijp beet, draaide hem haar kant op en spoot ermee tegen haar kuiten. We hadden nu echt de slappe lach, we lachten zo hard dat er geen geluid uitkwam. Het geduld van de oude vrouw raakte op en ze strompelde zo snel ze kon op ons af, zwaaiend met haar lege jerrycans tot er een tegen mijn hoofd knalde.

'Wegwezen voor ik je moeder erbij haal!' zei de vrouw. 'Al jullie moeders!' Beschaamd vulde ik snel één jerrycan en schoot terug naar huis.

Binnen zette mijn moeder een hand in haar zij en trok met de andere aan de natte slierten haar die tegen mijn gezicht geplakt zaten.

'Je hebt toch geen water lopen verspillen, hè?'

'Het was niet mijn schuld. Ik werd natgespoten door een stel meiden van school,' zei ik. Er bleef een stilte tussen ons hangen, die ik snel verbrak door een excuus te mompelen.

'Laten we hopen dat iedereen nu wel genoeg te drinken heeft,' zei ze. Even later brak er toch een lachje bij haar door en ze veegde opnieuw het haar uit mijn gezicht. 'Ik hoef voor jou in elk geval niets meer op te warmen. Jij hebt je douche al gehad.'

Toen lachte ik ook en keek ik toe hoe ze het water op het fornuis opwarmde en zich met een washandje midden in de keuken waste. Mijn moeders haar had de kleur van gebrande kastanjes en bij elke beweging glansde het.

Die avond trof ik toen ik van school thuiskwam mijn vader en moeder boos tegenover elkaar aan. Er was iets mis. Mijn vader was te vroeg thuis en hij had zijn vuisten gebald. Toen de deur openzwaaide en tegen de muur knalde, schrokken ze. Mijn moeder draaide zich van me af om in haar ogen te wrijven. Mijn vader begon borden en lepels op tafel te smijten.

Mijn moeder ging ook snel redderen en gooide kleine kleertjes die ooit van mij waren geweest maar die Rahela nu droeg in een koffer op de grond.

'Rahela,' zei ik. Mijn ouders leken iets te kalmeren bij het horen van haar naam. 'Waar is ze?'

'Ze ligt te slapen,' zei mijn moeder. Ze hadden de wieg naar de drempel tussen de keuken en hun slaapkamer verplaatst en ik keek erin. Te veel bloed op de lakens en op de voorkant van haar hemdje. Haar ademhaling heel oppervlakkig.

'Wat is er aan de hand?'

'De medicijnen werken niet. Ze kan hier niet blijven.'

'Moet ze naar het ziekenhuis?'

'Ze kunnen hier niets voor haar doen. Er is een transport opgezet vanuit Sarajevo. Daar brengen we haar morgen heen.'

'Een transport waarheen?' vroeg ik.

'Naar Amerika.'

Ik keek om me heen. Er stonden geen andere koffers, er zaten geen kleren voor volwassenen in de tas. 'Alléén?'

'Het is een medisch transport. Ze zullen goed voor haar zorgen,' zei mijn vader. 'Zodra ze gezond is komt ze weer naar huis.'

'Ik wil mee naar Sarajevo,' zei ik.

'Nee,' zei mijn moeder.

'Dat zien we nog wel,' zei mijn vader.

De stroom bleef nog een uur of twee beschikbaar zodat mijn vader daarna een aantal telefoontjes kon plegen met zijn hand over de hoorn om zijn stem door de slechte verbinding te loodsen. Aanvankelijk ging ik ervanuit dat hij MediMission probeerde te bereiken, maar later zag ik hem iets krabbelen wat op een plattegrond leek, die hij opvouwde en in zijn achterzak stak.

Na het eten was er een extreem hevige luchtaanval. De ramen van onze flat rammelden in de sponningen en mijn moeder sprong op en klemde me vast. Toen wist ik dat ik haar zou kunnen overhalen.

'Heb je je huiswerk af?' vroeg ze toen we terugkwamen uit de kelder.

'Dat hoeft niet. Ik ga morgen toch niet naar school,' probeerde ik.

Mijn moeder zuchtte.

'Ik wil haar ook uitzwaaien.'

'Ga dan maar gauw naar bed. We vertrekken al vroeg.'

Op de bank lag ik te luisteren naar mijn ouders die door de flat rondliepen.

'We moeten haar eigenlijk niet meenemen,' zei mijn moeder. 'Het is niet veilig op de weg.'

'Het is hier ook niet veilig, Dijana. Stel dat er tijdens onze afwezigheid iets gebeurt? We kunnen nu beter bij elkaar blijven.' Ik hoorde geritsel van papier en herinnerde me de plattegrond van mijn vader. 'Trouwens, kijk. Ik heb Miro gebeld en hij heeft me op de hoogte gebracht van het laatste nieuws. We moeten de lange route nemen, maar die is wel veilig. Het komt allemaal goed.'

Ik staarde naar het plafond en stelde me de rit door de bergen voor met de kaart van Luka's vader en daarna een of andere onbekende medewerker van MediMission die Rahela op het vliegveld naar het toestel naar Amerika droeg. Amerika kende ik alleen maar van tv, van de cowboyfilms die ze op de staatstelevisie uitzonden. De Verenigde Staten leken me een sprookjesland vol acteurs die leefden van hamburgers van McDonald's en ik vroeg me af of Rahela bij iemand die rijk en beroemd was zou mogen logeren. Op het nieuws zag je altijd mannen in pak die de VS oproepen ons te beschermen, maar er was nog niemand gekomen. Misschien was het gewoon wel te ver weg. Ik sliep onrustig, het soort slaap waarbij je nooit echt loskomt van de wereld van overdag en een paar uur later hoorde ik al het klikken van mijn moeders schoenen bij de bank.

'Tijd om te gaan,' zei ze. Mijn armen en benen voelden loodzwaar en het kostte me moeite in het donker van de vroege ochtend mijn kleren te vinden en me aan te kleden.

7

'Ivan, *molim te*, rij nou niet zo hard. We hoeven ze geen reden te geven om ons aan te houden.' Mijn moeder drukte haar vrije hand tegen mijn vaders knie. In haar andere arm lag Rahela, die te zwak was om zelfs maar te huilen. Aan de horizon was de dag nog niet aangebroken. Het was koud. Het achterraampje klemde en kon niet helemaal dicht. Mijn vader gaf me zijn jack als deken. Bij elke bocht die hij te scherp nam, sloeg Rahela's koffer tegen mijn scheen en smeekte mijn moeder hem langzamer te rijden. Op een gegeven moment viel ik in slaap.

Toen ik wakker werd scheen de middagzon door de streperige voorruit en waren we de grens met Bosnië al gepasseerd. De wegwijzers waren zowel in het Cyrillische als in het Latijnse alfabet en de weg slingerde in haarspeldbochten langs de voet van de Dinarische Alpen. We noemden dit een snelweg, al was het dat niet echt, niet zo een met lantaarnpalen. In de gedeeltes tussen belangrijkere bestemmingen was hij bovendien maar tweebaans.

Net als de gebieden in Kroatië ver buiten Zagreb was Bosnië vooral vol met niets: uitgestrekte stukken rotsachtige grond, waar het leek alsof zelfs het gras liever elders zou wortelen. Eens in de zoveel tijd rezen langs de weg groepjes huizen opgetrokken in cementblokken op, die meteen weer leken op te lossen tegen de kleurloos gebleekte hemel. Ten slotte verschenen er behapbare afstanden op de wegwijzers naar Sarajevo: 75, 50, 25 kilometer.

'*Allaaaaaahu akbar*,' galmde de azan toen we langs een moskee in een buitenwijk van de hoofdstad reden. In Zagreb had je geen moskeeën, tenminste geen openlijk zichtbare en ik draaide het raampje helemaal open en luisterde geboeid naar het geheimzinnige gezang van de muezzin. Rahela sliep er doorheen. Ik stak mijn hoofd tussen de twee hoofdsteunen door om naar het stijgen en dalen van haar ademhaling te kijken.

In Sarajevo was de sfeer om te snijden. Er hing een bijna tastbaar gevoel van spanning en angst. De oorlog had Bosnië nog niet bereikt en de onzekerheid van een stad die lag te wachten voelde vertrouwd, maar dan als een droom die ik me herinnerde in plaats van een plek waar ik echt had gewoond. We reden door het centrum, waar de rondingen van moskeekoepels en de scherpe hoeken van Joegoslavische hoogbouw een onregelmatige skyline vormden. Toch leken Sarajevo en haar inwoners op de mensen in Zagreb, alleen waren ze iets opgewekter. De Markale-markt was nog niet berucht en het parlementsgebouw stond hoekig en ferm overeind, al zou uiteindelijk het bloedvergieten hier en niet dat bij ons de aandacht van de internationale gemeenschap trekken. Ik tuurde door de achterruit naar straathonkbal spelende leeftijdsgenootjes en moest denken aan onze oorlogsspelletjes en het geruzie om de generatorfiets. Ik vroeg me af of dingen die ik als alledaags was gaan beschouwen misschien toch niet zo normaal waren.

Mijn moeder hield met haar vinger de routebeschrijving bij en mijn vader reed volgens haar aanwijzingen door de straten.

'Daar!' zei ze plotseling. Mijn vader zette de auto op de stoep zodat anderen er nog langs konden in de nauwe straat. Ik herkende het logo van MediMission, rood en grijs en opvallend, dat was bevestigd op een betonnen hoekpand. Met Rahela stevig in haar armen stak mijn moeder zonder op of om te kijken snel de straat over.

'Sluit de auto af,' zei mijn vader, en hij wierp me de sleuteltjes toe en bukte onder de klein uitgevallen deurpost door.

De wachtkamer wekte de indruk ooit een ander soort ruimte geweest te zijn die haastig was opgetuigd om eruit te zien als een dokterspraktijk. Op de vloerbedekking zaten vlekken en de plastic bekleding van de stoelen was hard en gebarsten. Het rook er naar desinfecteermiddel en rottend fruit. Toch zag het er officiëler uit dan de tot kliniek omgetoverde woonkamer die we in Slovenië hadden bezocht, wat een zekere troost bood. Rahela rilde inmiddels van de koorts en een verpleegster nam haar van mijn moeder over en bracht haar naar een onderzoekskamer. Niet lang daarna verscheen van achteren dokter Carson met haar onuitstaanbaar witte tanden en dito doktersjas en nam ons mee naar binnen.

'Fijn u weer te zien,' zei ze. Niemand zei iets terug.

Toen we de kamer betraden lag Rahela al vastgebonden op de kleine kinderonderzoekstafel, met een slangetje in haar neus en een in haar voet. Haar borst en mond bewogen alsof ze huilde, maar je hoorde alleen heel in de verte een echo van iets wat eruitzag als luid gekrijs. Ik scheurde een hoek van het papier op de onderzoekstafel af en verkreukelde het tot een prop.

'Oké, dan nu omdraaien,' zei de verpleegster.

'Wat gebeurt hier?' zei mijn moeder.

De verpleegster draaide Rahela op haar buik, om vervolgens de riemen weer vast te sjorren die haar armen en benen in bedwang moesten houden.

'We moeten een lumbaalpunctie doen om na te gaan of er sprake is van een bacteriële infectie,' zei dokter Carson in steriel, maar flink verbeterd Kroatisch. Ze trok een paar strak zittende latex handschoenen aan. Op het blad naast haar glinsterde een lange naald.

'Lumbaal?' zei mijn moeder. 'Bedoelt u dat u daarmee in haar rug gaat prikken?' Ze wilde zich op Rahela storten, maar mijn vader greep haar elleboog en duwde haar ferm tegen de muur, terwijl hij haar voor mij onverstaanbare dingen toefluisterde.

Mijn moeder begon te gillen. Op de een of andere manier was het makkelijker om naar de naald te kijken. Ik vouwde de prop weer open en verscheurde het papier. De snippers vielen op de grond.

Mijn vader duwde mijn moeder met zachte hand op de enige stoel in de kamer. De artsen draaiden Rahela weer op haar rug en gaven haar een pijninjectie en een speen. Ze leek voor het eerst in maanden rustig.

'Goed,' zei dokter Carson, en ze legde een hand op mijn moeders schouder. Heel even zag ik iets van droefenis op het gezicht van de dokter. 'Dit zijn de formulieren voor Rahela's transport naar het kinderziekenhuis in Philadelphia. Daar zitten een aantal van de beste kinderartsen ter wereld die gespecialiseerd zijn in nierfalen. Zodra ze stabiel is, zetten we haar op het vliegtuig.' Dokter Carson gebaarde naar een tweede stapeltje papieren op de balie. 'Dit zijn de toestemmingsformulieren voor het pleeggezin.' Mijn vader keek op en mijn moeder sloeg haar ogen neer.

'Pleeggezin?' zei mijn vader. 'Waar heeft ze het over, Dijana?'

Dokter Carson liet wat kleingeld in de zak van haar doktersjas door haar hand gaan. 'Uw vrouw vertelde me dat uw visa zijn afgewezen,' zei ze. Ze zweeg even zodat mijn vader dit kon bevestigen. Wat hij niet deed. 'Rahela zal bij aankomst meteen in het ziekenhuis worden opgenomen, waar ze op de intensive care zal worden ondergebracht.' Dokter Carson praatte nu steeds rapper en ook professioneler dan we haar tot dan toe hadden horen spreken. 'Nadat de spoedeisende behandeling is voltooid, is er echter nog een poliklinisch vervolgtraject met wekelijkse dialyses en onderzoeken.'

'Poliklinisch?'

'Rahela zal bij een vrijwillig noodpleeggezin wonen tot de behandeling in het ziekenhuis is afgerond. Ik kan u verzekeren dat MediMission alle pleeggezinnen onderzoekt op veiligheid...'

'Ik dacht dat jullie haar alleen weer gezond zouden maken! Gezond maken en weer naar huis sturen!' De ader in mijn vaders hals, die meestal aangaf dat ik iets verkeerds had gedaan en er met zijn riem van langs zou krijgen, puilde zorgwekkend ver uit en bonsde mee met zijn hartslag. Ik week instinctief achteruit, maar alle boosheid en frustratie verzamelde zich alleen maar in één traan die langzaam over zijn wang gleed. Het was de enige keer dat ik hem ooit had zien huilen. 'Ik kan niet eens voor mijn eigen kinderen zorgen,' zei hij.

Dokter Carson probeerde geruststellend te glimlachen, wat haar maar half lukte. 'U zorgt juist wel voor haar. Alleen zo zal Rahela weer beter worden.'

'Sodemieter op,' zei mijn vader.

'Ik wacht buiten, dan kunt u afscheid nemen.'

Ik keek naar mijn zusje. Ze was bij hoge uitzondering stil. Ze had een glazige blik in haar ogen en leek diep in gedachten of ver weg, alsof ze de oceaan al was overgestoken. Ik wilde dat ik meer over haarzelf en minder over haar ziektepatronen wist. Ze was zo klein, zo druk bezig met overleven, dat we geen kans hadden gehad om met elkaar om te gaan als andere zussen, maar haar handjes pasten nog steeds ruim in die van mij. Ik hoopte dat haar Amerikaanse pleegouders aardige mensen zouden zijn die haar verhaaltjes vertelden en meenamen naar het park en liedjes voor haar zongen.

'Tot snel, meisje,' zei mijn moeder steeds weer. Mijn vader legde zijn hand op Rahela's hoofd en liet zwijgend zijn vingers door haar zwarte haar gaan dat net begon te krullen.

'Als je terug bent, ga ik je alles leren,' fluisterde ik haar toe. 'Lopen en praten en tekenen en fietsen. En alles zal goed komen.'

Buiten moest mijn moeder zo onbedaarlijk huilen, dat ze duizelig werd en op de stoeprand neerzeeg. Mijn vader ging naast haar zitten en streek haar over haar rug.

'Het spijt me dat ik het je niet had verteld,' zei mijn moeder. 'Ik wilde niet dat je je zou opwinden. Dit is het beste voor haar.' Toen ze wat was bedaard, stapten we in en reden de stad uit.

Bij de grens controleerde een lijvige grenswachter routineus onze papieren, maar toen hij bij Rahela's foto kwam kreeg hij argwaan. Baby's hadden geen eigen paspoort, alleen een vermelding in dat van hun moeder.

'En uw dochter?' vroeg hij.

'Die is bij haar oma,' zei mijn vader. Allebei mijn oma's waren al tien jaar dood en hoewel ik wist dat het een leugen was om de zaken eenvoudig te houden, voelde het toch niet goed. De bewaker gaf onze paspoorten terug door het raampje en mijn vader bundelde ze weer met het strakke elastiekje en leunde over mijn moeders schoot om ze in het handschoenenkastje te leggen. De bewaker wuifde ons door.

We reden in een ondraaglijk stilzwijgen verder. Ik snakte naar de afleiding van statisch knetterende muziek of voor mijn part geklets uit de radio. Toen ik aan Rahela dacht die op weg was naar Amerika, steeg er een onverwacht gevoel in me op: opluchting. Zodra ik dat in de gaten had, voelde ik schaamte. Wat was er mis met mij? Ik hoorde verdrietig te zijn. Ik kneep mijn ogen dicht in de hoop er een traan uit te kunnen persen. Een of twee lukte me ook, maar toen kreeg ik knallende hoofdpijn van alle inspanning.

'Mama, ik heb dorst,' zei ik, half vanwege de pijn en half uit een verlangen de onverdeelde aandacht van mijn ouders te krijgen, iets wat sinds de geboorte van Rahela onbereikbaar was geweest. Mijn moeder draaide zich met een zucht naar me om. Op haar gezicht stond zo'n groot verdriet dat ik onmiddellijk wilde zeggen: laat maar zitten, ik heb niets nodig. Maar mijn vader was al afgeslagen naar een bouwvallig tankstation, alsof hij had zitten wachten op een smoes om te kunnen stoppen. Op de verlaten pompen was een enorm stuk spaanplaat in de vorm van een pijl bevestigd waarop in onwennig handschrift met watervaste stift WEGRESTAURANT was geschreven.

We reden langs een met graffiti bekladde werkplaats zonder deur en kwamen op de parkeerplaats tot stilstand bij een gebouw met een bord, iets zorgvuldiger beschreven dan het eerste, met de tekst RESTAURANT. Het was een rustiek bouwwerk van hout dat zwart gebeitst was, maar zijn boomachtige eigenschappen had behouden: onregelmatige krommingen van stammen, knoesten en kransen van onafgewerkte planken. Het grindterrein lag er verlaten bij.

De binnenruimte bestond uit één kamer met een hoog balkenplafond en picknicktafels. We liepen naar de cafetaria-achtige toonbank en pakten oranje dienbladen en setjes tinnen bestek. Er was geen menu, alleen een rij dampende pannen. Een vrouw in een vies schort kwam van achter tevoorschijn en nam ons argwanend op.

'Hoe zijn jullie hier beland?' vroeg ze.

'Hoe bedoelt u?' zei mijn vader. 'Bent u niet open?'

'Het zit hier normaal bomvol met etenstijd. De wegen zijn vast afgesloten.'

'We zijn vanochtend van Zagreb naar Sarajevo gereden, zijn nu op de terugweg. De wegen waren vrij.'

'Ze zijn nu vast afgesloten,' zei ze. Ze gebaarde naar onze dienbladen, die we haar gaven en waarop ze kommen met stevige bonensoep en hompen brood neerkwakte. Bij de kassa stonden dikke, beslagen glazen met dikmelk, die natte vlekken maakten op de stapel servetten ernaast.

'En drie van die,' zijn mijn vader, terwijl hij naar de glazen wees.

'Ik wil dat niet. Het smaakt bitter,' zei ik.

'Het is goed voor je,' zei hij, en hij zette mijn glas op zijn dienblad.

Thuis kookte mijn moeder altijd. Dit was zover ik mij kon herinneren de eerste keer dat ik in een restaurant was. Ik at gulzig, doopte het brood in de bonen en dronk uiteindelijk zelfs mijn glas zurige melk leeg. Mijn moeder at niets.

'Denk je dat de wegen echt afgesloten zijn?' zei mijn moeder toen we terugliepen naar de auto.

'Een paar uur geleden was er niets aan de hand,' zei mijn vader, maar ik zag dat hij een blik op zijn horloge wierp. 'Er is vast niets.'

We reden een uur en nog één, kwamen langs borden naar Knin en Ervenik. Een pick-uptruck op de tegemoetkomende rijstrook knipperde met zijn koplampen naar ons.

'Langzamer. Het is vast politie,' zei mijn moeder. Mijn vader remde af. Er kwam ons nog een auto tegemoet, die veel sneller reed en langdurig claxonneerde toen hij ons passeerde. 'Misschien kunnen we beter omdraaien.'

'Ik kan hier niet keren,' zei mijn vader, terwijl hij om zich heen keek. Maar na de bocht zagen we de wegversperring. 'Godverdomme, nee!' Ik ging half staan en legde mijn kin op de bestuurdersstoel om beter te kunnen kijken. Midden op de weg stond een groepje mannen met baarden te praten en te lachen. Ze droegen een samenraapsel van legerkleding, munitieriemen over hun schouder en op hun mouw zwarte insignes met sabels en een doodshoofd. Ze hadden een grote boom omgehakt, die de doorgang aan onze kant van de weg verhinderde. De tegemoetkomende baan was versperd met zandzakken.

'Kunnen we er niet langs?' zei mijn moeder. 'Zeg maar dat we gewoon naar huis willen.'

Twee mannen stonden afzijdig van de groep en wenkten ons houterig dichterbij.

'Godverdomme.'

'Stop nou maar gewoon!'

'Wat is er aan de hand, mama?' zei ik.

'Niets, schatje, we moeten alleen even stoppen.'

'Mama…'

'Ga zitten, Ana.' Mijn vader draaide zijn raampje open toen een soldaat wankelend naar de auto toe kwam. De fonkeling in zijn ogen spiegelde de weerkaatsing van het zonlicht op de wodkafles in zijn hand. In zijn andere hand hield hij een kalasjnikov. Op de kolf stond een sovjetstempel, de lijnen waar de inkt was uitgelopen zagen eruit als traansporen.

'Is er iets niet in orde?' vroeg mijn vader.

'Identiteitsbewijzen,' zei de soldaat met dubbele tong. Mijn ouders trokken allebei grauw weg terwijl mijn moeder in het handschoenenkastje onze paspoorten zocht. Met onze identiteitsbewijzen zou de soldaat het machtigste wapen tegen ons in handen krijgen: kennis van onze naam. In het bijzonder onze achternaam, die het gewicht van onze afkomst, onze etniciteit droeg.

'We hebben een kind,' zei mijn vader. 'We zijn alleen maar op weg naar huis.'

'Jurić?' las de soldaat hardop. Mijn ouders zwegen. De soldaat verstevigde de grip op zijn geweer en keek weg. '*Imamo Hrvate!*' riep hij over zijn schouder. '*Hrvati*'. Kroaten. Ondanks zijn beschonkenheid wist hij een onmiskenbare walging in het woord te leggen. Een tweede soldaat kwam aanlopen. Hij duwde zijn wapen tegen de zachte huid van mijn vaders nek. 'Allemaal uitstappen,' zei hij. Hij wendde zich tot de overige mannen. 'Haal de anderen.'

'Mama, waar gaan we…'

'Ik weet het niet, Ana. Je moet nu heel stil zijn. Misschien willen ze ons fouilleren.' De auto schommelde op zijn roestige veren toen we eruit klauterden. Langs de weg stond een rij auto's. Op een stuk bruin geworden gras iets verderop stond een groep burgers ongemakkelijk schuifelend bij elkaar. Ik keek naar hen en probeerde vergeefs iemand zover te krijgen mijn blik te beantwoorden. Mijn pogingen werden met een ruk afgebroken toen een soldaat met zijn geweer in mijn rug porde. Een schok van pijn schoot langs mijn ruggengraat omhoog.

'Tata!' riep ik naar mijn vader, terwijl de soldaat een dikke rol prikkeldraad om mijn polsen wikkelde. De soldaat lachte luid en stootte een mondvol naar drank stinkende adem uit. Golven dikmelk sloegen tegen mijn maagwand.

'Poten thuis! Klootzakken!' schreeuwde mijn vader, die zich tegen zijn eigen prikkeldraadboeien verzette. De soldaat achter hem sloeg met zijn geweerloop tegen mijn vaders knieholte. Mijn vaders been maakte een gekke draai en er stroomde bloed langs de achterkant van zijn broekspijp. Hij zei niets meer.

Ik schuifelde naar hem toe, legde mijn hoofd tegen zijn heup en probeerde instinctief zijn hand te pakken, maar het prikkeldraad om mijn polsen sneed diep in mijn vel. 'Het komt allemaal goed,' zei hij, zachtjes nu. 'Zorg er alleen voor dat je bij ons blijft.' Naast hem stond mijn moeder een beetje te rillen, ook al had ze haar jas aan. Ik had mijn jack in de auto laten liggen, maar had het toch niet koud.

Het besef dat ook mijn ouders pijn en angst voelden, maakte me banger dan al die enge onbekenden. Doodsbange gedachten kolkten als een snelstromende rivier door me heen. Ze zouden onze auto afpakken. We zouden in elkaar geslagen worden. Ze zouden ons naar kampen afvoeren. We werden naar de andere gevangenen gedreven: een aantal uitdrukkingsloos kijkende mannen in schildersoveral, een jong stel dat steeds weer trachtte elkaar aan te raken en terugdeinsde als het prikkeldraad in hun vel sneed, een vrouw met een bloedspoor op haar dij, een oudere man met een witte stoppelbaard en zwarte orthopedische schoenen. Anderen.

'*Hajde*! We gaan!' blafte de soldatenleider. Hij stommelde naar het bos dat de weg omzoomde.

Ik lette er vooral op dat ik mijn polsen onder het prikkeldraad niet bewoog en hield mijn ogen gericht op mijn voeten die met elke stap wegzonken in het kreupelhout. Als kind van het beton van de stad was ik nog nooit in een bos geweest. Het was er koud en rook er vochtig, als in de kelder van ons flatgebouw. Het met klimplanten overwoekerde kreupelhout leek zijn armen uit te strekken naar de bovenkant van mijn sneakers. Ik moest aan Stribor en zijn rijk denken en wenste dat ik een glimp tovenarij zou zien in een holle eik, een wonderbaarlijke vluchtweg. We liepen dieper het bos in, waar de late middagzon door schaduwen werd opgeslokt.

'Waarom is het hier zo donker, tata?' fluisterde ik. Maar de groep stond nu stil en hij antwoordde niet. We waren bij een open plek aangekomen, waar de bodem zo grondig was aangestampt onder de zolen van soldatenkistjes dat er niets meer groeide, er lag alleen modder en rottende eikels. Voor ons zagen we de resten van een uitgedoofd kampvuur en een grote kuil in de grond.

Achter me klonk een schreeuw. Een van de schilders had geprobeerd terug te rennen naar de weg, maar wist met zijn armen op zijn rug gebonden moeilijk zijn evenwicht te bewaren. Een soldaat had hem al snel ingehaald en na een klap met het geweer tegen zijn benen belandde de man op zijn knieën. De soldaat trok de schilder aan zijn haar overeind, waarbij hij diens hoofd in een onnatuurlijke hoek heen en weer draaide voordat hij hem weer op de grond liet vallen. De soldaat veegde een pluk haar van zijn hand, hief zijn wapen en liet zijn geweerkolf hard neerkomen op het achterhoofd van de man in de modder. Bloederige pulp en een deuk waar voorheen bot was geweest.

'Nog iemand?' zei de soldaat. Hij had bruine tanden.

De soldaten zetten ons in een rij naast elkaar. Ze duwden en porden. Als iemand niet snel genoeg opschoof, sloegen ze. Ze zorgden ervoor dat we in een keurige halve cirkel om de kuil kwamen te staan.

De eerste keer klonk het geluid uit de kalasjnikov niet als een geweerschot. Het klonk als een lach. Toen het eerste slachtoffer in elkaar zakte en in het donkere gat viel, hapten we als één man naar adem. Een paar seconden lang, misschien zelfs minuten, gebeurde er niets. Toen weer een schot en de man naast hem, een van de schilders, viel.

De dood van deze mannen aanschouwen leerde de rest van ons twee dingen: ze zouden dit langzaam doen en ze gingen van links naar rechts. Dat was niet de meest efficiënte manier om mensen te doden. Maar ook niet de minst efficiënte. Het was een goede schietoefening voor de nieuwe rekruten. Het was langzaam genoeg om de gevangenen te kwellen. Het was niet rommelig. Hooguit bloederig. Maar als ze eenmaal vielen, waren ze ook al half begraven.

Mijn vader keek op me neer, daarna naar mijn moeder links van hem. Zijn mond vertrok toen hij zijn ogen weer van haar losrukte. Toen fluisterde hij me scherp toe.

'Ana… Ana, luister goed.' Een schot. 'We gaan een spelletje spelen, afgesproken? We gaan de soldaten foppen.' Een schot. 'Ze zijn dronken. Het zal niet moeilijk zijn, als je maar goed oplet. Je hoeft alleen maar dicht bij mij te blijven. Heel dichtbij…' Een schot. 'Als ik dadelijk in de kuil val, laat jij je ook vallen. Gewoon met je ogen dicht en je lichaam gestrekt.' Een schot. 'Maar het zal alleen werken als we echt precies tegelijk vallen, afgesproken?' Een schot. 'Begrijp je me? Niet doen! Niet naar me kijken.'

Ik begreep niet echt wat er gebeurde, hoe we de bewakers konden foppen zodat ze ons niet zouden doodschieten. Maar mijn vader leek zeker te weten dat alles goed zou komen als we maar tegelijk zouden vallen en hij had altijd gelijk.

'Valt mama ook samen met ons?' Een schot.

'Nee, zij…' Mijn vaders stem brak. 'Zij gaat eerst.' Ik keek naar mijn moeder, toen naar mijn vader die naar haar keek, zag hoe iets in zijn irissen uitdoofde.

'Ana!' Mijn vaders fluisterstem klonk nu ruwer, gejaagd. 'Luister goed. Zodra we zijn gevallen moeten we ons absoluut stil houden en wachten tot er boven ons niets meer te horen is. Dan kruipen we er samen uit. Oké? Denk eraan…' Een schot. Mijn moeder wankelde op de rand van de modderige kuil. Op de bolling van haar lip verscheen een vuurrode spikkel die langs haar kin naar beneden drupte. Ze leek te zweven, alsof ze expres was gesprongen, en landde zacht, niet met een doffe klap zoals degenen voor haar.

Ik voelde dat ik gilde toen ik besefte wat er was gebeurd. Weer een schot, één dat nagalmde. Ik wachtte, keek naar mijn vader, hield mijn adem in en liet mezelf vallen.

Het was donker en plakkerig en het rook er naar zweet en pis. Ik draaide mijn gezicht weg zodat ik kon ademen. Er viel iets zwaars op mijn benen, maar ik voelde me ver weg van mijn lichaam en kon me niet bewegen. Ik lette alleen maar op het hoekje van mijn ooit witte t-shirt dat het bloed van anderen opzoog. Vroeger dacht ik altijd dat alle talen een geheimschrift waren, dat je zodra je het alfabet van een andere taal had geleerd vreemde woorden kon omzetten in die van je eigen taal, in iets herkenbaars. Maar het bloed vormde een patroon als een routekaart tot inzicht en ineens begreep ik de verschillen. Ik begreep waarom het ene gezin in een kuil kon belanden en het andere zijn weg mocht vervolgen, dat het verschil tussen Serviërs en Kroaten veel groter was dan de manier waarop ze letters schreven. Ik begreep de bombardementen, de middagen die ik thuis op de vloer had gezeten met de zwarte stof voor de ramen, de nachten die ik had doorgebracht in betonnen hokken. Ik begreep dat mijn vader niet zou opstaan. Dus wachtte ik, terwijl mijn hoofd licht voelde en tolde en mijn oogleden zwaar werden. Ik kwam bij in de stank van muf geworden angst en beginnende ontbinding.

'Laat maar. We halen de bulldozer uit Obrovac wel,' zei de soldatenleider. De lichamen om me heen waren al aan het afkoelen en begonnen stopverfachtig aan te voelen, zoals dood vlees. Mijn hart bonkte in mijn oren en angst schoot langs mijn nek omhoog. Maar de soldaten gehoorzaamden en ik hoorde de voetstappen verdwijnen en toen de echo van de voetstappen wegsterven en bleef doodstil liggen tot ik zeker meende te weten dat ik ze hun jeeps had horen starten.

'Tata,' zei ik. Ik wist het al, maar kroop toch dichter tegen hem aan en duwde met mijn schouder tegen de zijne. 'Wakker worden.' Zijn ogen zaten stijf dicht, alsof hij aan het tellen was voor verstoppertje, maar er was bloed. Op zijn hals. Op zijn lippen. In zijn oren. 'Wakker worden!' Het was onmogelijk om diep in te ademen. Ik probeerde te bewegen, maar mijn benen zaten klem onder het been van degene die naast me was gevallen, een tiener met een weggeslagen achterhoofd. Het gewicht van zijn lichaam maakte het erger. Ik wist zeker dat ik zou stikken, trapte wild om me heen en probeerde hem van me af te schudden. Mijn handen waren nog steeds geboeid. Het lukte me met veel moeite te gaan zitten. Toen klom ik uit de kuil, waarbij ik de doden als opstapjes gebruikte.

Ik trok mijn polsen uit het prikkeldraad, rukte eerst met een snelle beweging één hand los en wikkelde toen mijn andere hand vrij. Stukken vel bleven achter op de prikkels. Het bloed drupte trapsgewijs naar mijn vingertoppen. We hadden niet heel diep in het bos gezeten. Ik volgde de schoenafdrukken naar de weg. De soldaten hadden de omgehakte boom laten liggen, maar de zandzakken meegenomen. Ze hadden onze auto's in brand gestoken. Ik zag het verkoolde karkas van wat volgens mij onze auto was geweest als een reusachtige pijl wijzen en besloot verder te gaan in de richting waarin we onderweg waren geweest, naar huis.

Het leek belangrijk om te blijven lopen, maar mijn benen waren verstijfd van de shock en de weg zwom dan weer scherp, dan weer wazig voor me. Ik kwam tergend langzaam vooruit. De nacht ging over in schemering, al had ik dat pas door toen de verandering zich had voltrokken, alsof ik een slaapwandelaar was die door de zonnestralen werd gewekt. De schaduwen slonken al toen ik in het licht van een nieuwe ochtend de rand van een dorpje bereikte.

II
Slaapwandelaar

1

Ik werd in het kobaltkleurige deel van de vroege ochtend wakker. Het was nog te vroeg om op pad te gaan, maar in slaap vallen zat er niet meer in. Ik wilde Brian niet wakker maken, dus dwong ik mezelf een minuut of twee stil te blijven liggen en probeerde ik mijn ademhaling gelijk te krijgen met de zijne, maar ik was al zo wakker dat mijn hart sneller klopte en ik de grootste moeite moest doen om stil te blijven liggen. Ik glipte zijn bed uit en hij slaakte een diepe zucht alsof hij begon te ontwaken, ontwakende soort van zucht maar bleef toch slapen.

Ik ging naar mijn eigen kamer om me te verkleden en probeerde de weerbarstige lok aan de rechterkant glad te strijken die met buitengewone koppigheid altijd weer opdook als er iets belangrijks op stapel stond. Weer buiten sloeg de kou op mijn keel maar ik ging toch te voet verder, om tijd te rekken. Bij het oversteken van de straten op weg naar de East River voelde het wegdek onder mijn sneakers glibberig van de sneeuwmodder die de nachtelijke sneeuwruimers hadden achtergelaten. Enkele winkeliers gooiden hun rolluiken al open om de dag te beginnen, maar het was nog grotendeels uitgestorven en stil in de stad, Manhattan op zijn leegst. Op grote stukken van mijn wandeling kwam ik geen mens tegen.

De lobby van het VN-hoofdkwartier viel me tegen. Hoewel ik al drie jaar in New York studeerde, had ik het complex aan de East River tot nu toe weten te mijden. Nu ik binnen in de rij stond voor de bewakingspoortjes, voelde ik een vreemde mengeling van gespannen verwachting en teleurstelling. In de loop van de jaren was ik mijn vertrouwen in de VN kwijtgeraakt – hun interventies, in mijn land en de rest van de wereld, waren in het beste geval halfslachtig – maar ik was er toch van uitgegaan dat hun onderkomen indrukwekkend en protserig zou zijn. Deels was het dat ook: de vier verdiepingen hoge plafonds maakten dat ik me klein voelde, de balkons van glas en beton die in een golvende lijn rond de entreehal bogen suggereerden moderniteit, maar voor het overige was het interieur niet veel bijzonders. De geblokte marmeren vloer was bedekt met vlekkerige lopers. De bewakingscamera's hingen zo in het zicht dat ik er zeker van was dat ze nep waren en dat er modernere apparatuur in meer verborgen hoekjes stond opgesteld.

De vrouw die me hier had uitgenodigd, had me in de kerstvakantie gebeld. Ik was niet moeilijk op te sporen, ging nog steeds met dezelfde mensen om, op dezelfde plaats als waar ik naar op weg was geweest toen ik haar voor het eerst had ontmoet. Ze had me verteld dat ze na haar periode bij het Vredeskorps in Joegoslavië was teruggekeerd naar New York en zich door de bureaucratische rijstebrijberg heen een weg had gebaand naar een positie als verbindingsofficier. Nu was ze bezig met een nieuw project, het vormen van een commissie die zich speciaal met mensenrechten moest gaan bezighouden. Ze had me nodig, zei ze. Ik vertelde haar dat ik in de stad studeerde, waarop zij 'Wat bijzonder' zei, waaraan ik me ergerde, al wist ik dat er een kern van waarheid in zat. Toen zei ik iets opgewekts in de trant van: 'Vrijdag is ideaal. Dan hoef ik ook geen college te missen!' – iets wat haar verheugde en ik al betreurde voordat ik had opgehangen.

Ik was te vroeg en ging op een bank zitten wachten. Ik keek naar de mannen in pak en vroeg me af of er mensen bij zaten die in mijn oorlog beslissingsbevoegdheid hadden gehad of ter plekke waren geweest. De vrouw – mevrouw Stanfeld – was altijd heel vriendelijk geweest en ik schaamde me voor de minachting die ik voelde toen ik speurend rondkeek of ik haar in de lobby zag. Uiteindelijk kreeg ik haar vanuit mijn ooghoek in de gaten: in een mantelpakje op hakken en met haar haar strak naar achteren getrokken in een knotje. De laatste keer dat ik haar had gezien, had ze legerkistjes en een blauw kogelwerend vest aangehad en zat haar haar in een warrige bos krullen onder haar helm. Haar gezicht was nog hetzelfde. Ik bedacht dat ik uiterlijk waarschijnlijk veel ingrijpender veranderd was – ik was intussen een centimeter of veertig gegroeid – dus stond ik op en liep naar haar toe. Nog voordat ik haar aandacht hoefde te trekken, riep ze me.

'Ana Jurić?' Het was een achternaam die ik al heel lang niet meer had gehoord.

'Mevrouw Stanfeld.' Ik stak mijn hand te vroeg uit zodat hij in het luchtledige bleef hangen.

'Zeg maar Sharon, hoor.'

'Hoe wist je dat ik het was?'

'Je ogen.' Even leek ze te aarzelen of ze meer moest zeggen. 'En die schoenen zie je hier niet veel.' Ik wierp een korte blik op de hoge Converse sneakers die ik in een vlaag van verdwaasde opstandigheid op de valreep had aangetrokken.

Ik liep achter Sharon aan de entreehal uit en een gang door.

Terwijl ze nog even naar de wc ging, slenterde ik wat door de gang. Ik stak mijn hoofd om de openstaande deuren van vergaderzalen waar zware gordijnen hingen en religieus ogende schilderijen die bij nadere beschouwing verstoken bleken van echte religie: arenden en van halo's voorziene wereldbollen in plaats van kruisbeelden.

Verderop in de gang viel me een stel bewerkte deuren op waarachter volgens een bordje de zaal van de Veiligheidsraad lag. Ik stelde me voor dat de gedelegeerden van tien jaar geleden achter die muur hadden vergaderd, hadden gesproken over het aantal doden, onder wie mijn ouders en vrienden, en hadden besloten dat ze om de schijn op te houden wel iets moesten doen, maar zich verder beter afzijdig konden houden in zo'n smerig conflict. Ik liet mijn hand om de deurklink glijden en trok er zachtjes aan, maar de deur was lichter dan hij eruitzag en zwaaide wijd open. Een luchtstroom blies de zaal in en een aantal gedelegeerden op de achterste rijen draaiden zich naar me om.

Ik voelde een hand op mijn schouder en liet van schrik de deur los, die weer dichtviel. Sharon hield me een kop koffie en een koffiebroodje in vetvrij papier voor.

'Over een paar minuten zijn ze klaar. Daarna volgt een korte koffiepauze en dan zijn wij.' Ze probeerde met haar vingers te knippen, maar het vetvrije papier zat in de weg. Ik volgde haar naar een kleinere zaal met uitgeharde lijmresten op de muur waar een bordje had gezeten.

Ze volgde mijn blik. 'Dit is nu onze kamer,' zei ze trots. 'Maar ik heb nog geen seconde vrij gehad om een aanvraag in te dienen voor een nieuw bordje. Zullen we aan een van die voorste tafels gaan zitten?' Ze gaf me de koffie en het broodje. 'Een van die plaatsen met "gereserveerd", kies maar.'

De zaal had geen ramen en was met donker hout betimmerd. De tafels en stoelen stonden in een halve cirkel opgesteld. Ik ging op een stoel zitten en nam een slok van de koffie, die warme chocolademelk bleek te zijn. Ik verslikte me, want ik dronk mijn koffie altijd zwart. De zoete smaak bleef in mijn mond hangen en ik realiseerde me dat ik voor Sharon altijd een meisje van tien zou blijven.

Ik had in Amerika snel geleerd waar ik wel en niet over hoorde te praten. 'Vreselijk, wat daar is gebeurd,' zeiden mensen als ik liet vallen waar ik vandaan kwam en uitlegde dat het dat land naast Bosnië was. Bosnië kenden ze wel, daar waren in 1984 de Winterspelen geweest.

In het begin waren er volwassenen geweest die met iets wat tussen bezorgdheid en nieuwsgierigheid hing naar de oorlog hadden geïnformeerd en had ik vrijuit verteld over de dingen die ik had gezien. Maar vaak keken ze vervolgens bij mijn verhalen ongemakkelijk weg, alsof ze hoopten dat ik alles weer terug zou nemen en zou zeggen dat oorlog en genocide eigenlijk wel meevielen. Ze betuigden hun medeleven, zoals hun geleerd was en bleven dan nog beleefdheidshalve een tijdje zitten tot ze het gesprek met een smoes konden beëindigen.

Hun gedachten over hoe en waarom mensen onder zulke gruwelijke omstandigheden in een land bleven, vond ik nog het moeilijkst te verdragen. Ik wist dat die voortkwamen uit onwetendheid en niet uit inzicht. Ze vroegen het zich af omdat ze nooit vanaf hun balkon de walmen na een luchtaanval hadden geroken of de lucht van verbrand vlees, omdat ze niet konden bevatten dat je je ondanks al het gevaar op zo'n plek toch thuis kon voelen. Al snel veranderde ik mijn aanpak en koos ik mijn anekdotes zorgvuldiger, zoals die over het eindeloze belletje trekken bij onze Servische buurman en de spelletjes die we verzonnen in de schuilkelder, totdat ik zo'n luchthartig beeld van Zagreb had geschilderd dat het leek alsof het er één grote kermis was. De versie van de gebeurtenissen die zij voorgeschoteld kregen was niet bedreigend, grappig zelfs. Maar het was vermoeiend en pijnlijk om steeds weer een verteerbare oorlog te moeten schilderen, en op een dag hield ik er gewoon helemaal mee op. Ik groeide op en mijn accent vervaagde. Jarenlang had ik het er nooit meer over. Ik ging door voor een Amerikaanse. Dat was makkelijker – voor hen – zo hield ik mezelf voor.

De vn-gedelegeerden die nu op weg waren naar hun stoel wisten echter wel wie ik tien jaar geleden was geweest. Zij zouden snakken naar bloederige verhalen. Ik wist niet goed wat ik hun moest vertellen. Ik was tot laat opgebleven om daarover na te denken, had geprobeerd er een samenhangend verhaal van te maken, maar na al die jaren had ik nog steeds geen kader om een logisch geheel te vormen van wat er was gebeurd. Aan de andere kant van de zaal sloften twee zwarte tienerjongens naar de eerste rij, waar ze ineengedoken op hun stoel gingen zitten. Afrika, dacht ik. Soedanese Lost Boys of kindsoldaten uit Sierra Leone. Ik vroeg me af of Sharon hen ook had benaderd of dat ze het project van iemand anders waren.

Sharon ging staan om een inleiding te geven terwijl achter haar op het scherm in grote rode letters GEEN VERBINDING werd geprojecteerd. Ik keek naar de stagiaire die met de kabels rommelde. Na een tweede reset verscheen de diashow 'Kinderen in oorlog' in 3D WordArt-letters in beeld.

'De eerste die haar verhaal zal vertellen is Ana Jurić,' zei Sharon. 'Ana is een overlevende van de burgeroorlog in Joegoslavië.' Er verscheen een dia met voor-en-na-kaarten van Joegoslavië en de uiteindelijke opdeling in verschillend gekleurde gebieden. 'Op tienjarige leeftijd is ze betrokken geweest bij gevechtsmissies van de rebellen tegen de Servische paramilities.' Op die mededeling volgde een zacht geroezemoes in de zaal. 'Maar ze zal zichzelf uitgebreider voorstellen,' zei Sharon, wat ik als aanwijzing opvatte om te gaan staan.

Een aarzelend applaus golfde door de zaal terwijl ik naar de plaats liep waar Sharon had gestaan. Als je daar vooraan stond, leek de ruimte veel groter. Ik haalde de dubbelgevouwen systeemkaartjes uit mijn zak, maar mijn puntsgewijze aantekeningen leken nu zinloos. Ik kuchte en het geluid echode door de zaal. Een herinnering aan mijn vader kwam boven. Toen ik zenuwachtig was geweest voor een solo die ik moest zingen bij een kerstconcert van school had hij gezegd: 'Zing gewoon heel hard. Als je hard zingt, gelooft iedereen vanzelf dat het goed is.'

'Ik ben Ana,' zei ik. 'Ik ben twintig en zit in mijn derde jaar op New York University, waar ik literatuurwetenschap studeer.' Vroeger zouden de zaal en de hoogwaardigheidsbekleders met hun stijve, formele taal me angst hebben aangejaagd, maar nu voelde ik me eerder vermoeid dan bang. Ik was de angst ontgroeid zoals ik uit mijn kinderkleren was gegroeid en zodra de adrenaline van het begin was weggeëbd, kalmeerde mijn stem.

'In Kroatië heb je geen kindsoldaten,' zei ik toen de volgende dia in beeld kwam – twee tienermeisjes in camouflagekleding met aanvalsgeweren die duidelijke sporen van gebruik vertoonden. 'Alleen kinderen met geweren.' Het was een semantisch argument en onzin ook trouwens, en net als in de collegezalen van de universiteit vraten ze het.

De meisjes op de foto waren onbekenden, maar ik had het ook kunnen zijn. Gevangen in dat vacuüm tussen kindertijd en puberteit, hun huid nog glad maar armen en benen hoekig en lang door de groeispurts, allebei met een kalasjnikov voor hun borst. De arm van de grootste van de twee lag op de schouder van de kleinste; ze konden zussen zijn. Allebei lachten ze vaag naar de camera, alsof ze zich uit een andere tijd herinnerden dat je op de foto hoort te lachen.

Wie had die foto's gemaakt, vroeg ik me af terwijl ik doorging met mijn verhaal en vertelde over onze tocht richting huis, de moord op mijn ouders, het dorp waar ik daarna naartoe was gelopen. In elk geval geen plaatselijke inwoners, die het beeld niet memorabel genoeg zouden hebben gevonden voor een foto. Te vroeg in de oorlog voor traumatoeristen, die pas nadat het gevaar was geweken waren komen opdagen. Het moesten journalisten zijn geweest, een slag mensen dat ik nog steeds niet doorgrondde. Buitenstaanders die zich moreel superieur voelden om vervolgens zodra ze bebloede kinderen tegen het lijf liepen een stap achteruit te doen voor een foto.

'Vechten was geen keuze,' zei ik. 'Het was gewoon wat we deden om in leven te blijven. Het hoorde erbij.'

Op de dia's maakten de meisjes een excentrieke indruk – dieren die tijdens een safari gevangen genomen waren – maar wij waren helemaal niet zo exotisch. Als ik aan mijn eigen wapen terugdacht, herinnerde ik me niet de existentiële macht ervan, maar het gewicht dat zwaar op mijn tengere lichaam had gedrukt. De wrijving van de band die een pijnlijke plek op mijn schouders had veroorzaakt. Het bijna kriebelige gevoel in mijn buik, die de ritmische stoten had opgevangen als ik vanuit de heup schoot.

We waren anders dan de kinderen van Sierra Leone die in datzelfde jaar een continent verderop hun eigen oorlog voerden; wij waren niet ontvoerd en hadden geen verdovende middelen ingegoten gekregen totdat we gevoelloos genoeg waren om te doden, hoewel ik nu het voorbij was soms wilde dat ik dat excuus had gehad. We kregen van niemand bevelen, beschoten uit eigen beweging het Joegoslavisch Volksleger vanachter kapotgeschoten ramen en waren een paar tellen later alweer aan het kaarten of hardloopwedstrijdjes aan het houden. En hoewel ik had geleerd wapens uit mijn hoofd te bannen, voelde ik nu ik erover sprak iets wat ik niet had verwacht – verlangen. De geweren mochten schokkend zijn voor de bleke gezichten daar voor me, voor velen van ons waren ze synoniem met onze jeugd, waren ze bedekt met hetzelfde laklaagje nostalgie dat ieders jeugd glans geeft. Ik wist alleen dat hoe ik ook mijn best deed, ik nooit de goede woorden zou vinden om uit te leggen waarom ik me bij die geweren meer op mijn gemak voelde dan in hun New Yorkse wolkenkrabber.

In plaats daarvan probeerde ik het met pragmatisme, koos ik ervoor iets te zeggen waarmee ik op zijn minst misschien iemand zou kunnen helpen. 'U moet weten dat uw voedselhulp niet terechtkomt bij de mensen voor wie die bedoeld is,' zei ik. 'Op de plek waar ik me bevond waren er geen blauwhelmen en stalen de Četniks de hulpgoederen die voor de burgers bestemd waren. Als jullie het voedsel droppen en meteen weer verdwijnen, geven jullie alleen je vijanden te eten. Wij hadden geweren, maar zij hadden er meer. Vuurkracht is de enige factor die bepaalt wie er te eten heeft.'

Na een tijdje voelde ik een warmte die verried dat er iemand naast me stond en begreep ik dat Sharon was teruggekomen en wachtte tot ik uitgesproken was. 'Bedankt voor uw aandacht,' zei ik. De toehoorders klapten nu met meer overtuiging, ofwel omdat ze geïntrigeerd waren door wat ik had gezegd, ofwel uit opluchting dat het voorbij was. Sharon gaf me een kneepje in mijn schouder en ging verder met haar bijdrage over Servische concentratiekampen. Ik wierp een blik op de Afrikaanse jongens, die permanent rode ogen hadden van het wrijven of huilen of van te veel coke, waarachter een niet nader bepaald drama schuilging. Ik ging weer zitten en was blij dat ik als eerste had gemogen. Maar toen de foto's van de massagraven op het scherm verschenen, glipte ik door een zijdeur naar buiten en gaf over in een plantenpot. Ik ging niet terug om de rest van de presentatie te zien uit angst dat ik iemand op de foto's zou herkennen.

2

Ik stak het plein voor het VN-gebouw over – een toendra van beton en winterklaar gemaakte fonteinen – en liep door het hek naar buiten. Sharon en ik hadden afgesproken na de bijeenkomst samen te lunchen, maar ik kon deze plek niet langer aanzien of de herinneringen die hij in me opriep verdragen en gokte dat ik nog ongeveer een uur had als de jongens ook nog aan het woord moesten komen. Ik zocht mijn weg door het verkeer op First Avenue en beklom de treden die terug naar Tudor Village leidden. Om snel terug te kunnen zijn voor mijn afspraak met Sharon, moest ik wel in de buurt blijven. Ik was haar veel verschuldigd, maar besefte nu dat de ware reden voor mijn komst vooral was dat zij me, al was het maar heel kort, in Kroatië had gekend. Misschien zou ze me iets kunnen vertellen over wat er gebeurd was met de mensen die ik had achtergelaten.

De late winterlucht was koud, maar hielp tenminste wel iets tegen de misselijkheid. Ik had altijd troost gevonden in Manhattan, voelde me veilig tussen deze gebouwen en straten vol onbekenden met een leven dat misschien wel net zo rommelig was als het mijne. Wat universiteit betrof had ik mijn keus eerder op de stad dan op de opleiding laten vallen. De twee Amerikanen die ik nu mijn ouders noemde hadden allebei niet gestudeerd en ik had alleen vage ideeën gehad welke studie ik misschien zou willen volgen. Bij gebrek aan andere criteria had ik daarom teruggedacht aan Zagreb – de steegjes en trams, de autonomie en mobiliteit die de compactheid van de stad met zich meebracht – en voor New York gekozen. Maar nu ik Forty-fourth Street afliep en het onbekende stukje Manhattan om me heen bekeek, voelde ik me misplaatst. De straat had ook in een compleet andere stad kunnen liggen, zo verschilde hij in uiterlijk en bestemming van alles in de West Village, waar ik me meestal ophield: schone trottoirs met slechts hier en daar mannen in pak en glimmend gepoetste leren schoenen, zwarte auto's met chauffeur en een diplomatiek kenteken die met lopende motor aan de kant stonden te wachten. Ik kwam langs een reeks programmakantoren van de VN en het UNICEF-gebouw, namen die voor mij als kind aan de andere kant van de oceaan zoveel hoop vertegenwoordigd hadden en nu zo weinig voor me betekenden.

Ik liep een buurtwinkeltje binnen om een rolletje pepermunt te kopen. Toen ik in mijn jaszak naar kleingeld zocht, zag ik mijn telefoon knipperen met een sms van Brian.

Morgen, schatje. Waar moest je heen?

Ik wilde niet liegen, dus antwoordde ik niet en stak de telefoon weer in mijn zak. Ik ging inmiddels een jaar met Brian, maar hij wist niets over wie ik werkelijk was. Ik had hem, zoals iedereen op de universiteit, verteld dat ik in New Jersey was geboren.

Aanvankelijk had ik me goed gevoeld bij de beslissing mijn vroegere leven te verzwijgen. Ik kon mijn studietijd en de stad ervaren zonder dat achter elke bocht het oude verdriet op de loer lag. Een tijdlang werkte het. Ik sloot nieuwe vriendschappen, ontmoette Brian, ging tot diep in de nacht stappen, roken, drinken en dansen om vervolgens met wijd open ogen en betoverd door de stadslichten naar huis te lopen. Op een plek die niet besmet was met het spook van mijn jeugd leerde ik gaandeweg een normaal leven leiden. En toen waren aan het begin van mijn derde jaar de torens ingestort.

Ik zat in een scheikundeles die om 8 uur 's ochtends was begonnen met mijn labgenoten grapjes te maken over het periodiek systeem toen een docente uit een naburig lokaal voor de deur opdook. Ze kwam ongevraagd binnen.

'Dit moet je zien, Hank,' zei ze. Ze grabbelde in de bureaulade van professor Reid terwijl hij geërgerd toekeek. Ze vond de afstandsbediening en richtte die met een bevende hand naar boven. De televisie, die nog op het videokanaal stond, produceerde een grom van statisch geknetter. Ze schakelde over naar een nieuwszender.

Zelfs op het korrelige beeld van het oude toestel was de brand levensecht fel en schrikbarend, zowel wat intensiteit als wat omvang betrof. Maar pas toen de cameraman uitzoomde ging er een schok van herkenning door alle aanwezigen. Professor Reid sneed met de noodschakelaar de gastoevoer af, waarmee hij onze experimenten deactiveerde, en we kwamen allemaal om de televisie staan.

'U ziet nu overduidelijk zeer verontrustende live beelden,' zei de voice-over van het nieuws. 'Dit is het World Trade Center en er zijn onbevestigde berichten dat er vanochtend een vliegtuig in een van de torens is gevlogen.'

'O, god, om welke toren gaat het?' zei een meisje achter in het lab.

'Welke piloot vliegt er nou zo laag over New York?' zei een jongen naast me. 'Randdebiel.'

'Mijn broer werkt in de zuidelijke toren,' zei het meisje.

'En wat als het geen ongeluk was?' zei ik.

'Hoe bedoel je "geen ongeluk"?' zei de jongen. 'Wat zou het anders geweest moeten zijn?'

Onze professor toetste een nummer op zijn mobieltje in, maar degene die hij belde nam niet op en hij klapte zijn telefoon weer dicht.

'Ik wil jullie vragen terug te gaan naar jullie kamers,' zei hij. 'Degenen die niet op de campus wonen, moeten iemand zoeken bij wie ze voorlopig kunnen blijven.' We pakten allemaal onze boeken in, behalve het grauw weggetrokken meisje, dat nog steeds bij de televisie stond.

'Het was de noordelijke toren,' zei ik, en ik wees naar de lopende tekst onder in beeld. 'Alles is vast in orde met je broer.'

'Jongens,' riep professor Reid, toen we al bij de deur waren. Hij keek niet op, maar was weer bezig een nummer in te toetsen op zijn telefoon. 'Neem de trap.'

Buiten tuurde ik in de richting van het centrum, maar ik zag niets. Ik vroeg me af waar Brian was en tastte in mijn rugzak naar mijn mobiel. Ik had hem de maand ervoor van mijn Amerikaanse ouders voor mijn verjaardag gekregen, maar was er nog niet aan gewend hem bij me te hebben en was hem continu kwijt. Toen ik hem opduikelde, zag ik op het scherm dat ik verschillende oproepen had gemist. Ik probeerde eerst Brian te bellen, daarna mijn ouders, maar kreeg elke keer een ingesprektoon die ik nooit eerder had gehoord, het geluid van miljoenen mensen die gelijktijdig aan het bellen waren.

Omdat ik niet wist wat ik anders moest doen, holde ik terug naar mijn flat. Beneden in de hal trof ik een ijsberende Brian. Ik was opgelucht en een beetje verwonderd dat hij gezond en wel voor me stond. Ik besefte dat ik instinctief het ergste had verwacht.

'Alles is goed met je,' zei ik, en ik trachtte niet al te verrast te klinken.

Brian kuste me op mijn voorhoofd en we gingen naar boven, waar mijn huisgenoten zich al hadden verzameld in de gemeenschappelijke ruimte. We zaten voor de televisie, zagen de inslag in de tweede toren en een paar uur later hoe die instortte. In de tekst onder in beeld was 'ramp' vervangen door 'aanval'. Uiteindelijk wist ik mijn ouders te bereiken. We spraken gek genoeg op fluistertoon, alsof we bang waren dat we met te hard praten nog meer zouden laten omvallen. Met mij was alles goed, zei ik steeds weer, in een poging de vrouw die ik mijn moeder was gaan noemen gerust te stellen. En met mij wás ook alles goed, zei ik tegen mezelf toen ik ophing. Mij was tenslotte niets overkomen.

Brian wilde blijven, maar ik veinsde een paper dat ik moest schrijven en putte me uit in verontschuldigingen en hij ging met tegenzin terug naar zijn eigen flat. Ik wilde alleen zijn. Zelfs nadat iedereen naar bed was gegaan, bleef ik nog zitten kijken naar de torens die geen torens meer waren, naar wat iedereen nu Ground Zero noemde. Ik voelde een overweldigende drang dicht bij de brokstukken te zijn, ging naar buiten en liep in zuidelijke richting tot ik bij de brandweerwagens kwam die de weg verder versperden. Daar bleef ik een tijd staan, in het felle schijnsel van de noodverlichting. Er hing nog steeds een zware lucht van brandend plastic en gesmolten staal, zodat elke ademhaling droog en jeukerig voelde en vol gipsdeeltjes.

Bij mijn terugkomst toonde de televisie in de gemeenschappelijke ruimte een herhaling van de filmbeelden van de afgelopen dag, schokkerige opnamen van bestrating die aan het zicht onttrokken was door een aslaag en paperassen van dode mensen, documenten die die ochtend nog belangrijk hadden geleken, misschien zelfs geheim waren. De uitzending toonde opnieuw een live-opname van de stad vanuit een helikopter. Boven de plek hing een rookwolk die oranje getint was door de weerkaatsing van de stadsverlichting beneden. Ik probeerde weer de solipsistische gedachte te onderdrukken die ik al de hele dag uit de weg ging: dat narigheid me zou achtervolgen waar ik ook ging.

Inmiddels waren de aanslagen een halfjaar geleden en begon het normale leven zich te herstellen, eerst door een houding van verplichte onverschrokkenheid – angst betekent dat je hen zou laten winnen – daarna met een geleidelijke hervatting van de dagelijkse routine tot we weer werden opgeslokt door de banale ongemakken van het stadsleven: tikkende verwarmingsbuizen, omleidingen wegens metrowerkzaamheden en het gebruikelijke scala aan ongedierte. Het land was in oorlog, maar voor de meesten was oorlog meer een idee dan iets wat je ondervond, en ik voelde iets tussen boosheid en schaamte dat Amerikanen – ik – de gevolgen ervan soms dagen achtereen konden negeren. In Kroatië had leven in oorlogstijd verlies van controle betekend en had de oorlog alle gedachten en handelingen beheerst, zelfs als je sliep. Er niet aan denken was geen optie geweest. Maar Amerika's oorlog belemmerde me niet, sloot me niet af van water en verminderde mijn voedselvoorraden niet. Er was geen dreiging van een overname door tanks of van voetsoldaten of clusterbommen, hier niet. Wat oorlog in Amerika betekende, was zo anders dan wat er in Kroatië was gebeurd – wat er in Afghanistan moest zijn gebeurd – dat het bijna misbruik van het woord leek.

Mijn telefoon ging. Ik schrok ervan en antwoordde met trillende stem. Het was Sharon.

'Ana? Waar ben je?'

'Ik had even wat frisse lucht nodig. Zal ik naar de lobby komen?' Ik besefte dat ik verder was afgedwaald dan ik van plan was geweest en liep op een drafje terug naar het vn-gebouw. Bij de ingang stond een rondleidingsgroep die de toegang versperde. Ik koos 'terugbellen' naast Sharons nummer, maar zag haar toen al naar buiten komen met onder haar arm een stapel dossiers en mijn systeemkaartjes.

'Ik bedacht dat je er vast niet langs zou kunnen,' zei ze. 'Wil je deze terug?' Ze gaf me de systeemkaartjes. 'Heb je trek?'

Dat had ik niet, maar ik wilde graag weg van de vn en alleen met Sharon zijn.

'Ik heb gereserveerd. We kunnen wel lopen.'

Ik liep achter haar de trap weer op, vol ontzag over het gemak waarmee ze zich op haar hoge hakken staande hield. Als ik die probeerde te dragen liep ik altijd te wiebelen en hoe ouder ik werd, hoe onwaarschijnlijker het leek dat ik me ooit zo bevallig zou leren voortbewegen als andere vrouwen. Bij elk chique uitziend restaurant dat we onderweg tegenkwamen, hoopte ik dat we naar iets eenvoudigers zouden gaan waar ik geen modderfiguur zou slaan. Sharon liep op haar BlackBerry te tikken en wees afwezig naar aan de vn gelieerde gebouwen – het Maleisische consulaat, het hotel waar alle hoge pieten logeerde, enzovoort. Ik bekeek ze werktuiglijk, maar was in gedachten alleen maar bezig te verzinnen hoe ik het onderwerp kon aankaarten dat ik al zo'n tien jaar verdrong.

De zon die door een grijs stuk lucht brak, warmde mijn wangen en liet het gebouw van de permanente vertegenwoordiging van India bij de VN schitteren. Bovenin glansde de hoge loggia voorjaarsgoud van de zonnestralen die door de uitsparingen van het rasterwerk naar binnen vielen en weerkaatst werden in de met spiegelglas ingelegde stukken op de muren.

'Dit is een prachtig bouwwerk,' zei Sharon, die iets naar achteren leunde op haar hakken. 'Het heeft bijna iets futuristisch.'

Ik had net het tegenovergestelde staan denken. Dat het roodbruine graniet deed denken aan de woestijn en aan het soort schoonheid als van een oude tempel, maar ik zei niets en stak achter haar aan de straat over.

Het restaurant zag er een beetje aftands uit met zijn verkleurde luifel en stoffige gordijnen. Binnen ontdekte ik echter tot mijn teleurstelling dat het wel degelijk een duurder adres was, al was het er niet echt schoon. De tafels gingen schuil onder zwaar, wit linnen, zelfs voor de lunch. Ik wierp een blik op mijn sneakers.

'Doe mij maar een rode huiswijn,' zei Sharon tegen een ober in een metallic-kleurig gilet.

'Mag ik een cola, alstublieft?'

De ober glimlachte en nam mijn wijnglas mee. De ruimte werd verlicht door wat verspreide spots en ik tuurde naar het menu. Er stonden nergens prijzen bij.

'Dat ging volgens mij heel goed. Vond je ook niet?' zei Sharon. Ik zei dat ik dat ook dacht, maar in werkelijkheid wist ik het niet zo zeker. Ik zat met mijn servet te spelen, vouwde de kleine stoffen rechthoek dubbel en weer open en vroeg haar hoe het met haar project ging. Ze gaf geijkte antwoorden over hoe druk het was en schoof haar dossiermappen onder haar stoel.

'Maar genoeg daarover. Hoe gaat het met je studie? En met je zus? Rahela?'

Het horen van de naam van mijn zus, die naam die al jaren niemand meer gebruikte, sloeg me even uit het veld. 'Ze – we – noemen haar hier Rachel.'

'En met haar is alles goed?'

'Ja, hoor, alles gaat goed. Het verbaast me dat je je haar nog herinnert.'

'Petar sprak vaak vol genegenheid over jullie gezin als we samen dienst hadden. Vooral in die tijd dat jullie... vermist waren.'

Over Petar gesproken... De vraag mocht dan al zo lang door mijn hoofd spoken, toch was het moeilijk hem hardop uit te spreken. Dat ik het dan definitief zou weten. 'Heb je...' Mijn stem stierf weg. De ober kwam terug met onze drankjes en ik hoopte dat Sharon, die de menukaart niet had opgepakt, hem zou vragen later terug te komen. Maar ze bestelde een biefstuksalade met mosterddressing en van de weeromstuit bestelde ik hetzelfde. Toen de ober wegliep, nam Sharon een slokje wijn en keek me verwachtingsvol aan. 'Wat wilde je zeggen?'

'Niets.'

Ze zweeg, maar besloot toen niet aan te dringen. 'Vertel me eens meer over jezelf. Ik wil alles weten over je nieuwe ouders, je nieuwe leven.'

Ik klemde mijn tanden op elkaar toen ze dat woord zei. 'Nieuw,' alsof ik het ene ouderpaar had ingeruild voor het andere als een voordelige tweedehandsauto. Ik slikte mijn wrevel in en vertelde dat mijn ouders aardig waren en me goed hadden opgevangen. Rahela was nu gezond, alsof er nooit iets mis met haar geweest was. De afgelopen tien jaar hadden we grotendeels in een buitenwijk van Philadelphia gewoond, waar alles schoon en rustig was. Ik was naar New York gegaan om die rust te ontvluchten. Sharon knikte instemmend, als een vrouw tijdens een kerkpreek. Ze bedoelde het bemoedigend, wist ik, of anders was ze tevreden met zichzelf, hoe dan ook stoorde het me dat mijn leven iets was wat zij beoordeelde en waarvoor zij op de een of andere manier met de eer kon strijken. 'Maar goed,' zei ik. Ik keek naar mijn bord. 'Ik wilde je vragen naar Petar.'

Sharon hield op met knikken.

'Weet je wat er met hem is gebeurd? De dag dat we zijn vertrokken?'

'Nee,' zei ze. 'De mannen die ik heb gestuurd… ze hebben hem niet kunnen vinden. Vervolgens heb ik een maand in Duitsland gezeten en daarna in Bosnië, zonder mogelijkheden tot contact. Ik had eigenlijk gehoopt dat jij…'

'Nee, niets,' zei ik.

'Ik heb het geprobeerd. Heb brieven geschreven. Heb zelfs navraag gedaan bij de mensen die de nieuwe ambassade hebben opgezet. Maar niemand wist iets.'

'En alle anderen in de eenheid?'

'Ze zijn allemaal in mijn gedachten, natuurlijk, maar geen van hen kende ik zo goed… Petar en ik waren bevriend. En na jou wilde ik gewoon weten dat alles in orde was.'

'Petar heeft me verteld dat hij je leven heeft gered.'

'Dat ook. Ik sta bij hem in het krijt. Het was in feite vermoedelijk vaker dan een keer. De mannen in zijn eenheid gebruikten hun wapens ook echt, wij droegen ze alleen maar als een soort handtas bij ons.'

Mijn gezicht moet mijn ongemakkelijkheid hebben verraden, want Sharon zei: 'Sorry. Soms heb ik gewoon het gevoel dat als ik er niet om lach, er iets heel lelijks wortel in me zou kunnen schieten. Dat begrijp jij vast.'

Ik zei dat dat zo was.

'Weet je, uiteindelijk ben jij mijn grootste succesverhaal.'

Ik dacht aan Sharons praatje, de foto's van de massagraven. Al die anderen, zoals mijn ouders, die nog steeds niet gevonden waren.

'Ik weet niet of "succes" hier zo gelukkig gekozen is.'

Ze lachte flauw. 'Misschien niet. Eerlijk gezegd denk ik niet dat ik ooit over de dingen die ik daar heb gezien heen zal komen.' Ze zweeg even. 'Maar daarmee mag ik jou eigenlijk niet lastigvallen.'

Ik zei dat het niet erg was.

'Petar zou zo trots op je zijn.'

Ik mompelde een dankjewel en concentreerde me op mijn salade tot de ober goddank met de rekening verscheen. Ik maakte aanstalten om mijn portemonnee te pakken. Twintig en student zijn was een soort tussenbestaan waarin ik de omgang met 'echte volwassenen' vaak ongemakkelijk vond, bijvoorbeeld als ze mijn aanbod de rekening te delen als iets belachelijks van de hand wezen, waardoor ik me nog meer een kind voelde.

'Geen denken aan.'

'Weet je het zeker?' zei ik, hoewel ik in dit geval dankbaar was. De prijsloze gerechten zouden vast niet goedkoop zijn en een flinke deuk slaan in mijn werkstudentenbudget. Sharon knikte overdreven en sloeg het laatste restje wijn achterover.

Buiten had de korte lenteflits plaatsgemaakt voor een kil gemiezer. Sharon trok de riem van haar trenchcoat aan toen we samen op de stoep stonden. 'Overweeg je weleens terug te gaan?' zei ze.

'Ik heb mijn best gedaan er helemaal niet aan te denken, tot jij belde.' Ik wilde ook mijn jas dichtdoen, maar de rits bleef steken. 'Jij?'

'Ik denk niet dat het een goed idee is. Voor mij.' Ze stak haar hand op om een taxi te roepen. 'Het ziet ernaar uit dat het flink gaat gieten. Wil je een lift ergens naartoe?'

Ik schudde mijn hoofd. We moesten trouwens toch niet dezelfde kant op. Een taxi stopte aan de overkant van de straat. 'Dan neem ik die maar,' zei ze. We omhelsden elkaar beleefd en zij stak haastig de straat over, nog steeds keurig in balans op haar hoge hakken op het gladde asfalt. Ik bleef staan tot ze was ingestapt, maar ze was druk aan het tikken op haar BlackBerry en keek niet meer op.

Op weg naar de metro betrok mijn humeur. Ik voelde iets als boosheid, zonder te kunnen zeggen waarom precies. Teleurstelling, misschien, dat ik nog steeds zo weinig begreep. In plaats van duidelijkheid en inzicht had volwassenheid alleen meer verwarring met zich meegebracht. Op de volgende hoek gooide ik de systeemkaartjes in de vuilnisbak.

3

Het was druk en nat in de stad en er hing een grimmige sfeer van grauwe uitzichtloosheid, zoals wel vaker in maart. Het was al lang na lunchtijd en ik zou te laat komen op mijn afspraak met professor Ariel.

Ik probeerde in te schatten of ik genoeg tijd had om eerst nog thuis het boek op te halen dat hij me had geleend, maar zag ervanaf en ging rechtstreeks naar zijn werkkamer.

Lezen was voor mij een van de weinige manieren waarop ik mezelf toestond in gedachten terug te keren naar het werelddeel en het land dat ik had verlaten. Hoewel ik de prof niets over mezelf verteld had, leek hij in de gaten te hebben dat ik me niet thuis voelde in de wereld en dus leende hij me boeken – van Kundera en Conrad en Levi en talloze andere ontheemden. Als ik er een uit had en terugbracht naar zijn kamer, kon hij met zoveel intieme details uitweiden over de schrijvers dat ik ervan overtuigd was dat ze allemaal goede vrienden van hem waren. Ik had *De emigrés* net uit en hoewel de spanningen van de afgelopen week voornamelijk in verband konden worden gebracht met de VN, had het boek me ook niet onberoerd gelaten. Ik had de wederwaardigheden van de ronddolende hoofdpersoon – die zowel eenzaam als zonderling was – tot me genomen met het ongemakkelijke gevoel dat de prof op de een of andere manier meer over me wist dan ik bereid was prijs te geven.

Ik rende de trap naar zijn werkkamer op en klopte, ook al stond de deur halfopen. Het was een kleine kamer die warm verlicht was. Bijna al het muuroppervlak was bedekt met planken en ook op de grond stonden vele stapels boeken. Tussen dit alles stond een bureau met daarachter professor Ariel die er te midden van zijn verzameling klein en broos uitzag.

'Kom binnen. Ga zitten,' zei hij met zijn bibberstem. 'Wat vond je van Sebald?' Ik haalde een stapeltje papieren van de stoel en legde het op zijn bureau. Achter hem aan de muur hield een reusachtige poster van Wisława Szymborska, die ik ook van hem had moeten lezen, als een kettingrokende beschermengel de wacht over onze bijeenkomsten.

'Het raakte me,' zei ik.

'Bijzondere stijl, hè?'

'Ja.' Dat was ook zo, maar het was niet de reden. 'Maar dat niet alleen. De personages. Van zo dichtbij lezen over mensen die nooit over hun trauma's heen zijn gekomen. Het was…'

'Verontrustend?'

Ik knikte.

'Maar Sebald wijst ook voortdurend op de gebrekkigheid van het geheugen. Niet zoals we doorgaans denken over het "gebrand" zijn in onze geest van een traumatische ervaring. Die kwellende helderheid. Wat vond je daarvan?'

Dat had ik nog het angstaanjagendst gevonden. Stel dat mijn herinnering aan de laatste momenten van mijn ouders helemaal niet klopte? Naar mijn gevoel bewaarde ik die veilig opgeslagen in mijn hoofd. Het idee dat het weinige dat ik nog van hen had door de grilligheid van het onbewuste was aangetast, was te veel om te kunnen aanvaarden. 'Misschien geldt dat niet voor iedereen. Misschien kunnen sommigen zich die dingen wel herinneren,' zei ik.

'Natuurlijk. Maar dat brengt weer zijn eigen problemen met zich mee. Toch? Denk bijvoorbeeld aan de figuur Ambros Adelwarth.'

'Zijn oom?'

'Gekweld door zulke levendige beelden uit zijn verleden…'

'Kiest hij voor elektroshocktherapie. Om die gedachten uit te wissen.'

'Precies.'

'Maar wat moet ik – ik bedoel, wat moeten we daarvan leren?'

'Het is kiezen tussen twee kwaden…' Hij glimlachte en draaide zich naar het raam om naar buiten te kijken. Hij begon over Sebalds recente overlijden, een verkeersongeval met een twijfelachtige verklaring, maar ik voelde me te zeer van slag om te reageren. 'Gaat het wel, Ana? Je ziet een beetje pips.' Hij sprak mijn naam op z'n Kroatisch uit, niet met een langgerekte è-klank aan het begin, zoals de meeste Amerikanen.

'Ja, hoor. Niets aan de hand,' zei ik. 'Een beetje down alleen.'

'Dat effect kan Sebald hebben. Ik noem het "de ban van de wanhoop".'

Ik stond op het punt om tegen te sputteren, want ik wilde niet dat hij zou denken dat ik niet opgewassen was tegen de boeken die hij aanraadde, maar hij draaide zich om en keek me recht aan en ik zei niets.

'Waar zei je ook weer dat je vandaan kwam?'

'Ik... nou. Oorspronkelijk?' Dat had ik nooit gezegd. Ik wilde het ook niet zeggen, maar het kwam er toch uit. 'Uit Kroatië. Zagreb.' Ik werd bevangen door een vreemd, gewichtloos gevoel nu ik de waarheid had gezegd. Ik greep de rand van mijn stoel beet, alsof ik echt gevaar liep weg te zweven.

Professor Ariel leek er niet van op te kijken. 'Mmm,' mompelde hij. 'Dat dacht ik al.'

'Hoe bedoelt u?'

'Ik had al zo'n vermoeden. Niet precies Kroatië, maar wel uit het buitenland. De Balkan lijkt logisch, ja.'

'Waaruit leidde u dat af?'

'Je hebt een oude ziel. Ik kan het weten, ik heb er ook een. En je leest te veel.' Hij knipoogde en ik lachte flauwtjes. 'Het goede nieuws is dat je vrienden de achterstand nog wel zullen inlopen.' Hij draaide zijn stoel weer terug naar de boekenplank in de hoek. 'En nu dan voor volgende week. Kun je nóg een Sebald aan? Ik heb zijn laatste hier ergens liggen...' Hij kwam langzaam overeind en wurmde het boek met een knokige vinger van de plank. 'Hier is het. *Austerlitz*.'

'Sorry, ik heb het andere niet bij me. Ik kom rechtstreeks van een... bijeenkomst.'

'Geeft niet. Hou het trouwens maar. Ik heb vast nog wel een exemplaar.'

Hij slofte om zijn bureau heen en legde het boek op mijn schoot. 'Alsjeblieft.'

'Dank u wel,' zei ik. Maar iets anders had alweer zijn aandacht getrokken en hij was met zijn gedachten niet meer bij mij. Zijn vingers gleden over de rug van een boek alsof het braille was of de hand van iemand die hij lang had liefgehad, en dus trok ik de zware kamerdeur achter me dicht.

Ik liep terug naar mijn studentenflat en zag tot mijn opluchting dat het stil was op de gangen en dat mijn kamergenoot er niet was. Ik zou Brian moeten bellen, dacht ik, maar ik kon mezelf er niet toe zetten. Nu ik professor Ariel over mezelf had verteld, al was het maar een klein beetje, voelde ik me gevaarlijk open. Als ik Brian zag, zou ik het hem zomaar ook kunnen vertellen, en ik was nog niet klaar om de gevolgen van mijn misleiding te incasseren. In plaats daarvan gooide ik mijn bovenmaatse skatersrugtas – een overblijfsel van mijn rebelse fase als scholier – vol met huiswerk en Sebald en vuile was en vertrok. Op Penn Station kocht ik voor een dollar een zak veel te zoute popcorn en stapte in de eerste van een reeks forensentreinen die me naar Pennsylvania bracht.

Tegen de tijd dat ik aan boord ging van het lijnvliegtuig in Frankfurt had ik twee dagen niet geslapen en vond ik bijna alles eng. Ik was bang voor de druk op mijn oren bij het opstijgen, bang dat ik aangestoken zou worden door de misselijkheid van de man die aan de andere kant van het gangpad in een papieren zak zat over te geven, bang voor wat me wachtte aan de andere kant van de oceaan.

Toen we waren geland, lazen de stewardessen een voor een het label dat ik om mijn hals had hangen, alsof ik een zoekgeraakte koffer was. Een van hen greep me bij de pols en bracht me naar de douane, waar ik in de rij aansloot langs een met koord afgezet pad en mijn naam onder een formulier zette dat ik niet kon lezen. Bij een mededeling via de intercom spitste mijn begeleidster haar oren, keek naar de klok aan de wand en tikte ongeduldig met haar voet. Een man met te veel insignes bladerde door mijn paspoort en bekeek mijn geïmproviseerde visum met het kromme nietje. Achter hem zag ik koffers over een zwarte band draaien. Als ik het goed begrepen had, vroeg de man of ik onlangs nog op een boerderij was geweest. Ik keek naar zijn insignes en schudde van nee.

Hij zette een stempel in mijn paspoort, liet me door en de stewardess nam afscheid. Ik pakte mijn koffer van de bagageband en liep achter de andere mensen aan naar een stel glazen deuren. De deuren waren dicht en hadden geen handvat of klink, maar niemand leek dat te zien. Ik overwoog te roepen dat ze voorzichtig moesten zijn, maar wist zo gauw niet hoe ik dat in het Engels moest zeggen. Toen de eersten bij de deuren waren, kneep ik mijn ogen dicht tegen de regen van glasscherven die ik verwachtte, maar op het allerlaatste moment schoven de deuren als bij toverslag open.

Aan de andere kant stonden groepjes opgewonden ophalers rond de deuropening. Een jongetje klampte zich aan het been van zijn moeder vast, twee vriendinnen vielen elkaar in de armen, sprongen op en neer en gilden van alles in elkaars oor. In de aankomsthal achter hen hielden mannen in pak bordjes met namen omhoog. Ik drong door de menigte heen, mijn hoofd iets naar achteren tegen het misselijke gevoel vanbinnen tot ik tegen een man opbotste met een peuter op zijn arm die eruitzag als mijn zusje.

De man keek omlaag en even was het onduidelijk wie van ons beiden het bangst was. De vrouw naast hem – met een handgeschreven bordje in haar hand met mijn naam met diakritische tekens op rare plaatsen – stond door een stapeltje papieren te bladeren. Ze was klein en zongebruind en er stond een lach op haar gezicht gebeiteld.

'Rahela?' Ik staarde omhoog naar de blozende krullenbol op de arm van de man. Ze was zo gegroeid dat ze bijna onherkenbaar was, behalve rond de ogen, waar we altijd op elkaar hadden geleken.

'Ik dacht dat de afspraak was dat je door de luchtvaartmaatschappij zou worden begeleid. Nou ja...' De vrouw vond het papier waar ze naar op zoek was. '*Dobrodošli u Ameriku, Ana*,' las ze haperend voor van haar blaadje.

'*Hvala*.' Ik zocht in gedachten alles af wat ik me nog van mijn schoollessen Engels herinnerde aan woorden die samen een begrijpelijke zin zouden kunnen vormen. De vrouw boog zich voorover en omhelsde me.

'Wat heerlijk dat je er bent,' zei ze.

Ze heetten Jack en Laura en zeiden dat ik hen ook zo mocht noemen. Maar Rahela noemde hen papa en mama met haar hoge peuterstemmetje en de eerste paar maanden noemde ik hen helemaal niets.

Ik stapte over in Trenton en viel in een doorgezakte leren treinstoel in slaap. Ik droomde over lijken. Dit soort nachtmerries had ik jaren geleden vaak gehad, toen ik net in Amerika was. Dromen waarin ik in het vissersdorpje van Petar en Marina van de hoge rotsen dook en halverwege mijn val ineens niet langer op weg was naar de warme Adriatische Zee, maar op een berg opgezwollen lijken afzeilde. Bij het neerkomen schrok ik wakker van een intense tinteling die van mijn nek uitstraalde tot de achterkant van mijn knieën. De trein reed het station binnen en de conducteur riep: 'Eindstation!' en ik grabbelde snel mijn spullen bij elkaar.

Op het perron bleef ik kijken hoe de trein werd klaargemaakt om de andere kant op te rijden en wenste ik half dat ikzelf ook weer mee terug kon. Ik slofte de belangrijkste doorgaande weg door het stadje af met aan weerszijden winkel na winkel: een twee verdiepingen tellende dierenwinkel, de Kmart waar ik 's zomers altijd werkte, alle bekende fastfoodketens en Vacuum Mania.

Soms voelde ik me schuldig dat Jack en Laura voor Rahela en mij hierheen verhuisd waren. Ik vroeg me af of ze ooit terugverlangden naar hun leven voor ons. Zij hadden ook jarenlang in de grote stad gewoond, in een appartement dat net groot genoeg was voor een pasgetrouwd stel en de baby die ze niet konden krijgen. Toen kwam Rahela en al snel kreeg ze blozende wangen en groeide ze als kool, stroomde de voor haar bestemde ladekast over en werden ook de leuningen van al het meubilair in huis in beslag genomen door kleertjes en speeltjes. Natuurlijk wisten ze dat ze haar terug zouden moeten geven. Maar haar aanwezigheid wekte in hen een verlangen naar dingen die ze altijd hadden afgedaan als wensen van oudere mensen. Ze kochten een goedkoop perceel op een heuvel waar een nieuwe wijk zou verrijzen en begonnen te bouwen.

Bij het begin van de bouw was ik voor mijn Amerikaanse ouders niet meer dan de oudere zus die in Rahela's papieren van MediMission vermeld stond. En opeens, nog voor het huis af was, was ik daar.

'Welke slaapkamer wil jij?' vroeg Laura toen we erheen verhuisden. Het idee van een eigen slaapkamer was me zo vreemd dat ik mijn toevlucht nam tot zwijgen. Ik dacht dat ik het vast verkeerd had begrepen. Uiteindelijk koos ik de kamer met het grootste raam, omdat dat me deed denken aan het balkon in Zagreb. De heuvel keek uit over uitgestrekt akkerland met daarachter bos. Alle familie en vrienden die op bezoek kwamen, maakten opmerkingen over het prachtige uitzicht, maar in die eerste maanden zocht ik dagelijks de horizon af naar een gebouw, snakte ik ernaar ergens iets groezeligs of metaligs door het donkergroen te zien breken. Ik kon niet wennen aan het bos, zelfs niet na maanden en jaren, zelfs niet overdag als het zonlicht door het loof speelde. Ik verzon smoezen om niet mee te hoeven doen als de buurkinderen te dicht bij de bosrand verstoppertje speelden. 's Nachts leken de bomen zich naar het huis toe te buigen en wierpen ze schaduwen op mijn muur. Het waren eiken, zei Jack, toen ik hem ernaar vroeg nadat ik tijdens een slapeloze nacht door mijn raam hun vorm had bestudeerd. Net als in het bos van Stribor, hield ik mezelf voor, maar ik kon alleen maar denken aan de witte eiken en rottende eikels op de plaats waar mijn ouders waren gevallen.

Amerika was heel anders dan in de films. Mijn idee over McDonald's klopte in elk geval wel: die had je overal en in tegenstelling tot die in Kroatië waren ze spotgoedkoop. Maar van de bravoure en het heldendom, de avontuurlijkheid die de in Joegoslavië razend populaire westerns uitdroegen, viel in het leven dat ik in Gardenville aantrof niets te bespeuren. In Zagreb had ik het altijd spannend gevonden als we een ritje met de auto gingen maken. In Gardenville had je de auto overal voor nodig, zelfs voor de boodschappen. Bakkerijen had je er niet. Alles in de supermarkt was voorgesneden en voorverpakt. Ik liep achter Laura aan door winkels die groter waren dan alle winkels die ik ooit in Europa had gezien, winkels die alles hadden, en kon gewoon niet geloven dat er nergens een vers brood te bekennen was.

De cultuur was merkbaar conservatief, zelfs vergeleken met de traditie s van enerzijds het communisme en anderzijds het katholicisme in mijn thuisland. In Kroatië sierden topless vrouwen de voorpagina van de meeste kranten en waren ze een doodnormaal verschijnsel op het strand, maar in Amerika was naaktheid in welke hoedanigheid ook aanstootgevend. In Zagreb kon ik tot zo laat ik wilde over straat en kocht ik sigaretten en alcohol voor de volwassenen. In Gardenville waren de volwassenen altijd bang voor kidnappers en bleef ik dicht bij huis.

Gesprekken werden, vooral als ze mij betroffen, met de grootste omzichtigheid geformuleerd. Na de aanvankelijke uitingen van nieuwsgierigheid sprak niemand meer met mij over mijn verleden, zelfs thuis niet. Laura viel terug op eufemismen voor mijn 'problemen', de oorlog en de massamoorden werden afgezwakt tot 'onrust' en 'akelige gebeurtenissen'.

Die hele eerste zomer klampte ik me aan Rahela vast, wat een stuk lastiger was nu ze kon lopen. Ik zat op een piepklein stoeltje en deed alsof ik het plastic voedsel at dat ze in haar plastic keukentje klaarmaakte of ik liep achter haar aan over de oprit waar ze heen en weer reed in haar Flintstone-achtige loopautootje, omdat ik haar geen moment uit het oog wilde verliezen. Soms fluisterde ik haar in het Kroatisch van alles toe om te zien of ze het nog verstond. Ze zei dan een woord of twee na, maar de dingen die ze uit zichzelf brabbelde klonken eerder Engels.

Als het tijd was voor haar middagslaapje, verstopte ik me in de kruipruimte onder de veranda waar ik door haar prentenboeken bladerde en mijn Engels oefende door de woorden in de tekst te zoeken die naar de illustraties verwezen. Soms doorzocht ik de krant op koppen waarin 'Kroatië' of 'Servië' voorkwam, en vervolgens plakte ik die in een plakboek dat ik onder mijn bed verstopte. Als het Laura lukte me tevoorschijn te lokken, sprak ze me op luide toon toe, alsof het aan de geluidssterkte lag dat ik haar niet begreep. Ik had op school vanaf het begin Engels gehad en begreep het meeste van wat ze zei wel, maar vond het lastig snel genoeg de juiste woorden te vinden en die in de juiste volgorde te zetten voor een reactie. Ze kocht bijlesboeken voor me en ik zwoegde door de rekenopdrachten en gokte alle invuloefeningen van de opdrachten voor begrijpend lezen tot ze vond dat ik genoeg pagina's had gedaan om te mogen stoppen. Dan keerde ik terug naar mijn plekje onder de veranda, waar ik vocht tegen de slaap. Ik lag de meeste nachten wakker en was altijd uitgeput, maar slapen betekende dromen, dus dat wilde ik niet.

Op een middag zaten we te barbecueën in de nieuwe achtertuin. Toen het donker werd, hoorde ik gerommel in de verte.

'Gaat het regenen?' vroeg ik.

'Dat denk ik niet, meisje,' zei Jack. Hij had gelijk. De hemel was wolkeloos.

Toen begonnen de ontploffingen. Rode en oranje flitsen aan de horizon, gevolgd door een reeks harde knallen. Ik slaakte een jammerkreet en vluchtte naar het huis, holde Jack bijna omver.

'Hé, Ana! Wacht!' riep hij. 'Het is gewoon de vierde juli!' Ik snapte niet wat die datum met een luchtaanval te maken had en was niet van plan te stoppen om dat uit te zoeken. Ik dook onder de veranda, stopte mijn hoofd tussen mijn knieën en legde mijn armen in mijn nek zoals we op school hadden geleerd voor het geval we niet op tijd in de schuilkelder konden komen.

'Er is niets aan de hand, Ana.' Hij lag op zijn buik in het gras en stak zijn hoofd naar binnen in de kruipruimte. 'Het is 4 juli, dan vieren we... het eind van onze oorlog. Het is maar vuurwerk. Omdat het feest is.'

'Is het hier oorlog?'

'Nee. Nou ja, heel lang geleden. Honderden jaren.' Hij had groene grasvlekken op zijn overhemd en zijn bril zat scheef.

'Vuurwerk?'

'Ja, weet je wel, de BAM' – hij deed een grote flits na met zijn handen – 'en de mooie kleuren?'

'Dat hadden wij ook. Met oudjaar. Voor de oorlog.'

'Precies. Om het te vieren.'

Ik stak mijn hand uit en duwde zijn bril recht op zijn neus.

'Dank je,' zei hij. Na een tijdje legde hij zijn hand op mijn knie. 'Er is dus niets aan de hand. Oké?'

Ik knikte.

'Wil je mee gaan kijken?'

Ik schudde mijn hoofd. 'Jij. Alsjeblieft.'

'Goed, maar ik ben vlakbij, voor het geval je van gedachten verandert.' Ik drukte mijn knieën tegen mijn borst en zag hem teruglopen naar de anderen. Hij haalde zijn hand door zijn haar en fluisterde Laura iets toe, die steelse blikken naar de veranda wierp. Ik bleef de rest van de avond daar zitten.

Thuis trok ik mijn modderschoenen uit en bleef in de keuken staan. Op de koelkastdeur hingen magnetische lijstjes met foto's van Rahela en mij – zij als baby, kruipend, lopend, op het eindfeestje van de kleuterschool; ik als 11-, 12- en 13-jarige, met een veranderend gebit.

'Hallo?' zei ik, maar er was niemand.

Ik trok een keukenstoel tot bij het hoogste keukenkastje. In de kartonnen doos die daarin stond zaten de belangrijke familiedocumenten – trouwboekje, eigendomsakte, sociale-zekerheidskaarten, verzekeringspolissen – de dingen die het lastigst te vervangen zouden zijn bij verlies. Ik haalde een grote envelop onder uit de doos waarop met viltstift in grote, schuine letters 'Ana' stond.

Daar zaten mijn verlopen Joegoslavische paspoort en mijn nooit gebruikte Amerikaanse in, de papieren waarop stond dat ik eigenlijk in New Jersey geboren was en een paar foto's met een vouw in het midden waar ik ze tien jaar geleden geplooid had om ze in mijn zak te steken.

De eerste was een familiekiekje dat tijdens de kerst voor de oorlog in Zagreb was genomen: ik op tafel met Rahela als pasgeboren baby slapend op mijn schoot. Mijn vader en moeder hadden met de zelfontspanner staan hannesen en waren te laat naar hun plaats gerend, waardoor ze op het moment dat de foto werd gemaakt nog in beweging waren. Mijn moeder schudt haar haar naar achteren en mijn vader probeert zijn arm om haar middel te slaan. Ik was een keer met de foto naar een fotozaak gegaan om te vragen of dat gecorrigeerd kon worden. Nee, had de man achter de toonbank gezegd, hij zou hen niet scherper kunnen maken.

De tweede foto was van mij, twee of drie jaar oud, op het strand in Tiska in een te grote trui en gehurkt met mijn hand in het blauwgroene water. Ik kijk met een brede grijns in de lens. Mijn vader was ongetwijfeld degene die de camera vasthad en ik vroeg me af wat hij gezegd kon hebben waardoor ik zo uitbundig lachte.

Ik keek nog eens naar de foto van mijn ouders en probeerde me hen preciezer voor de geest te halen. Misschien had Sebald gelijk en hadden de tijd en het trauma mijn herinnering beschaduwd. Soms zag ik stukjes van hen voor me – mijn moeders strenge jukbeenderen, mijn vaders blonde, borstelige wenkbrauwen – maar ik kon nooit inzoomen of die momenten van helderheid vasthouden. Ik was al lang geleden de herinnering aan hun geur kwijtgeraakt. Ik kon mijn vaders zeep en mijn moeders parfum niet meer oproepen. Geleidelijk was ik hen aan het vergeten.

Ik hoorde de deur dichtslaan op een manier die Laura zeker zou afkeuren en wist dat mijn zusje thuis was gekomen. Met haar rugzak nog over haar schouder kwam ze binnen, dook zonder me op te merken meteen met haar hoofd diep de vriezer in en begon tussen de ijslolly's van de supermarkt te rommelen. Met de foto's en de envelop in mijn ene hand duwde ik de doos terug op de plank, deed het kastje dicht en sprong van de stoel.

'Hé, Rahela,' zei ik. Ze reageerde niet. 'Rachel!' Ze kwam met haar gezicht uit de ijsla. 'Hoi. Hoe was het op school?' Rahela zat in de vijfde, net als ik toen zij ziek werd.

'Ik vind alleen die met druivensmaak lekker,' zei ze, terwijl ze de veelkleurige wikkel eraf haalde. 'Of karamel. Juffrouw Tompkins was zo stom vandaag. We moesten de hele pauze binnenblijven om sommen te doen, alleen omdat Danny Walker tijdens de ochtendmededelingen okselscheten had zitten laten. Wat doe jij hier trouwens? Mama heeft helemaal niet gezegd dat je zou komen.'

'Ze weet ook van niets,' zei ik. 'Ik bedoel, het is een verrassing.'

'Kom je morgen naar mijn voetbalwedstrijd? Wie is dat?' Ze wees met haar ijsje naar de foto in mijn hand. Er droop kleverig sap van de wikkel.

'Niemand,' zei ik. 'Je hebt op je shirt geknoeid.'

'Godver.' Ze maakte het hoekje van een theedoek nat en depte ermee over de vlek op haar borst terwijl ik naar mijn kamer boven liep. 'Niet tegen mama zeggen dat ik "godver" zei!' riep Rahela vanuit de keuken naar boven.

Ik had op dezelfde school als Rahela gezeten, al was het niet eenvoudig geweest om me daarop te krijgen. Toen de zomer bijna voorbij was, ving ik de bezorgde gesprekken tussen Jack en Laura op over het aanstaande schooljaar. Het zou lastig worden me aan te melden voor een school, begreep ik, omdat ik het land met een vervalst toeristenvisum was binnengekomen en het moeilijk was iemand die officieel niet bestond op een school in te schrijven. Ik keek toe hoe Laura in de wacht werd gezet bij de informatielijn van de immigratiedienst en kopieën bestudeerde van pagina's uit een bibliotheekboek over immigratieregels, maar geen stap verder kwam. Op een avond schoof Jack uit frustratie al haar aantekeningen in één beweging van de keukentafel in de prullenbak. Daarna zei hij niets meer, ook niet toen Laura tegen hem uitviel, maar trok zich met de telefoon terug in de kelder, waar hij tot lang nadat ik naar bed was gestuurd bleef zitten bellen.

Jack had ooms. Hij had ooms die in de bouw werkten. Hij had ooms die eigenaar waren van een renbaan. Hij had ooms die vuilnisman waren, een oom die brandweercommandant was en zelfs een die burgemeester van een provinciestadje was. Hij had ooms in de gevangenis.

Ze kwamen altijd 's avonds. Ze droegen rare kleren. Oom Sal was helemaal in het zwart met een gigantisch medaillon met het hoofd van Jezus aan een gouden ketting, verscholen in een bos borsthaar. Junior had een keer een rood pak aan en schoenen met likkende vlammen en een andere keer een roze pak en laarzen van wit slangenleer. Ze rookten binnen. Laura keek knarsetandend toe als ze hun aansteker open klikten. Ze namen cadeautjes voor Rahela en mij mee: gouden polshorloges en zakmessen die Laura op een hoge plank legde 'voor als jullie groter zijn'.

De ooms kwamen bijeen in de keuken, waar ze in een hoefijzervorm om de keukentafel bleven staan, half grappend dat niemand met zijn rug naar de deur kon staan. Ze spraken een mengsel van Engels en Italiaans met een Jersey-accent en lachten te hard. Elke keer eindigde het gesprek op dezelfde manier met een van de ooms die met een klap op Jacks rug zei: 'Ik ga het voor je regelen'. Ze vertrokken via de voordeur, die niemand anders gebruikte, stapten in hun Cadillacs en reden de heuvel af met hun koplampen uit en met achterlating van zilverige olievlekken op onze nieuwe oprit.

Zodra ze weg waren, gooide Laura een raam open om de rook te verdrijven en ging Jack op het puntje van de bank zitten, zette zijn bril af en wreef met zijn handen over zijn rood aangelopen gezicht. Vervolgens pakte hij zijn gitaar en speelde erop tot hij zijn gewone kleur weer had. Laura, die Rahela meestal in de loop van het bezoek al in bed had weten te leggen, stuurde mij naar boven. Ik liep tot halverwege de trap en ging door de spijlen naar beneden zitten kijken om achter de betekenis van de bezoekjes te komen, maar het enige wat ik ooit zag was de eeuwige discussie tussen Jack en Laura over de vraag of het wel een goed idee was om de ooms om hulp te vragen.

De eerste maand op school zei ik geen woord, keek tijdens de les alleen maar voor me uit en hing in de pauze aan de rand van het speelplein rond tot een schril fluitje ons weer binnenriep. Ergens in oktober, na weken van geduld, kreeg ik van de juf de beurt om een alinea voor te lezen uit het verhalenboek dat we klassikaal aan het lezen waren. Ik bracht een hakkelende reeks onverstaanbare klanken uit waar mijn klasgenoten om gniffelden. Weer thuis scheurde ik alle bladzijdes uit het boek en probeerde ze door de wc te spoelen.

Laura en Jack vroegen of ik op *soccer* wilde. Ik wist niet wat dat was, maar was aangenaam verrast toen ik op de eerste training kwam en het om voetbal bleek te gaan. De vreugde was echter van korte duur. De Amerikanen bleken erin geslaagd het spel compleet te verpesten met allerlei soorten regels: de trainer zette me in de verdediging en zei dat ik niet over de middenlijn mocht komen of een doelpunt mocht proberen te maken. Het keurig gemaaide gras en de vastgehaakte netten maakten mijn lievelingssport onherkenbaar.

'Ik geloof dat ik dat soccer toch niet zo leuk vind,' zei ik tegen Laura.

'Geeft niks,' zei ze. Ze boog zich met een samenzweerderig gezicht voorover. 'Ik heb ook een hekel aan sport.' Ik overwoog haar te vertellen dat ik juist heel erg van sport hield, maar wilde niet het risico lopen terug te moeten naar het voetbalteam en stak dus mijn duim naar haar op. We zijn er nooit meer heen gegaan.

In mijn vrije tijd schreef ik brieven aan Luka. Ik vertelde hem over het vreemde Engels en dat ze het voetbalspel hadden verziekt. In de pauze maakte ik aantekeningen op de achterkant van huiswerkopdrachten en thuis zat ik in bed met stapels losse blaadjes met als ondergrond gedateerde delen van de *Wereldencyclopedie*. Ik wist Petar en Marina's adres niet meer en stuurde de brieven die ik hun schreef ook naar Luka. Ik kreeg nooit antwoord. Toch bleef ik schrijven en luchtpostzegels likken en doen alsof Luka's aanhoudende zwijgen niet betekende dat er iets mis was.

De juf begon verslagen naar huis te sturen over alles wat ik op school deed – dat ik tijdens de pauze blaadjes vol zat te krabbelen, dat ik niet met de andere kinderen wilde spelen en mijn vinger nooit opstak in de les. Ze stuurde me naar de leerlingbegeleider. Jack en Laura maakten zich zorgen en ik voelde me ook rot. Het enige wat ik overhield aan de slapeloze nachten waren blauwe kringen onder mijn ogen. Laura stelde voor naar een dokter te gaan die 'in mijn hoofd zou kijken' om te zorgen dat ik me beter zou voelen, maar ik had nog maar weinig vat op Engelse beeldspraak en vond het idee van een dokter die mijn hersens zou openleggen doodeng.

Ik wist dat mijn tijd om te rouwen begon op te raken. De mensen in mijn omgeving werden ongeduldig. Dat was niet hun schuld. Het was bijna ondoenlijk, zelfs voor mij, om Gardenville en Kroatië in één gedachte te verenigen. Dus toen we een paar weken later een werkstuk moesten maken over onze geboortestad, maakte ik een poster over New Jersey en verplaatste ik mijn minst aanstootgevende jeugdherinnering naar de flat waar ik eerst met Jack en Laura had gewoond, toen het nieuwe huis nog niet af was. De juf, die wel beter wist, beloonde de leugen met een goed cijfer.

Hoe meer ik loog, hoe minder ik uit de toon viel. Soms begon ik zelfs mijn eigen leugens te geloven. Mensen gingen ervan uit dat ik gewoon verlegen was of zo'n meisje dat altijd met haar neus in de boeken zat en dat was ik ook, of dat was ik geworden. Niemand in de nieuwe omgeving had Jack en Laura ooit zonder Rahela en mij gezien en had dus enige reden aan te nemen dat wij geen biologisch gezin zouden zijn. Ik gooide het plakboek met de krantenknipsels weg. Ik schreef niet langer naar Luka.

De eerste twee jaar dat ik studeerde hadden mijn Amerikaanse ouders mijn kamer intact gelaten, maar nu belandden er geleidelijk aan steeds meer afgedankte spullen van de anderen – fotoalbums, Laura's kapotte naaimachine en in de hoek achter mijn deur stapeltjes kleren die voor een goed doel bestemd waren. Ik kon moeilijk verwachten dat ze de ruimte niet zouden gebruiken, maar miste toch de plek die ooit van mij alleen geweest was. Ik liet mijn ogen door het deel van de kamer gaan dat er nog hetzelfde uitzag – het eenpersoonsbed tegen het raam, de planken met mijn eerste boeken en een stel glazen vissenkommen met de schelpen die ik in de zomervakanties aan de kust van Jersey had verzameld. Aan de muur hingen een rijtje foto's van Rahela, Laura, Jack en mij op Rahela's vijfde verjaardag in Disney World en posters van vreselijke punkherriebandjes die ik toen ik nog op school zat op vrijdagavonden in de Electric Factory had zien optreden.

De randjes van een met een sjabloon aangebrachte bloem piepten achter mijn bureau vandaan en ik glimlachte bij de gedachte dat Laura en mijn moeder elkaar gevonden zouden hebben in hun gedeelde afkeer van mijn jongensachtigheid. Laura had de bloesems op de muur geschilderd en ik had er meteen mijn bureau tegenaan geschoven. Toen ik een denim sprei had gekozen voor mijn bed, had zij er een rand van roze rozenknopjes op geborduurd en zodra zij de kamer uit was, draaide ik die altijd om om de bloemen aan het zicht te onttrekken. Nu lagen de rozen weer boven.

'Ana is thuis! Ana is thuis!' hoorde ik Rahela beneden roepen met op de achtergrond het klikken van de hakken van Laura's cowboylaarzen. Ik schoof de envelop met mijn vroegere leven onder mijn matras en liep naar beneden.

'Hé, liefje!' zei Laura.

'Hoi, mam.'

De eerste keer dat ik Laura mam had genoemd, was per ongeluk geweest. Ik was met Rahela op de oprit aan het spelen toen zij was gevallen en haar knie had geschaafd. Er zat grind in de wond en het bloedde erg. Ik had haar opgetild en naar binnen gedragen onder het roepen van 'Mama! Mam!' Laura stond boven de was te vouwen met de draadloze telefoon tussen haar schouder en kin geklemd. Toen ik binnenkwam en riep: 'Mama! Rahel… Rachel is gevallen,' keek ze op en liet de telefoon vallen.

'Ik bel je zo terug, Sue,' riep ze naar de telefoon die op de grond lag. Ik gaf Rahela aan haar en samen liepen we naar de badkamer, waar we de wond schoonmaakten en van een pleister voorzagen. Laura zei er verder niets over, maar lachte me de rest van de dag toe, alsof ze zich afvroeg of ik had beseft wat ik zei. Dat had ik en ik begreep dat ik het nu onmogelijk meer kon terugnemen. Maar nog jaren daarna voegde ik elke keer in gedachten het voorvoegsel 'Amerikaanse' toe als ik mama of papa zei. Zij waren mijn Amerikaanse ouders en dat onderscheid zorgde dat het minder voelde alsof ik niet langer dacht aan de andere twee, die ik in het bos had achtergelaten.

'Ik wist niet dat je naar huis zou komen. Ik was net nog in de stad. Ik had je van de trein kunnen halen.'

'Ik had de wandeling nodig.'

'Och ja, dat is waar ook, hoe is je praatje gegaan?'

'Welk praatje?' vroeg Rahela.

'Ana heeft een heel belangrijke presentatie gehouden voor de Verenigde Naties,' zei Laura. 'Vertel me er alsjeblieft alles over! Heb je een foto gemaakt?'

'Een foto van mezelf terwijl ik een praatje aan het houden was? Nee. En zo belangrijk was het niet.'

'Misschien als je langere armen had gehad,' zei Rahela.

'Huh?'

'Dan had je een foto van jezelf kunnen maken.'

'Maar dat zou ze niet hebben gedaan, want ze doet nooit wat haar moeder wil,' zei Laura met gespeelde ergernis.

'Je mag mijn naamkaartje wel hebben.' Ik diepte het verkreukelde bezoekerspasje op uit mijn zak.

'Pakken wat je pakken kan,' zei Laura, en ze plakte het met een magneetje op de koelkast.

Rond etenstijd gingen we naar een restaurant waar we met Jack hadden afgesproken voor pizza en een potje bumperbowlen.

'Wat doe jij thuis, meisje?'

'Gewoon, even op bezoek.'

'Ana moest dat praatje houden vandaag, weet je nog?' zei Laura.

'Dat was ik niet vergeten,' zei Jack. Hij trok me tegen zich aan en ik genoot van de gedachte dat ik me waarschijnlijk altijd klein zou voelen in zijn omhelzing. 'Hoe was het?'

'Vreemd,' zei ik.

'Hebben ze je sancties opgelegd? Dat doen ze toch bij jan en alleman tegenwoordig, sancties opleggen?'

'Ik ga jullie allemaal een sanctie opleggen als jullie nu niet komen bowlen,' zei Rahela, terwijl ze zich tussen ons in wurmde op de bank.

'Verrassend accuraat gebruik van het woord,' zei ik. Jack gaf ons op de computer die de score bijhield allemaal een naam van een personage uit *Taxi Driver* en we speelden verschrikkelijk slecht en moesten verschrikkelijk lachen en een paar uur lang was dat genoeg.

Naar bed gaan was een ander verhaal. Tijdens mijn eerste maanden in Amerika had ik de nachtmerries geprobeerd af te weren door helemaal niet te gaan slapen. Ik bleef wakker om de wacht te houden, bang dat er iemand zou inbreken die Jack en Laura zou vermoorden. Toen ik toch maar aan de slaap probeerde toe te geven, lukte het me niet om een prettige houding te vinden. De matras en boxspring vormden een te groot contrast met de kussens van mijn bank in Zagreb. Ik kreeg rugpijn en lag te woelen onder de lakens.

De meeste nachten gaf ik het op een gegeven moment op en sloop naar beneden, door de keuken naar de woonkamer, waar Jack gitaar zat te spelen. Als ik de kamer in kwam, zuchtte hij en gebaarde dan met zijn hoofd dat ik moest gaan zitten. Er hing een gestreepte deken over de rugleuning van een van de stoelen, die ik eraf trok en achter me aan sleepte op weg naar de bank. Jack bleef doorspelen en wiegde zachtjes heen en weer alsof hij zichzelf wilde troosten.

Op voorjaarsavonden zette hij zijn gitaar tegen de bank en zette de tv aan om honkbal te kijken. De Mets waren zijn team, een erfenis uit zijn jeugd in de Italiaanse buurt van Newark. Met het geluid uit keken we naar het stille spel en vertelde hij me hoe de spelers heetten en wat hun slaggemiddelde was, legde me uit wanneer een bal fout geslagen was, wanneer het slag was en wat een tweehonkslag is. Hij herhaalde het nog eens als ik het niet begreep en als hij merkte dat het te veel voor me werd, hield hij op en vond hij het ook prima om in stilte voor het flikkerende beeldscherm te zitten. Mijn woordenschat raakte doordrenkt van honkbaltermen en al wist ik dat ik niet hoefde te praten om hem tevreden te stellen, toch leerde ik meer Engels door met hem over de fijne kneepjes van het spel te praten. Honkbal kalmeerde me. Elke slag en elke fout hadden overeenkomstige consequenties, elk scenario werd bepaald door spelregels die ik kon onthouden. Het was een sport waarvan ik me kon voorstellen dat mijn echte vader er ook van gehouden zou hebben, de regelmatige cadans van het werpen en zwaaien, even ritmisch als een gefluisterd liedje, de spanningsboog van de innings die op een verhaaltje voor het slapengaan leek.

Als de Mets weer eens hadden verloren, zette Jack de tv uit en hervatte zijn getokkel en gewieg. Ik ging met mijn oor tegen het leer van de bank gedrukt liggen en stemde mijn ademhaling af op de trillingen van mijn vaders muziek.

Nu was het echter nog te vroeg in het seizoen en te laat op de avond voor honkbal. Zelfs Jack zou wel al liggen slapen en dus bleef ik zolang mogelijk wakker tijdens de ongemakkelijke uren om het dromen uit te stellen.

'Goed geslapen?' vroeg Laura de volgende ochtend.

'Nachtmerrie.'

'Ik dacht al dat ik je hoorde roepen.'

'Ik lag in mijn slaap te praten.' Toen ik klein was, had ik haar verschillende keren per week zo wakker gemaakt.

'Heb je daar in New York ook last van?'

'God, nee.'

'Weet je zeker dat je niet wilt praten? Je hebt me nog helemaal niet verteld hoe het bij de VN is gegaan.'

'Ik wil het er niet over hebben,' zei ik, ook al walgde ik van het dedain in mijn eigen stem. 'Ik ga naar buiten.'

Ik ging naar mijn kamer, trok een spijkerbroek en trui aan en wilde net vertrekken toen ik in de spiegel op de gang een glimp van mezelf opving met warrig haar, waarop ik terugliep voor mijn borstel. Mijn haar hing tot over mijn schouders en was nu ik ouder was donkerder dan vroeger, het zandbruin van mijn vader. De sproeten op de brug van mijn neus waren verbleekt omdat het winter was, maar zouden bij de eerste stralen zon weer in aantal vermenigvuldigen. Mijn ogen waren zo donker dat ze bijna zwart waren. Daar had ik in mijn tienerjaren last van gehad; het stak te veel af tegen mijn bleekheid én tegen de blonde, blauwogige modellen in alle Amerikaanse reclames en tijdschriften. Nu zag ik echter dat het onmiskenbaar de ogen van mijn moeder waren, misschien wel het enige wat we uiterlijk gemeen hadden. Ik maakte een paardenstaart en liep naar beneden.

Ik bleef de hele ochtend tot ver in de middag in een koffiezaakje – twee jaar geleden gebouwd met de bedoeling er oud uit te zien – waar ik aan een essay werkte over *De wijde Sargasso zee*, terwijl ik me afvroeg hoe het kon dat ik als ik op de ene plek was, altijd zo zeker wist dat ik eigenlijk thuishoorde op de andere. Brian had een berichtje ingesproken met de vraag of ik met hem wilde gaan eten. Ik belde terug, maar was opgelucht toen hij niet opnam. Ik tikte daarom maar een berichtje aan hem dat ik thuis bij mijn ouders was, maar we elkaar zondag weer zouden zien en dat het me speet dat ik hem nog niet had gebeld. Ik liet de telefoon een paar minuten op mijn schrift liggen in afwachting van zijn antwoord, maar dat kwam niet.

De barbediende kwam uit de achterkamer tevoorschijn. Het was een jongen op wie ik in mijn schooltijd verliefd was geweest. Hij begon koffiedik uit de cappuccinomachine te schrapen. Ik tikte hem op zijn schouder en we deden een onhandige poging tot omhelzen over de bar heen.

'Heb je ook voorjaarsvakantie?' vroeg Zak.

'Ja,' loog ik.

'Maar niet aan het werk?' Hij knikte naar de Kmart aan de overkant, waar ik 's zomers altijd werkte.

Ik zei dat ik tijd nodig had voor mijn studie, maar dat het leuk was hem weer eens te zien en deed een halfslachtige poging terug te keren naar mijn stapel huiswerk.

'Ik wilde net gaan lunchen,' zei hij, en hij kwam achter de bar vandaan. 'Zin om mee te gaan? Om herinneringen op te halen?'

Zak en ik hadden op school bij overlappende vriendengroepen gehoord en hadden door de jaren heen met sarcasme en honkbaljargon met elkaar geflirt. Hij was een fan van de Phillies, ik had me achter de Mets geschaard en als we elkaar op feestjes zagen kibbelden we over welk team het slechtst was. In de hoogste klas werden we echt vrienden en ontwikkelden we de gewoonte om samen op de achterbank van Zaks auto naar sportuitzendingen te luisteren en te zoenen.

In de zomer voor we gingen studeren, was Zak vaak de parkeerplaats overgestoken om me op te zoeken en dan speelden we achter in de winkel Wiffleball. We glipten ook nu door de automatische schuifdeuren naar binnen en liepen naar de sportafdeling om een knuppel te halen.

'Ga je nog steeds met die student?'

'Ja.'

'Balen.'

We vonden een plekje op de tuinmeubelafdeling en Zak deed een aanstellerige reeks strekoefeningen. 'Ik ben blij dat jij ook thuis bent. Het lijkt hier elke keer dat ik kom kleiner en vreemder.'

'Het was altijd al vreemd,' zei ik.

'Mijn ouders worden grijs.'

'Heb je daardoor het licht gezien? Door het haar van je ouders?'

'Jij bent verschrikkelijk.' Hij gooide de bal harder dan hij had moeten doen en ik raakte hem met een bevredigende klap. De bal vloog de afdeling Buitenleven uit, rechtstreeks

Persoonlijke verzorging in, waar hij de deodorant-display in dominostijl omverkegelde. Vanachter de puinhopen wierp een reumatische vrouw in een rood vestje ons een afkeurende blik toe.

'Beveiligingggg!' brulde ze, een geluid dat niet bij haar tengere gestalte paste. Een dikke man met okselvlekken kwam het magazijn uit. Ik herkende hem maar hij mij niet of het interesseerde hem niet. Hij staarde naar de deo, toen naar ons en frunnikte aan de holster waar zijn zaklamp in zat.

Nadat we waren gefouilleerd op bewijzen van winkeldiefstal en op straat waren gezet, liep ik met Zak mee terug naar zijn werk.

'Ik snap wat je bedoelt over dat het vreemd voelt om hier te zijn.'

'Ik weet het,' zei hij, en hij gaf me een kus op allebei mijn wangen.

'Wat Europees van je,' zei ik, maar eigenlijk had hij me aan het schrikken gemaakt. Ik probeerde te bedenken of er een aangeschoten uitwisseling was geweest waarin ik wellicht iets over mijn verleden had laten vallen, maar wist eigenlijk wel zeker van niet. Weer terug achter de bar maakte Zak iets met karamelsmaak voor me en ik bleef nog een uur door aantekeningen bladeren en naar mijn lege schrift staren tot ik één zin geschreven had, er de brui aan gaf en naar huis ging.

Die avond verscheen Rahela in haar pyjama in mijn deuropening. 'Wat ben je aan het doen?'

'Huiswerk. Wat ben jij aan het doen?'

'Ik moest naar de wc. Kun je niet slapen?'

'Studenten slapen nooit,' zei ik, wat niet helemaal gelogen was. 'Ga terug naar je bed.'

Dat deed Rahela niet. Ze kroop bij me onder de dekens. 'Ik hoorde je gisteravond roepen.'

'Gewoon een nachtmerrie. Sorry als ik je wakker heb gemaakt.'

'Vertel eens over de nacht dat ik geboren ben.'

'Hoe dat zo opeens?'

'Gewoon, nieuwsgierig,' zei ze. 'Jij bent tenslotte de enige die daar wat van weet.'

In theorie wist Rahela dat we geadopteerd waren, ze had genoeg te horen gekregen om haar vroege herinneringen aan mijn accent te kunnen verklaren en het feit dat onze donkerbruine ogen heel anders waren dan de donkergroene en bleekblauwe van Jack en Laura. Ze wist het met haar hoofd, maar ze voelde het niet. Voor haar was er niemand vóór onze Amerikaanse ouders geweest en het verlies van die andere mensen, technisch gesproken haar ouders, was objectief gezien verdrietig, maar meer ook niet.

Ik moest aan mijn vaders verhalen denken, zoals hij mijn geboorte als een spannend avontuur had laten klinken. Mijn ouders waren in Tiska geweest en hadden een eind moeten rijden om twee dorpen verderop bij het ziekenhuis te komen: '*Je was bijna op de kustweg geboren. Je kon gewoon niet wachten om eruit te komen en te gaan zwemmen!*'

'Heel vroeger,' begon ik, 'woonden we in een appartementje midden in een grote stad.'

'Wat is een appartementje?'

'Een soort flat.'

'Een aparte flat?'

'Luister nou maar.'

Rahela hield haar mond.

'Mama ging je bijna krijgen, maar het was een koude winter en de stad werd geteisterd door een sneeuwstorm. De sneeuw lag zó hoog' – ik gaf met mijn hand een meter hoog aan – 'tot aan je kin!'

'Tot aan je kin?'

'Ja, ik was toen negen. Papa grapte dat als ik over een straat zou lopen waar de sneeuwschuivers niet waren geweest, je alleen nog de pompon van mijn muts zou zien.

Je wachtte tot midden in de nacht. Onze peetouders kwamen door de sneeuw uit hun flat gerend om de auto uit te graven zodat mama en papa naar het ziekenhuis konden. Ik moest thuisblijven en was zo kwaad dat ik er niet bij mocht zijn dat ik huilde als een baby. Maar een paar minuten nadat ze waren vertrokken kwam papa het huis alweer binnen rennen. Het was zo koud dat er ijspegeltjes aan zijn wenkbrauwen hingen!'

'Wat was er gebeurd?'

'Iedereen liep door elkaar te roepen. De auto zat vast in de sneeuw!'

'Hebben jullie toen de ambulance gebeld?'

'Papa dacht niet dat die er op tijd zou zijn.'

'Hadden jullie mama alleen in de sneeuw achtergelaten?'

'Dat moest wel, er waren toen nog geen mobiele telefoons. Dus Petar en papa renden terug om mama uit de auto te halen en samen droegen ze haar naar het centrum, waar de wegen wel geveegd waren. Daar vonden ze een taxichauffeur die hen naar het ziekenhuis bracht, maar ze moesten er wel drie keer zoveel als normaal voor betalen.

Jij wilde er niet uit komen en de bevalling duurde wel zevenentwintig uur, dus ze hadden best op die ambulance kunnen wachten. Maar iedereen noemde mama nog maanden later Cleopatra en de koningin van Seba omdat ze haar door de straten hadden gedragen en mama bleef papa maar pesten omdat hij zo zenuwachtig was geweest.'

'Mag ik de foto zien?' vroeg Rahela na een tijdje.

'Welke foto?'

'Die van gisteren. De foto van jou waarvan je zei dat jij het niet was.' Ik voelde me een dwaas omdat ik had gedacht dat ik haar voor de gek kon houden en strekte mijn arm over haar heen om de envelop onder de matras vandaan te trekken. Ik tastte naar iets glads tussen de andere papieren, maar toen ik mijn hand uit de envelop haalde, bleek ik de kerstfoto van ons hele gezin vast te hebben. Rahela griste hem uit mijn hand voor ik hem terug kon stoppen.

'Dit is een andere…' Ik keek hoe de afbeelding haar ogen binnendrong en bij haar binnenkwam. 'Is dat… ben ik dat?' zei ze. 'En dat… zijn dat…'

'Onze ouders.'

'Weet mama… ik bedoel…' Ze keek naar de foto en toen weer naar mij. 'Weten papa en mama dat jij die hebt?'

'Natuurlijk.' Laura had me zelf overgehaald de foto's niet steeds in mijn spijkerbroekzak bij me te dragen en had ze in de doos met belangrijke documenten gelegd, om ze 'veilig te bewaren'. 'Kom, dan bergen we hem nu weer op,' zei ik. 'Je moet nu echt gaan slapen.'

'Ik wil er nog even naar kijken.'

Ze hield de foto zo dicht bij haar gezicht dat het leek alsof ze dwars door het papier heen keek. Ik dacht aan onze ouders en vond het jammer dat ze alleen maar zo'n onscherp plaatje van hen had.

'Lijk ik op ze?'

Ik bekeek haar. Het golvende haar, de warme huidskleur. 'Je lijkt erg op mama.'

Ze keek gegeneerd. 'Mag ik de foto's zelf ook bekijken? Als jij weer weg bent?'

'Tuurlijk. Ze zitten in de doos met belangrijke papieren. Neem ze alleen niet mee naar buiten. Raak ze niet kwijt.'

Uiteindelijk dommelde ze in. Ik stopte de foto terug in de envelop en droeg haar naar haar kamer. Ik bleef tot diep in de nacht in *Austerlitz* lezen. Ik had vaak genoeg boeken gelezen van schrijvers die allang dood waren, maar bleef in gedachten steeds bezig met het feit dat Sebald pas drie maanden geleden gestorven was. Ik was gefascineerd door het idee dat ik iemands laatste gedachten in mijn hand hield. Ik belde Brian, maar hing na twee keer overgaan weer op. Ik zou hem morgen wel spreken, als ik terug was in de stad en beter wist wat ik die avond tegen hem zou zeggen.

4

Brian was een jaar ouder dan ik en precies zo iemand als ik me had voorgesteld aan de universiteit te zullen leren kennen: gevoelig, wereldwijs, onafhankelijk. Ik was in eerste instantie verliefd geworden op zijn intellect. Hij had in Tibet gestudeerd, het Louvre en de Uffizi bezocht en las Chomsky en De Saussure voor zijn plezier. Als iemand mijn verhaal zou begrijpen, was hij het wel. Ik had hem al een paar keer bijna alles verteld, maar was telkens op het allerlaatst teruggedeinsd en had het gesprek alsnog een andere kant op gestuurd.

'Ik heb je gemist,' zei ik, toen we elkaar op straat kusten. 'Ik had gedacht dat we misschien eindelijk eens naar het restaurant van mijn oom konden gaan, als je wilt.' Ik merkte dat ik te snel praatte. Brian deed een stapje naar achteren. 'Wat is er?'

'Niets,' zei hij. 'Alleen...'

'Wat?'

'Je hebt me afgelopen weekend min of meer laten zitten.'

'Ik was bij mijn ouders. Ik heb je ge-sms't.'

'Je bent zonder iets te zeggen vertrokken.'

'Sorry, maar ik wilde een vroege trein pakken.'

'Oké.' Hij gaf toe dat ik niet veel had gemist dat weekend, dat hij de meeste tijd in de bibliotheek aan zijn scriptie had zitten werken, waarin hij de theorie van een universele grammatica toetste aan de Nicaraguaanse Gebarentaal. Dove leerlingen die eerst geïsoleerd over het land verspreid hadden gewoond, waren op een speciale school bij elkaar gebracht met het doel hun daar les te geven in gesproken Spaans, maar hadden op het schoolplein en in de slaapzalen al snel een eigen gebarentaal ontwikkeld. Taalkundigen waren toegestroomd, allemaal wilden ze getuige zijn van de geboorte van een nieuwe taal.

'Het is echt ongelofelijk,' zei Brian. 'Na een paar jaar hadden ze al congruentie tussen onderwerp en werkwoord en classificeerdersystemen ontwikkeld.' Ik vond het leuk als hij over zijn onderzoek sprak, hoe enthousiast hij kon worden over grammaticale finesses, maar wist zelf over het onderwerp alleen dat wat hij me had verteld, dus verzandde het gesprek al snel. Hij zag *Austerlitz* uit mijn tas steken en trok het eruit. 'O, niet weer Sebald.'

Brian en ik hadden niet dezelfde smaak in boeken, wat tot een soort intellectueel steekspel leidde waar ik doorgaans wel lol in had. Maar ik had nu geen zin in discussie, niet hierover.

'Hoe kom je aan dat oudemannenspul?'

'Van een oude man,' zei ik. 'Maar hij bevalt me.'

'Ariel of Sebald?'

'Allebei.'

'Wat spreekt je zo aan? De ellenlange zinnen? Die vent is niet zuinig met zijn komma's.'

'Misschien.' In feite was het het gevoel van verdriet dat als een ondergrondse rivier door zijn boeken stroomde. Maar dat wilde ik niet hardop zeggen. Nog niet.

'Maar hij is ook een soort Duitse apologeet, toch?' zei Brian.
'Dat ligt volgens mij wel iets ingewikkelder.'
'Natuurlijk. Maar als je ooit een morele grens mag trekken, is het wel bij de Holocaust. Ik bedoel, zijn vader zat bij de Wehrmacht.'
'Dat kun je hem niet verwijten, wat zijn vader deed.'
'Nee, klopt. Maar het maakt de dingen wel... heikel.'
'Wat het boek juist goed maakt.'
'Of ethisch bezwaarlijk.'

Ik kuste hem om hem de mond te snoeren. 'Je bent alleen knorrig omdat ik een boek lees dat jij niet hebt gelezen. Maar maak je geen zorgen. Je mag het van me lenen als ik het uit heb.' Ik probeerde te lachen en stak mijn hand naar hem uit.

'Goed dan, ik hou al op,' zei hij, en we haakten onze pinken in elkaar, wat ons teken van een wapenstilstand was geworden. 'Maar alleen omdat ik sterf van de honger.'

Het had me altijd al gestoord als mensen zeiden dat ze stierven van de honger terwijl dat overduidelijk niet het geval was, maar het was helemaal irritant op de campus, waar elke avond een buffet van overvloed plaatsvond. Ik dacht aan de bergen gebraden kip, aardappelsalade en felgeel maïsbrood die ze vandaag vermoedelijk als zondagse maaltijd in de mensa serveerden om later alles wat over was weg te gooien.

In Kroatië was ik een vijfdeklasser van normaal postuur geweest. In Amerika was ik mager. Bij mijn eerste medische keuring zat ik onder de ondergrens voor gewicht en lengte. De arts gaf Laura opdracht me tweemaal daags bij de gewone maaltijd aanvullende eiwitdrank te geven. Die avond schonk ze na het eten een beker korrelige chocolademelk voor me in en zette me op een kruk aan de keukenbar. Ik zei dat ik geen trek had, maar ze zette haar strengste gezicht op en zei dat ik het moest opdrinken. Ik zag een flits van mijn moeders ongeduld in Laura's ogen en dronk de beker leeg. Toen ik opstond om hem in de gootsteen te zetten, voelde ik een onaangenaam onbekend geborrel in mijn buik. Mijn armen en benen waren zwaar en mijn keel zat dicht. Ik had het heel benauwd. Ik holde de veranda op en gaf over de balustrade over.

'De dokter zei al dat dat zou kunnen gebeuren,' zei Laura toen ik weer wat was gekalmeerd. 'Je zat gewoon vol.'

Ik zei dat je vol voelen verschrikkelijk was en dat ik dat nooit meer wilde. Ik raakte in paniek en moest de rest van de week elke avond overgeven.

'Nou, als je op het randje van de dood balanceert kunnen we ook naar de mensa gaan,' zei ik tegen Brian.

'Ga jij nou niet ook knorrig doen.' Hij kneep me in mijn pink om me aan ons pact te herinneren.

We stapten in de metro en hij leunde onder de sticker 'Niet tegen de deuren leunen' met zijn handen in de zakken van zijn jack van de legerdump schilderachtig tegen de deur.

'Hé, ik heb iets voor je,' zei hij.

'Waarom?'

'Zomaar. Ik zag het en vond het echt wat voor jou. In een vintage winkeltje.'

Hij vouwde zijn hand open. Erin lag een zongebleekte schelpscherf aan een bronzen ketting die hij op mijn handpalm legde. 'Het is een stukje maan.' Hij lachte de ondeugende, scheve lach die me zo dierbaar was geworden.

'Wat mooi. Dank je wel.' Ik frutselde het slotje open, deed de ketting om en probeerde mezelf uit het moeras van mijn somberheid te trekken. Op het punt waar het laatste stukje Little Italy samenviel met Chinatown kwamen we uit het metrostation en liepen naar het restaurant van mijn oom.

Oom Junior werd al zo lang Junior genoemd dat Jack zich niet kon herinneren hoe hij oorspronkelijk had geheten. Zelfs 'oom' was een aanduiding bij benadering. Hij was vermoedelijk eerder een oudoom of achterneef. Nu zijn ouders niet meer leefden, wilde niemand toegeven dat we niet meer wisten hoe hij eigenlijk heette, dus vroegen we er nooit naar.

Het restaurant heette Misty's, naar zijn dode hond, een naam die iedereen in de familie zich heel goed herinnerde vanwege die keer dat Misty tijdens het Thanksgivingdiner onder tafel had gepoept. Binnen was het schemerig en warm. De gastvrouw herkende me en liet me zelf kiezen aan welk tafeltje met de met groen leer beklede banken langs de muur we wilden zitten. Junior verscheen even later in krijtstreep en met een rode anjer op zijn borstzak gespeld.

'Hallo, schoonheid,' zei hij, en hij kuste me op mijn voorhoofd. 'En wie is deze jongeman?' Ik stelde hen aan elkaar voor en Junior drukte een natte kus op de wang van Brian, die probeerde niet verrast te kijken. 'Welkom in mijn restaurant,' zei Junior, en hij schonk ons rode wijn uit een karaf in. 'We hebben verse zeekat. Zin in?'

'Klinkt heerlijk,' zei ik. Brian bestelde pasta en Junior riep iets in verbasterd Italiaans door de keukendeur, pakte toen van achter de toog een Yankees-petje en ging naar buiten om te roken.

'Dus dat is de beruchte oom,' zei Brian. 'Waarom zijn we hier nog nooit geweest?'

Ik had niet gewild dat Brian Junior zou ontmoeten. Ik had hem uit de buurt van al mijn familieleden gehouden omdat ik bang was dat ze iets zouden laten vallen over mijn verleden. Maar nu hoopte ik half dat Junior iets zou zeggen dat me zou dwingen de waarheid te vertellen.

'Ik wilde je niet afschrikken.'

'Nooit geweten dat je zó Italiaans was.'

'Ben ik ook niet,' zei ik. En toen hij vragend naar me keek: 'Ik bedoel, hij is nogal uitzonderlijk.'

Brian maakte lachend Godfather-achtige gebaren en kuste mijn hand.

'Kijk uit waar je je lippen plant,' joelde iemand aan de hoektafel, waar een stel mannen over hun glas gebogen zat te kaarten. Met een schaapachtig lachje naar hen liet Brian mijn hand vallen.

'Ik ken ze niet,' fluisterde ik.

De mannen lachten. Junior stak zijn hoofd om de deur. 'Dat klinkt veel te vrolijk. Wat voeren jullie in je schild?'

'Niets, Jun,' antwoordden ze in koor, als een stelletje betrapte schooljongens.

'Vallen ze je lastig, Ana?'

'Niets aan de hand,' zei ik.

'Ja, ja… Houden jullie je daar nou maar koest. Anders mogen jullie vanavond zelf je drankjes betalen.' De mannen richtten zich weer op hun kaartspel.

'Weet je,' zei Brian. 'Als je weer eens naar huis gaat zou je mij misschien kunnen meenemen.'

'Waarom? Ik heb je toch verteld hoe vreselijk Gardenville is?'

'Ik ben niet geïnteresseerd in Gardenville. Ik zou gewoon graag eens meegaan. Je ouders ontmoeten of zo? Je hebt de mijne vorig najaar al ontmoet.'

'Weet ik, maar…'

'Waarom wil je niet dat ik ze leer kennen, Ana?' Het klonk bestraffend, alsof ik een kind was.

'Waarom wil je ze zo ontzettend graag leren kennen?'

'Waarom niet?' Hij wreef over zijn slaap zoals hij altijd deed als hij geërgerd was, zuchtte en pakte over de tafel mijn hand. 'Toe… ik heb geen zin in ruzie. Over twee maanden studeer ik af. Ik moet gaan solliciteren. Besluiten of ik in de stad wil blijven. Ik zat te denken dat we misschien zouden kunnen gaan samenwonen.'

Er gebeurde iets met mijn gezicht, een tinteling bij mijn wangen. Ik kon niet zeggen of ik een kleur kreeg of wit wegtrok.

'We zouden samen iets kunnen zoeken, een studio of misschien een etage, waarschijnlijk in Brooklyn, maar dan wel dicht bij een metrostation zodat jij makkelijk naar college kunt…'

We hadden het eerder in vage bewoordingen over samenwonen gehad, maar niet zo. Niet met een echt plan.

'Brian…'

'Je hoeft niet meteen te beslissen. Ik wilde het alleen aankaarten voordat je de borg voor het nieuwe studiejaar moet betalen…'

'Brian,' zei ik. Hij keek geschrokken. 'Ik weet gewoon niet…'

'Je wilt niet met me samenwonen?'

'Nee, dat bedoel ik niet. Ik moet je iets vertellen.'

Ik had een droge keel. Ik trok mijn hand onder de zijne vandaan, nam een slok water en probeerde rationeel te denken. Een andere keer dat ik het hem bijna had verteld, was ik over de oorlog begonnen, gewoon om na te gaan of hij ervan wist. Dat was natuurlijk wel het geval geweest, hij had er zelfs een boek over gelezen van een journalist die Bosniërs in concentratiekampen had geïnterviewd. Hij wist dat het een bloederige en ingewikkelde toestand was geweest. Hij zou vast begrijpen waarom ik het voor hem had verzwegen. Bovendien was hij mijn beste vriend; dat niet alleen, we hielden van elkaar.

'Toen ik vrijdagochtend bij je wegging ben ik niet meteen naar Pennsylvania gegaan.'

Nu trok hij wit weg. Ik besefte dat hij waarschijnlijk dacht dat ik iets met een ander had.

'Ik moest een praatje houden bij de VN.'

'De VN? Hoezo?'

'Ik wil alleen maar zeggen, ik ben niet echt…' Ik zocht naar een woord. 'Italiaans.'

'Hoe bedoel je?'

'Ik ben geboren in Kroatië. In Zagreb. Nou ja, toen was het nog Joegoslavië. Toen ik tien was, brak de burgeroorlog uit. Mijn ouders zijn vermoord.'

'Maar hoe zit het dan met je ouders in Pennsylvania? En je zus?'

'We zijn geadopteerd. Rahela… Rachel is mijn echte zus.'

Ik vertelde over Rahela's ziekte en over MediMission en Sarajevo. Over de wegversperring en het bos en hoe ik was ontkomen. Dat de presentatie bij de VN de oude nachtmerries had teruggebracht. Ons eten kwam en werd koud. Toen ik uitgepraat was, hield Brian nog steeds mijn hand vast, maar hij zei niets.

'Is het te erg?'

'Nee,' zei hij. 'Ik bedoel ja. Niet voor mij, voor jou. Maar daar gaat het nu niet om. Jezus, Ana. Wat vreselijk. Gaat het wel?'

'Ik vind het ook vreselijk. Dat ik het je niet eerder verteld heb.'

'Dat geeft niet. Ik moet het allemaal nog verwerken. Maar ik verwijt je niets.'

Junior verscheen weer met de wijn en wurmde zich naast

me op de bank. 'Hallo, prinses. Fijn dat je er bent. Je zou vaker je gezicht moeten laten zien.'

'Klopt,' wist ik uit te brengen. 'Maar studeren kost veel tijd. Hoe gaat het met jou?'

'Zelfde gezeik maar dan anders. Een of andere belastingman zit zo in m'n zaken te wroeten dat het bijna voelt als die endoscopie van laatst. Maar laten we daar vooral geen woorden aan vuil maken. Hoe is het thuis?'

'Goed. Rachel groeit zo hard.'

'Dat wil ik geloven. Ik moet nodig weer eens langs gaan. Als er iemand kan barbecueën, is het jouw vader. En dan maak ik weer van die "limonade".'

'Goed plan. Van de zomer.'

'Doen we.'

'Oké,' zei Junior tegen Brian. 'Ik zal niet langer beslag leggen op deze mooie dame.'

'Waar denk je aan?' zei ik, toen Junior weg was.

'Van alles,' zei Brian. 'Ik vind het zo erg voor je.'

'En?'

'En. En ik weet dat dit niet goed klinkt, maar ik vraag me toch af wat het voor ons betekent.'

'Niets,' zei ik. 'Ik ben nog steeds dezelfde persoon.'

'Je maakt mij niet wijs dat het je allemaal niets doet.'

'Nee, je kent me toch.' Ik stak mijn handen onder de tafel en wreef over de dunne witte littekens rond mijn polsen. Verwondingen die ik had verklaard met een verzonnen fietsongeluk. 'We horen nu juist gelukkig te zijn. Je hebt me gevraagd of ik met je wil samenwonen,' zei ik, hoewel dat moment lang geleden voelde.

'Ik weet het. Ik bedoel alleen dat het heel veel is om te verwerken. Maar Ana?'

'Ja?'

'Ik ben daartoe bereid, oké?'

'Oké,' zei ik.

'Zullen we gaan?'

'Denk maar niet dat je hier zonder nagerecht de deur uitgaat!' zei Junior, die de hoek om kwam lopen met twee schaaltjes panna cotta.

'Dank je, maar we zitten echt vol,' zei ik.

'Het toetje heeft een eigen vakje,' zei Junior, en hij zette de schaaltjes op tafel. Brian begreep onmiddellijk dat het toetje eten minder tijd zou kosten dan er nog langer met Junior over bakkeleien en nam een paar grote happen. Ik volgde zijn voorbeeld.

'Mogen we de rekening, oom J?' zei ik tussen twee happen door.

'Helaas kan ik je daar niet aan helpen. Die rekening bestaat niet.'

'Toe. We willen je betalen.'

'Jullie studeren nog. Vergeet het maar.'

'Oké dan,' zei ik. Ik was bereid hem zijn zin te geven als dat betekende dat we konden gaan. 'Dank je wel.'

'Graag gedaan. En zeg tegen je vader dat hij me moet bellen.'

Op straat waaide het veel harder dan toen we naar binnen waren gegaan. De wind sneed door mijn jas. Brian versnelde altijd zijn pas als het koud was en ik kon hem maar net bijhouden.

'Heb je weleens overwogen terug te gaan?' zei hij.

'Soms. Maar ik weet niet waarvoor.'

'Het kan je misschien helpen het af te sluiten.'

'O, daar gaan we al.' Geïrriteerd gaf ik het op hem bij te benen.

Brian vertraagde ook. 'Hé, doe dat nou niet. Ik bedoelde er niets mee.'

'Je weet helemaal niets over het verwerken van zoiets.'

'Je hebt gelijk.' We versperden de doorgang op het trottoir en hij zette een stap naar mij toe. Hij probeerde mijn hand uit mijn zak te trekken, maar ik rukte me los.

'Het is koud.'

'Ana, het spijt me. Ga met me mee naar huis. Elliot is nog steeds bij een of andere designconferentie. We hebben het rijk alleen. We kunnen… stoom afblazen.' Hij had mijn pols vast in mijn jaszak en ik vervlocht mijn vingers met de zijne. Ik voelde dat ik aan het toegeven was. Ik wilde geen ruzie en ik wilde niet alleen zijn.

Brian en ik hadden omzichtige seks die voelde als een verontschuldiging. Normaal gesproken waren we ontspannen bij elkaar, we kenden inmiddels de patronen van elkaars lichaam. Maar deze keer waren we overdreven voorzichtig en probeerden we allebei manieren te vinden om de ander te tonen dat we bereid waren het vertrouwen dat ik had geschonden te herstellen. Na afloop voelde ik een verlangen naar de onbezorgdheid die ik had verjaagd.

'Wat is er?' zei Brian.

'Niets.'

'Ik kan je zien denken.'

'Echt, er is niets.'

'Hoe bewaar je dat allemaal in zo'n klein lichaam?' zei hij, en hij drukte zijn handpalm tegen mijn borst. 'Heb je niet het gevoel dat je op het punt staat te exploderen?'

'Ik maak me meer zorgen om jou.'

'Wat is er met mij?'

'Wat jij denkt, over dit allemaal.'
'Ik denk dat het de reden is dat je Sebald zo graag leest.'
'O, schei toch uit.'

Hij lachte zijn scheve lach en streek met een vinger langs mijn wang. 'Maar ik denk het echt.'

'Is er niets wat je zou willen weten?'

'Alles,' zei hij. 'Maar niet vanavond. We hebben alle tijd. Laten we vanavond alleen dit doen.' Hij liet zijn arm onder mij glijden en ik legde mijn hoofd op zijn borst.

Ik luisterde naar zijn vertragende hartslag. 'Brian?' zei ik na een tijdje. Hij reageerde niet. Ik liet me uit bed glijden en zocht een stukje papier op zijn bureau. *Sorry dat ik vertrokken ben. Slaap de laatste tijd niet zo goed.*

Ik ging eerst nog naar de bibliotheek. Ik had *Austerlitz* bijna uit en moest een nieuw boek hebben. De uitleenbalie stond op het punt dicht te gaan en de werkstudente schonk me een boze blik toen ik na vertoon van mijn gastenpasje doorliep. Zonder na te denken tikte ik 'Kroatië' in de online catalogus en zocht vervolgens helemaal achterin op de Oost-Europa-afdeling naar de plaatsingscode die dat had opgeleverd. Ik pakte het dikste boek dat geen naslagwerk was, *Black Lamb and Grey Falcon*, van de plank en bladerde door de eerste pagina's van het ruim duizend pagina's omvattende boek. Het was in de jaren veertig in Engeland verschenen en ik vroeg me enigszins argwanend af wat voor licht een dode Engelse schrijfster zou kunnen werpen op iets hedendaags, laat staan op een land dat zo ingrijpend was veranderd als het mijne. Maar toen ik de pagina met de opdracht opensloeg, stokte mijn adem bij de grimmige juistheid van die ene zin: *Voor mijn vrienden in Joegoslavië, die nu allemaal dood zijn of geknecht.* Ik klapte het zware omslag dicht.

Het boek was sinds 1991 niet meer uitgeleend en de studente achter de balie vond het nodig me eerst nog eens goed te bekijken voordat ze een datum in de eenentwintigste eeuw op het kaartje stempelde. Ik dacht aan degene die het boek ruim tien jaar eerder had geleend, toen ik nog aan de andere kant van de oceaan zat. Een student journalistiek, besloot ik. Een overijverige, die naar diepere achtergronden had gezocht om iets verstandigs te kunnen zeggen in een artikel over etnische zuivering.

Ik ging naar huis, maar liet het boek ongeopend. Ik kon de gedachte aan vermiste vrienden niet van me af schudden. Ik zette de computer aan en zocht internet af naar Luka. Dat had ik pas een keer eerder gedaan, maar toen ik nergens een spoor van hem had kunnen vinden, had me dat in een depressie van een week gestort en had ik mezelf verboden er een gewoonte van te maken. Maar veel erger dan nu zou ik me toch niet kunnen voelen, maakte ik mezelf wijs. Luka's leven, als hij nog in leven was, had echter geen technologische voetafdruk achtergelaten. Om twee uur 's ochtends kwam mijn kamergenote Natalie dronken thuis en viel met haar schoenen aan in slaap. Ik liep naar de nachtwinkel en kocht een cola en een diepvriesburrito. Als ik nu naar bed zou gaan, zou ik geheid weer door nachtmerries worden geplaagd, dus met voldoende cafeïne in mijn bloedbaan ging ik naar de gemeenschappelijke ruimte, waar ik het geluid van de televisie hard zette en in Rebecca Wests boek las tot de zon opkwam.

De daaropvolgende weken vertelde ik Brian stukje bij beetje mijn verhaal; de zandzakken, luchtaanvallen en scherpschutters in Zagreb, de Četniks in het bos en later het dorpje. Hij was geduldig en drong niet aan als ik halverwege een gedachte stopte, maar het maakte niets uit. Ik voelde dat ik afgleed en wist niet hoe ik me te weer kon stellen tegen het feit dat al zijn genegenheid en begrip me niet heel konden maken. Elke avond wachtte ik tot hij in slaap was gevallen om naar mijn eigen flat terug te keren en daar door de gangen te ijsberen. Een keer struikelde ik over mijn schoen, waardoor hij wakker werd.

'Je kunt ook blijven. Elliot blijft vast bij Sasha slapen.'

'Ik wil je niet uit je slaap houden.'

'Moet je studeren? Het stoort me niet als je het bureaulampje aanknipt.'

'Dat is het niet. De dromen waarover ik je vertelde. Ik word schreeuwend wakker.'

'Ik vind het niet erg.'

'Ik wel.'

'Maar als we straks samenwonen…'

'Niet doen, Brian.'

'Een paar nare dromen vallen in het grotere geheel in het niet.'

'Luister, het spijt me. Ik kan dit gesprek nu niet voeren,' zei ik. Ik frummelde in het donker met mijn veters en vertrok.

'Daar ben je,' zei professor Ariel, toen ik op een middag in zijn deuropening verscheen. 'Had je het druk met dat werkstuk voor Brightons les?'

'Ja, het spijt me. En ik heb nog meer gelezen, een ander boek.'

'Kom binnen, ga zitten.'

Ik legde *Austerlitz* op zijn bureau.

'Prachtig, vind je niet?'

Ik knikte.

Hij bladerde het door. 'Ik vind het terugkerende symbolische gebruik van stations zijn meest geslaagde integratie van foto's. Waarom heb je hier een ezelsoor gemaakt?'

'Jeetje, sorry. Ik kan me niet eens herinneren dat ik dat heb gedaan.'

'Dat slinkse geheugen ook altijd.' Hij grinnikte. 'Geeft niks. Hier.' Hij reikte me het opengeslagen boek aan en ik liet mijn ogen over de pagina gaan die ik had omgevouwen. Ik vond al snel wat ik had willen onthouden.

'Dit,' zei ik. '"Ik had nog nooit eerder van een *Austerlitz* gehoord en was er meteen van overtuigd dat verder niemand zo heette, niemand in Wales of op de Britse Eilanden of waar dan ook ter wereld."'

'Wat spreekt je daarin zo aan?'

'De eenzaamheid, denk ik. Dat hij een emotie zo perfect kan beschrijven, zonder bijvoeglijke naamwoorden.'

'Een zeldzame gave.'

Ik gaf het boek weer over het bureau aan en knikte.

'Wat vind je van zijn critici?'

Het was niet bij me opgekomen dat zo'n schrijver critici kon hebben. Brian was één ding, maar hij had het boek niet eens gelezen. 'Wat bedoelt u?'

'Dat hij niet met nieuw materiaal komt. Dat het alleen maar meer van hetzelfde is.'

'Natuurlijk is het meer van hetzelfde. Waar zou je anders nog over moeten schrijven als je dit hebt?'

'Dat is het tegenargument,' zei professor Ariel.

Half april begonnen de grijze luchten zich terug te trekken. Ik probeerde het lege gevoel in me te laten verjagen door de zon. Brian trachtte me steeds zover te krijgen dat ik hem vertelde wat me dwars zat, waar ik op reageerde met kleinzielig geruzie tot we naar een eindeloze cyclus van kibbelen en het weer goedmaken waren afgegleden. Ik studeerde meer dan nodig, alleen om de tijd te vullen. Het semester duurde nog maar drie weken, daarna zou ik de stad kunnen ontvluchten.

Op een avond zaten Brian en ik op zijn bed een afhaalmaaltijd van de Chinees te eten. Hij las een antropologieboek, ik had *Black Lamb and Grey Falcon* opengeslagen op mijn schoot liggen, maar kon me niet concentreren. Ik had niet veel tijd meer om te beslissen of we moesten gaan samenwonen of niet. Niets wees erop dat de nachtmerries afnamen en ik bleef me afsluiten voor Brian elke keer als ik hem het meest nodig had.

'Denk je dat twee mensen voor altijd bij elkaar horen?' zei ik.

Brian keek met een aarzelend lachje op. 'Heb je in de rij in de supermarkt weer de Us Weekly staan lezen?'

Ik schonk hem een kwade blik en hij mompelde een excuus.

'Sommige mensen wel,' zei hij. 'Mijn ouders zijn nog steeds getrouwd. De jouwe ook. Ik bedoel je ouders in Gardenville…'

'Ik weet wat je bedoelt.'

'Waarom doe je dan zo bozig? Onrust in het paradijs van Rebecca West?'

'Ik doe niet bozig,' reageerde ik scherp, wat juist het tegendeel leek te bewijzen. 'Het is alleen… Volgende week sluit de betaaltermijn voor de kamerborg. Ik weet niet wat ik moet doen.'

Brian klapte zijn boek dicht en schoof naar me toe. 'Ik weet het wel.'

'Zo simpel is het niet.'

'Jij hebt nachtmerries. Nou en? Daar vinden we wel wat op. Misschien houden ze zelfs op. Daar hoef je je toch niet zo druk om te maken?'

'Je druk maken is niet iets rationeels. Niemand besluit bewust ergens van door te draaien.'

'Luister, je hebt veel aan je hoofd, je slaapt niet en de examens staan voor de deur. Dat begrijp ik. Maar die nachtmerries – al dat gedoe – dat is geen reden voor ons om ons leven in de wacht te zetten.'

'Tuurlijk, dat is het. Ik overdrijf.' Ik wist dat ik onredelijk was, maar kon niet ophouden. Ik was het zo zat dat hij oog in oog met alles wat zo onthutsend en lelijk en onlogisch was rustig bleef. Ik wilde een reactie zien. 'Misschien ben ik wel hysterisch. Een hysterische vrouw,' zei ik.

'Jezus, Ana, ik zei niet…'

'Ik weet dat je dat niet zei. Dat was ook niet nodig. Ik weet ook zo wel dat je dat denkt.'

Brian liet zijn eetstokjes in zijn noedelbox vallen en stond op. 'Weet je wat? Best. Ik heb echt steeds opnieuw geprobeerd je te begrijpen, maar jij werkt gewoon niet mee. Ik weet niet zeker of ik hier nog wel tegen kan.'

'Ik denk dat we een tijdje afstand moeten nemen.' Toen ik mijn woorden op zijn gezicht weerspiegeld zag, wilde ik dat ik ze niet had gezegd. 'Misschien moeten we gewoon even een pauze inlassen en over een paar weken weer contact zoeken.'

Brian zei niets.

'Brian, het spijt me. Echt.'

'Oké. Zou je nu alsjeblieft…' Hij knikte naar de deur.

Ik verliet Brians kamer en liep Fourteenth Street uit tot aan de Hudson. Er lag een pen in de goot en ik keek er verschrikt naar. Jarenlang had ik niet gedacht aan de mijnen die vermomd waren als troep, maar nu stond ik naar iemands afval te kijken, half verwachtend dat het zou ontploffen. Ik vervloekte Sharon en de VN, dat ze alle ellende weer hadden opgerakeld. Mijn verhaal vertellen had iets goeds moeten zijn, maar had alles alleen maar erger gemaakt. En nu had ik vreselijk onredelijk tegen Brian gedaan en was ik hem ook nog kwijtgeraakt.

'Wat is er toch met jou?' zei ik. Ik gaf een ruk aan de ketting die Brian me had gegeven, maar hij liet niet los en mijn nek deed zeer waar het metaal in mijn vel sneed. Ik opende het slotje en omklemde de ketting in mijn hand. De rivier glom roodbruin van de lichtjes van Manhattan en Jersey City. Ik overwoog de ketting in het water te gooien. Als ik in het bos was gestorven, zou ik tenminste bij mijn ouders zijn en deze diepe eenzaamheid niet kennen. Maar Rahela dan? Ik liet de ketting in mijn jaszak glijden. Omdat ik niets anders kon verzinnen, belde ik mijn moeder.

Laura antwoordde met een slaperige stem. 'Is er iets gebeurd?'

'Shit, sorry. Ik had niet in de gaten hoe laat het is. Heb ik je wakker gemaakt?'

'Nee, nee, dat geeft niet. Wat is er?'

'Ik weet het niet.' Ik voelde dat mijn stem brak.

Ik liet Laura sussende woorden door de telefoon fluisteren, maar wist dat ze me niet kon troosten.

'Ik geloof dat ik… dat ik naar huis wil.'

'Wil je dat ik je kom halen?'

'Nee. Ik bedoel Kroatië.'

'Wat?'

'Alleen voor de zomer.'

'Lieverd, ik weet niet of dat zo'n goed idee is. Het is er gevaarlijk.'

'De oorlog is allang voorbij.'

'Kosovo is pas twee jaar geleden.'

'Wat moet ik dan? Me voor altijd verschuilen in Gardenville?'

'Maar zo'n reis… Denk je dat het slim is die oude wonden weer open te halen?'

'Openhalen?' Ik moest bijna lachen.

'Ik wil alleen niet dat je weer zo verdrietig wordt.'

'Dat ben ik nu ook. Ik zit vast in deze shit. Ik kom er nooit meer vanaf. Niet zo.'

'Luister. Je bent van streek. Gun jezelf een dag rust, dan praten we later…'

'Ik vraag je niet om toestemming,' zei ik. 'Ik wil alleen dat je mijn paspoorten opstuurt.'

Ik hing op en trapte tegen de stoeprand tot het door mijn schoen heen pijn deed. 'Sorry,' zei ik tegen de rivier. De wind die van het water woei was ijzig en ik sloeg mijn kraag op tegen de kou.

Op onze kamer lag Natalie al te slapen. Ik ging ook in bed liggen en staarde door het donker naar de gespikkelde platen van het verlaagde plafond. Ik had al een maand lang hooguit een paar uur per nacht geslapen en de lichamen uit mijn dromen drongen binnen in mijn bewustzijn. Nog voordat ik helemaal sliep, voelde ik al hun koude, rubberachtige huid tegen de mijne, even echt als de katoenen stof van mijn lakens. Ik gooide de dekens van me af en stond te snel op, waardoor de donkere kamer om me heen tolde.

Wankelend bereikte ik mijn bureau waar ik een zetje tegen de muis gaf. Het scherm kwam zoemend tot leven en Natalie draaide zich om. In het vage computerlicht scheurde ik een vel van mijn blocnote en schreef een brief aan Luka. Ik vulde de eerste regels met oppervlakkige begroetingen en vragen naar zijn ouders. Ik schreef dat ik tegenwoordig in New York woonde, ik wist zeker dat hij daarvan onder de indruk zou zijn, en dat mijn bezoek aan de VN een grillige reeks gebeurtenissen had ontketend die ertoe hadden geleid dat ik wel moest terugkeren. *In feite weet niemand hier wie ik ben, zelfs ik niet, en ik denk dat thuiskomen me er misschien weer bovenop zal helpen.* Het woord 'thuiskomen' zag er op papier raar uit, maar ik liet het staan. Ik probeerde positief te klinken of tenminste niet op het randje van een zenuwinzinking. *Ik denk vaak aan je. Er zijn dagen dat niet weten of je nog leeft me gek maakt. Dus mail me of schrijf me of wat dan ook. En we zien elkaar snel weer.* Onderaan schreef ik waar ik te bereiken was. Ik vouwde het vel in drieën, schreef het adres van zijn ouderlijk huis op de envelop en stak die in mijn collegetas. Ik tikte het webadres in van een budgetvliegmaatschappij die ik in een reclamespotje had gezien dat tijdens een van mijn slapeloze nachten eindeloos herhaald werd, haalde mijn zuurverdiende geld van een hele zomer werken bij de Kmart van mijn rekening en boekte een ticket naar Zagreb voor de eerste dag na het semestereinde.

5

Pas drie weken later, toen het vliegtuig door de wolken boven het Balkanschiereiland sneed, kreeg ik het gevoel dat de reis een heel slecht idee was. Luka had niet teruggeschreven, niet gebeld, niet gemaild. Ik moest erachter zien te komen wat er met hem was gebeurd, maar hoe dichterbij ik kwam, hoe banger ik werd voor wat ik zou aantreffen. *Black Lamb and Grey Falcon*, dat ik min of meer uit de bieb gestolen had, woog als lood op mijn schoot. Wat ik in mijn koffer had gestopt sloeg nergens op, dacht ik met het soort voortschrijdend inzicht dat ik bij vlagen had gehad tussen de hazenslaapjes in het vliegtuig door. Laura had me uiteindelijk mijn Amerikaanse paspoort toegestuurd, maar niet het Joegoslavische, dat ik nodig had als ik een nieuw wilde aanvragen. Toen de stewardess douaneformuliertjes uitdeelde waarop je 'inwoner' of 'toerist' moest aankruisen, bedacht ik dat Kroatië een land was waar ik officieel gesproken nooit was geweest.

Ik hees mijn rugzak op mijn schouders, daalde de trap af en liep over de landingsbaan naar het grauwe gebouw van Zagreb International Airport. Het betonblok liep uit in twee smalle terminalgangen. Drie andere propellervliegtuigen stonden tegenover het toestel geparkeerd waar ik zojuist was uitgestapt. Zo te zien draaide het vliegveld op volle toeren.

Ondanks al mijn inspanningen om mijn kalmte te bewaren – de oorlog was al jaren geleden afgelopen, we waren goddomme zo goed als lid van de NAVO – verwachtte ik de eerste minuten op de grond elk moment een ontploffing. In de terminal wierpen de gele informatiebordjes een ziekelijk schijnsel door de hal. Mijn sneakers bleven aan de vieze tegels plakken, die nat en kleverig waren van gemorste frisdrank. Na al die jaren had het gebouw zijn oostbloksfeer nog steeds niet afgeschud – de gewichtigdoenerige afmetingen en al het beton, een vrouw met een net iets te opzichtig kersenrood gestifte mond. Ik liep langs een groep verdwaasde toeristen in de rij voor de douane naar voren. Ik genoot van het machtsgevoel dat het gaf om door die mensenmassa heen te dringen, het soort voordringen dat ze in Amerika nooit zouden pikken. Ik verontschuldigde me niet.

'Hallo, *dobar dan*,' zei de douanier toen ik voor het loket stond. Hij stak zijn hand uit om mijn papieren aan te pakken. Toen hij mijn Amerikaanse paspoort zag, mompelde hij iets in gebroken Engels en stak zijn hand uit naar een stapel immigratieformulieren.

'Dobar dan,' probeerde ik. De woorden voelden onwennig in mijn keel. '*Kako ste vi danas?*' Het was wat stijfjes geformuleerd, maar correct en terwijl hij over zijn snor streek, bekeek hij me alsof ik hem vervalste documenten had overhandigd. Ik keek terug. Hij legde de blanco formulieren weer op de stapel.

'Welkom terug,' zei hij in het Kroatisch, en hij gebaarde dat ik door kon lopen.

Bij de uitgang vonden familieleden elkaar. Een peutertweeling met dezelfde zonnebril op stormde op een oudere man af. Een jonge vent in een Dinamo-voetbalshirt zwaaide naar zijn vermoeide verloofde en tilde haar van de grond in een omhelzing. De kleur keerde terug op haar wangen toen ze elkaar kusten. Een man in een zwart pak liep op een eveneens in het zwart gestoken man af. Ik dacht eerst dat het collega's waren, maar toen ze elkaar met opeengeklemde kaken omhelsden, begreep ik onmiddellijk dat hun hereniging met een begrafenis te maken had. Ik wendde mijn blik af.

De bagageband draaide in een lethargisch tempo kreunend rond. Veel koffers zaten ingesnoerd in een dikke laag plastic. Ik wachtte tot ik de mijne zag, die betrekkelijk ongeschonden bleek, tilde hem van de band en liep naar buiten.

De luchthaven lag ver buiten de stad, dus overhandigde ik mijn koffer aan een man in een officieel ogend reflecterend jasje en stapte in een bus waarop ZAGREB CENTAR stond. Zodra de chauffeur zei dat het twintig kunas was, besefte ik dat ik fout zat. Dat was veel te veel voor een enkel busritje. Het was waarschijnlijk een privébedrijf dat toeristen probeerde af te zetten, maar ik had geen andere bussen zien staan en mijn koffer zat al in het bagageruim.

'Ik heb nog geen geld gewisseld,' zei ik in het Engels tegen de chauffeur, omdat ik erop gokte dat hij dan meer begrip zou tonen.

'Twee-nul kuna naar busstation Zagreb,' zei hij met uitgestoken hand. Ik gaf hem een briefje van vijf dollar dat hij zonder me een kaartje te geven in zijn zak stak.

Na een rit over de nieuwe autoweg tussen de luchthaven en de stad stapte ik op Autobusni Kolodvor uit en liep naar het centrum. Zagreb leek zowel kleiner als mooier dan het beeld dat ik me er in mijn hoofd van had gevormd. Overal had je plantsoentjes met bloeiende rode en gele tulpen en de kinderkopjes van de zonovergoten trottoirs oogden schoner dan ik me ze herinnerde. Hoewel de mensen op straat kleren droegen die in Amerika allang uit de mode waren, zagen ze er weldoorvoed uit, zonder zichtbare tekenen van armoede. Alleen de schade van bombardementen hier en daar aan gebouwen vormde nog het bewijs dat er een oorlog had plaatsgevonden.

Ik liep verder over Branimirova, een straat die onherkenbaar was door alle bedrijvigheid die er nu zat. Er zaten allemaal winkeltjes met sieraden, spijkerbroeken en mobiele telefoons die tezamen één langgerekte, winkelcentrumachtige etalage vormden. Ik dacht aan de cadeaus die ik voor Luka en Petar en Marina had meegenomen – dingen die ik nieuw en spannend had gevonden toen ik net in Amerika was – en schaamde me. Zo te zien was hier tegenwoordig ook alles verkrijgbaar.

Achter de markt stonden grote internationale hotels. Ik wist dat er in mijn kindertijd ook hotels moesten zijn geweest in de stad, maar kon ze me niet herinneren, net zomin als ik me kon voorstellen wie er ooit zou hebben willen verblijven. Links van me kwam Glavni Kolodvor in zicht, het Grand Central van Zagreb, zo grapte men, dat in feite ouder was dan het station van New York.

Tot dan toe was ik steeds rechtdoor gelopen en had ik de vraag waar ik heen zou gaan voor me uitgeschoven, maar als ik naar het huis van Luka's ouders wilde, zou ik nu bijna moeten afslaan. Huizen veranderden hier meestal alleen via vererving van eigenaar, dus het was onwaarschijnlijk dat ze verhuisd zouden zijn. Luka zou er ook nog wel wonen; studenten bleven tijdens hun studie thuis wonen. Wat was beter? Meteen maar gaan om het achter de rug te hebben? Of eerst naar het hostel om me op te frissen? Moest ik op zoek gaan naar een telefooncel met een telefoonboek om te zien of zijn familie daar nog wel in vermeld stond? Ik besloot dat ik het beste meteen naar hem op zoek kon gaan – de kans was klein dat een douche in het hostel me helderder van geest zou maken. Maar de ernst van wat ik daar wellicht zou aantreffen vertraagde mijn pas. Het vooruitzicht degene die me het best had gekend te hebben verloren, was al even angstaanjagend als oog in oog met hem te komen te staan.

Tegen de tijd dat ik bij Luka's voordeur aankwam, was ik zo nerveus dat ik mijn uiterste best moest doen om niet hard weg te rennen. Stel dat hij door een sluipschutter vanuit een steegje was doodgeschoten of door een mijn in het park dusdanige brandwonden had opgelopen dat hij onherkenbaar was. Of dat hij kwaad op me was omdat het mij gelukt was te vertrekken. Stel dat het niet meer klikte. Ik belde aan en spitste mijn oren. Ik hoorde geen voetstappen, maar toen hoorde ik het slot en ging de deur open zodat ik de gang zag waarin ik ontelbare malen moddersporen had achtergelaten. In de deuropening stond een klein vrouwtje op pluizige sloffen, Luka's oma. Luka en ik hadden haar af en toe na school in haar flatje verderop in de straat bezocht. Zelfs in de donkerste maanden waarin alles op de bon was, had ze nog kans gezien ons iets lekkers toe te stoppen. Ze zag er intussen veel ouder uit, veel krommer. Onder de openhangende ochtendjas droeg ze een zwarte blouse en een wollen rok die ze tot vlak onder haar hangende boezem had opgetrokken. Ze droeg een zwarte hoofddoek. Ze was in de rouw.

'*Baka*,' fluisterde ik. Het was niet mijn bedoeling geweest het hardop te zeggen. Ze bekeek me van top tot teen en trok haar wenkbrauwen op bij mijn gebruik van dat familiewoord.

'Wie bent u?'

'Ik ben... eh...'

'Aan de deur wordt niet gekocht.' Ze sloeg de deur in mijn gezicht dicht en ik daalde het trapje af en ging op de onderste tree zitten, waar ik hevig zwetend probeerde niet in paniek te raken. In Bosnische dorpen, waar Luka's grootouders vandaan kwamen, werd na de dood van een naast familielid soms jarenlang gerouwd. Bij een uitzonderlijk akelige dood kon het gebeuren dat iemand nooit meer kleurige kleding droeg. Ik liet mezelf meeslepen in zwartgallige fantasieën over wat er met Luka gebeurd was: dood door een landmijn, ondervoeding. Ik stelde me zijn begrafenis voor op Mirogoj en de kleine steen die aangaf waar zijn resten lagen.

Door die lugubere dagdromen schrok ik des te meer toen ik Luka in de verte zag opduiken. Ik schoot overeind toen ik hem over Ilica zag aankomen en voelde zijn ogen op me rusten, eerst met de algemene nieuwsgierigheid die je hebt voor iemand die voor je huis staat, dan met de meer turende blik als je iemand probeert te plaatsen.

Luka was lang en breedgeschouderd, wat nieuw was na de schrielheid die we vroeger deelden, maar verder was hij nog heel herkenbaar: het dikke, piekerige haar, dezelfde ernstige, zwijgzame glimlach. Ik zag in zijn ogen precies het moment waarop hij me herkende.

'Lieve god,' zei hij. We omhelsden elkaar en zijn armen voelden onbekend sterk. Ik wurmde me los in een plotselinge vlaag van gêne omdat ik misschien naar zweet en vliegtuigeten rook. Luka kuste me op beide wangen en nam mijn koffer mee naar binnen.

Iedereen was in de keuken – baka zat te haken, Luka's moeder stond met een schort voor aardappels op te scheppen en zijn vader, die thuis was voor het middageten, zat in politie-uniform aan tafel en veegde met zijn onderarm druppels soep weg die in zijn snor waren achtergebleven.

'Pak toch je servet,' zei Luka's moeder.

'Mama,' zei Luka, en alle drie keken ze op. Baka staarde me aan, verward door mijn aanwezigheid in huis. Luka begon iets te zeggen, maar zijn moeder was al langs hem heen gerend en had mijn beide handen gegrepen.

'Ana?' zei ze. 'Ben je het echt?'

'*Ja sam*,' zei ik. Ze smoorde me in haar omhelzing en Luka's vader stond op en legde een vlezige hand op mijn schouder.

'Lieve hemel.'

'Ana,' mompelde baka, terwijl ze haar hersenen pijnigde wie ik kon zijn.

'Welkom terug,' zei zijn vader.

'Ik ga iedereen bellen,' zei Luka's moeder.

'Wacht even, Ajla.' Ik had Luka's moeder nog nooit bij haar voornaam genoemd en het verraste ons allebei.

'Wat is er, liefje?' Ze legde de hoorn weer neer en lachte me bemoedigend toe. Ik wilde haar naar Petar en Marina vragen, maar ze was zo blij. Iedereen was blij.

'Niks,' zei ik. 'Laat maar.'

Luka sleepte mijn koffer de trap op, maar liep de logeerkamer voorbij, die vol stond met tassen en een merkwaardige verzameling oud huisraad: servies waar scherfjes vanaf waren, verroeste gietijzeren pannen en een kartonnen doos met schuimspanen.

'Dit is nu baka's kamer.'

Ik herinnerde me baka's zwarte kleding. 'Je opa?'

'Hij... ze is in de rouw.'

'Gecondoleerd.'

'Dank je, maar hij was al oud. Ik bedoel, het kwam niet onverwacht.'

Ik had nog nooit een sterfgeval meegemaakt dat ik verwachtte, maar betwijfelde of dat het makkelijker zou maken.

'Maar toch…' zei ik. 'Kan ze het aan?'

'Ze is taai.' Luka was altijd nogal stoïcijns geweest, maar de afstandelijkheid waarmee hij over zijn opa sprak bezorgde me de rillingen. Ik bedacht dat hij misschien gewend geraakt was aan afscheid nemen. Hij pakte mijn koffer weer op en we liepen naar zijn kamer. Afgezien van een groter bed en een desktopcomputer zag die er nog hetzelfde uit. 'Jij mag hier slapen. Ik ga wel beneden liggen.'

'Ik slaap liever op de bank,' zei ik.

'Wat jij wil.'

'Heb je mijn brief gekregen?'

Hij liep naar de onderste la van zijn bureau en haalde een stapeltje enveloppen met een elastiek eromheen tevoorschijn die met de hanenpoten van mij als tienjarige geadresseerd waren.

'Jij de mijne niet?'

Ik schudde van nee. 'Maar die zijn oud. Ik heb je vorige maand geschreven. Om te laten weten dat ik kwam.'

'Nee, die heb ik niet… O wacht, de postcodes zijn na de oorlog veranderd. En veel straatnamen ook. Misschien komt hij hier uiteindelijk nog wel aan, maar het duurt altijd even voor ze de dingen die door het computersysteem niet herkend worden hebben verwerkt. En als je er niet "eersteklas" op zet, mag Joost weten wat ze ermee doen. Hé, maar waarom ben je gestopt met schrijven? In '92?'

'Ik weet het niet. Uit angst geloof ik.'

'Dat mij iets was overkomen?'

'Dat je niet terug zou schrijven,' zei ik, hoewel ik net zo bang was geweest voor wat hij zou hebben geschreven als hij het wel had gedaan.

Rond de tafel in de achtertuin praatte iedereen veel sneller dan ik me herinnerde. Luka's moeder, wier familie uit Herzegovina kwam, had eenendertig neven en nichten die ze altijd overal voor uitnodigde. Ongeveer de helft daarvan was daadwerkelijk komen opdagen en ze zaten met zijn allen op het terras op een allegaartje van stoelen uit verschillende tijdperken. Voor zover ik begreep waren de neven en nichten in een discussie verwikkeld die met een bizar gemak heen en weer bewoog tussen het spilzieke gedrag van de heersende partij in het parlement en twee verschillende merken smeerkaas.

Luka zat tegenover me en grijnsde telkens ondeugend als er weer een familielid riep om nog een rondje *rakija*, brandewijn die door oude vrouwtjes in de bergen werd gestookt en langs de weg in Coca-Colaflessen werd verkocht. Door de alcohol ging ik alleen nog maar meer zweten, de temperatuur bleef constant op zevenendertig graden hangen, ook al begon het al te schemeren. Ik was gewend geraakt aan airconditioning. Elke slok brandde op mijn tong en daalde als een gloeiende toorts door mijn borst naar beneden. Had ik dit echt gedronken als kind? En als medicijn? Alsof hij mijn gedachten kon lezen, zette Luka's achtjarige neefje zijn glas met een klap op tafel en liet een dronken boer.

Ik had naar het hostel moeten gaan, dacht ik, nu het vrolijke gelach van de groep door de tuin schalde. De taal die in mijn hoofd zolang alleen maar in de verleden tijd had bestaan, werd door de gesprekken weer springlevend en kwam uit de radio golven. Bij alles wat ik zei, werd mijn kinderlijke grammatica gecorrigeerd. Engelse woorden kwamen bij me op, die ik met moeite weer inslikte.

De nichten en neven, die intussen al aan de tweede fles rakija waren begonnen, hadden me de bijnaam 'Amerikaans meisje' gegeven. Ik voelde wrevel bij de plagerige benaming en spande me in om een grammaticaal correcte zin te fabriceren waarmee ik tegengas kon geven, maar mijn verlegenheid blokkeerde al mijn productieve denkkanalen en ik beperkte mezelf tenslotte maar tot zwijgend eten.

Na afloop klom ik naar het dak en probeerde niet te huilen.

'Wat had ik dan verwacht?' zei ik tegen Luka, die achter me aan was gekomen. 'Ik kan hier niet blijven.' Luka, die altijd al ongemakkelijk was geworden als ik verdrietig was, wendde zich af. Ik wist dat het alleen maar was omdat hij zelf met rust gelaten wilde worden als hij van streek was en mij dezelfde privacy gunde. Maar toen ik na een tijdje nog steeds niet was gekalmeerd, kwam hij alsnog bij me zitten, met opgetrokken knieën om met zijn blote voeten op de dakpannen te kunnen steunen.

'Je bent gewoon moe,' zei hij. Hij sloeg zijn arm om mijn schouder, aanvankelijk aarzelend, maar daarna liet hij zijn hele gewicht op me rusten.

'Ik wil naar huis,' zei ik, al besefte ik maar al te goed dat ik geen idee had waar dat was.

6

De volgende ochtend voelde ik me beter. Ik had de hele nacht in een droomloze jetlagcoma op de bank in Luka's woonkamer gelegen, waarvan de versleten bekleding nog net voldoende structuur had om een geruit patroon op mijn wang achter te laten. Het was nog dezelfde bank als vroeger, herkenbaar op een onbelaste manier, gewoon een oude bank in het huis van een oude vriend.

Toch voelde ik me onwennig toen ik Luka in de keuken zag staan. Hij reikte me een bord aan terwijl hij er nog een uit de kast pakte, maar we waren onhandig samen; hij liet het te snel los, ik voelde het bord tussen onze handen wegglijden en zette het snel op het aanrecht. Intussen liep ik in gedachten mijn verzameling informele gespreksonderwerpen na, aanvankelijk op zoek naar iets geestigs, toen naar willekeurig wat om te kunnen zeggen.

Ik smeerde Nutella op het overgebleven brood van gisteren en Luka maakte een kan fluorescerend gele Cedevita. In het kader van de volksgezondheid hadden ze ons vroeger in rijen opgesteld op het schoolplein waar we bekertjes met dat spul hadden gekregen, een wittig poeder met toegevoegde vitamines dat met water werd aangelengd, om ervoor te zorgen dat we in de weken dat er nauwelijks aan eten te komen was toch iets van voedingswaarde binnen kregen. Niemand had verwacht dat een complete generatie verslaafd zou raken aan het brouwsel, dopinglimonade, maar dat waren we, waarmee we uiteindelijk de makers ervan tot het meest succesvolle farmaceutische bedrijf van het land hadden gemaakt.

Ik zette het glas aan mijn mond en voelde het sap bruisen op mijn tong.

'Dit ontbrak nog aan mijn leven,' zei ik.

'Hebben ze in Amerika geen Cedevita?' vroeg Luka. 'Ik dacht dat ze daar alles hadden.'

'Ze hebben het in Amerika niet nodig. Het is oorlogseten. Over eten gesproken...' Ik herinnerde me de cadeaus die ik voor Luka en zijn ouders had meegenomen, voornamelijk etenswaren die ik zelf geweldig had gevonden toen ik net in Amerika was. 'Ik was het bijna vergeten, maar ik heb wat van daar voor je meegebracht,' zei ik. 'Je vindt het waarschijnlijk stom.'

'Heb je een cadeau voor me meegenomen?' Luka's stem klonk bijna suikerzoet en heel even dacht ik dat hij me belachelijk maakte. 'Mag ik het hebben?'

In de woonkamer ritste ik mijn koffer open en haalde er de plastic zakken uit die een derde van de totale inhoud in beslag hadden genomen. Daarin zaten een T-shirt met 'I ♥ NY', M&M's, chocopindakoekjes, een pot Amerikaanse pindakaas en drie dozen instantmacaroni met kaas. Het voelde nu idioot hem allemaal kindercadeaus te geven.

'Ik heb een beetje onderschat hoe de situatie hier zou zijn. Dit kun je hier allemaal inmiddels vast ook krijgen...'

'Wauw! Wat is dit?' zei Luka. Hij pakte de pot pindakaas en probeerde die door de deksel heen te ruiken.

'Heb je dat echt nog nooit gegeten? Jullie hebben toch ook mobiele telefoons? Ik heb pas sinds kort een mobieltje in Amerika.'

'Die hebben we alleen omdat de regering te beroerd was om de kapotgebombardeerde vaste telefoonlijnen te repareren. Maar je kunt je vast voorstellen hoe gek iedereen ermee is.' Luka probeerde te praten met een mond vol pindakaas. 'Zo oppervlakkig. Iedereen in dit kutland krijgt zijn miezerige loontje, geeft elke cent ervan uit aan kleren uit het Westen en klaagt vervolgens dat hij geen geld heeft. Stelletje sukkels.'

'Dat krijg je als je Levi's verbiedt,' zei ik. In de hoogtijdagen van het communisme waren spijkerbroeken een symbool geweest van opstandigheid, Amerikaansheid. Dat imago waren ze om de een of andere reden nooit kwijtgeraakt.

'Jammer dat ik niet wist dat je zou komen. Anders had ik je kunnen vragen er een voor me mee te nemen.'

'Ana.' Ajla's stem klonk vanuit een kamer boven. 'Kom eens hier.'

'Ik vond het altijd belachelijk dat iedereen daar zo veel waarde aan hechtte,' zei ik.

'Dit is echt lekker,' zei Luka, die de lepel nog eens in de pindakaaspot stak. Ik dronk mijn glas leeg en ging naar boven.

Ajla zat in haar slaapkamer te midden van een verzameling losse sokken. 'Heb jij nog was?' zei ze. 'Ze zeggen dat het morgen gaat regenen. Ik wil alles aan de lijn hebben. Kom, ga zitten.'

Ik nam in kleermakerszit tegenover haar plaats en viste twee bij elkaar passende sokken uit de stapel.

'Sorry als al die familie gisteren een beetje te veel van het goede was. Daar had ik niet bij stilgestaan.'

Maar ik wist dat ze me geen groter compliment had kunnen geven dan het organiseren van een feestmaal ter ere van mij. 'Het was geweldig,' zei ik. 'Het eten en alles.'

'Vertel eens, hoe is het?' zei ze. 'In Amerika? Je pleegouders?'

Eerlijk gezegd was onze relatie momenteel niet zo goed. Ik had Laura na die keer dat ik tegen haar was uitgevallen maar eenmaal gesproken. Ze had me een paar keer gebeld, maar ik had niet opgenomen. Ze had mijn paspoort opgestuurd. Uiteindelijk had ik mezelf de dag voor mijn vertrek ertoe gezet haar te bellen. Ik had mijn vluchtgegevens doorgegeven en zij had berustend gezegd dat ik voorzichtig moest zijn. Maar dat wilde ik Luka's moeder niet vertellen. 'Ze hebben me goed opgevangen,' zei ik.

'Zijn ze blij voor je? Dat je weer thuis bent?'

'Ze zijn een beetje ongerust. Maar ze begrijpen het,' zei ik. Ik hoopte dat dat waar was.

'Dat klinkt goed.' Ze trok me naar zich toe en omhelsde me onhandig. Ze rook naar rozemarijn en bleekwater en nog iets wat ik me herinnerde maar niet kon benoemen.

'Ana!' Luka's geroep klonk van ver, alsof hij zich aan de andere kant van het huis bevond. 'Kom nou! Ik moet echt weg.'

Maar ik kon het niet langer voor me uitschuiven. Halverwege de trap keerde ik om en stak mijn hoofd weer om de hoek van zijn moeders kamer. 'Weet je of Peter en Marina…' Ik zweeg even. 'Het goed maken?'

Ajla's lach bestierf op haar gezicht. Ze keek beschaamd. 'Ik weet het niet,' zei ze. 'Het is lang geleden dat ik geprobeerd heb ze te bereiken.'

'Weet je zeker dat het wel gaat?' Luka keek onderzoekend naar me terwijl we naar het Jelačićplein liepen, alsof hij bang was dat de aanblik van de stad me aan het huilen zou maken. We spraken Krengels, een taal die we als vanzelf hadden verzonnen: Kroatische zinsbouw met zo nodig Engelse vervangers voor woorden die ik niet wist, maar dan vervoegd als Kroatische werkwoorden.

'Ja, prima,' zei ik. 'Ik heb alleen last van een cultuurschok.'
'Je kunt geen cultuurschok krijgen van je eigen cultuur.'
'Wel.'

Op het plein stuiterde de ochtendzon weerkaatsend van tram naar tram. Ik merkte dat ik het ritme van de stad weer te pakken kreeg. De gebouwen waren nog steeds geel gekleurd, een overblijfsel van de Habsburgers. Op de daken stonden billboards die Coca-Cola en bier van Ožujsko aanprezen in de vertrouwde rood-witte belettering. Tieners in afgeknipte spijkerbroeken en hoge Converse-sneakers vormden zweterige kluitjes onder de smeedijzeren lantaarnpalen. In het midden van het plein stond Jelačić met getrokken zwaard, precies waar ik hem had achtergelaten.

'Wacht. Waar is hij nou?'
'Waar is wie?'
'Zid Boli.' De Muur van Pijn was in de loop van de oorlog opgericht. Elke steen stond voor iemand die was omgekomen. Uiteindelijk had het monument van bakstenen en bloemen en kaarsen het hele plein omvat. Ik had er ook een steen voor mijn ouders gelegd, toen ik weer terug was in Zagreb. Het kwam nog het dichtst in de buurt van een graf voor hen.

'Ze hebben hem verplaatst.'
'Verplaatst? Waarheen?'
'Naar de begraafplaats. Een paar jaar geleden. De burgemeester zei dat hij te deprimerend was voor op het plein. Slecht voor het toerisme.'

'Het hóórt ook deprimerend te zijn. Genocide is deprimerend!'

'Er zijn heftige discussies over geweest,' zei Luka. 'Shit, dat was onze tram.' Toen we de halte bereikten, reed een volle tram voor ons neus weg en bleven we alleen op het perron achter.

'Ik moet wat formulieren afgeven op de uni,' zei Luka, en hij wapperde met de papieren voor mijn gezicht. 'Als je wilt kunnen we morgen naar de begraafplaats gaan.'

Maar mijn ouders waren daar niet, niet echt. Bij die gedachte voelde ik een sluipend verdriet, dat ik snel weer wegduwde.

'Gek idee, jij en studeren,' zei ik in plaats daarvan.

'Ik haal goede cijfers.'

'Ik bedoel alleen dat je zo volwassen bent.'

'Net als jij,' zei hij. 'Wat studeer jij?'

'Engels.'

'Engels? Heb je dat nog steeds niet onder de knie?'

'Niet de taal. Literatuur en zo. En jij?'

'Economie.' Ik was niet echt kapot van zijn studiekeus. Ik had me hem voorgesteld als een filosoof of natuurwetenschapper die in een bibliotheek of laboratorium verschanst zat met werk dat hem in de gelegenheid stelde alles tot de bodem uit te zoeken, zoals hij altijd had gedaan. 'Toen ik nog op school zat, bleef iedereen maar vragen wat ik wilde gaan studeren. Ik wilde het er niet over hebben, dus bedacht ik gewoon het meest praktische antwoord dat ik kon verzinnen zodat ze erover zouden ophouden. Toen het zover was dat ik me daadwerkelijk moest inschrijven, klonk het eigenlijk als best een goed idee.'

'Het klinkt degelijk.'

'Het is niet zo saai als je denkt.'

Een man met een geschoren hoofd en een ongeschoren gezicht kwam op onvaste benen over het perron onze kant op. Hij had ingevallen wangen en zijn diepliggende ogen schoten heen en weer. Tijdens het lopen greep hij naar zijn gezicht en stootte in het voorbijgaan met zijn schouder tegen die van Luka. Een walm van zweet en pis volgde hem.

Ik probeerde me weer op ons gesprek te concentreren, maar de man draaide zich abrupt om en liep met een vastberaden blik op ons af. Hij greep Luka bij zijn schouder.

'Raakte jij mij aan?' vroeg de man.

Luka ontkende. De man gaf Luka een duw en herhaalde zijn vraag.

'Nee,' zei Luka, stelliger deze keer. 'Loop nou maar door.'

'Zocht je mot?' De man wankelde. 'Dan kun je mot krijgen.' Hij bukte om zijn hand in zijn sok te steken en richtte zich zwaaiend met een broodmes weer op.

Luka ging beschermend voor me staan en rechtte zijn schouders. 'Rustig nou maar,' zei hij steeds. De man grijnsde en greep het lemmet extra stevig vast.

Ik keek het perron af en vroeg me af waar alle getuigen gebleven waren. Had ik echt dat hele eind gereisd om op klaarlichte dag midden op het stadsplein te worden neergestoken? Ik wist zeker dat er iets vreselijks stond te gebeuren, maar voelde geen paniek. Ik dacht alleen maar na over de volgende logische stap. Er was tenslotte geen plek die ik beter kende dan het gewelddadige Zagreb. Ik overwoog of ik de man zijdelings kon bespringen om het mes uit zijn hand te slaan, bedacht hoe ik het snelst de dichtstbijzijnde winkel kon bereiken als Luka gewond raakte, repeteerde in gedachten vast het gesprek met de winkelier. De man zette de botte kant van het mes op Luka's wang.

Maar er gebeurde niets. Een stampvolle tram kwam langzaam tot stilstand, Luka en ik holden naar het verst verwijderde tramstel, doken naar binnen en drongen tussen de forenzen terwijl de deuren achter ons sloten. De man staarde omhoog vanaf het perron en stak zijn mes weer in zijn sok.

Luka, die de hele tijd rustig was gebleven, kreeg het nu te kwaad. Langs zijn haarlijn parelde zweet en hij streek met de rug van zijn bevende hand over zijn voorhoofd.

'Ik neem aan dat dat dus niet zo vaak gebeurt,' zei ik.

'Word jij in New York wel vaak door zwervers met een mes bedreigd?'

'Nou, nee.'

'Ik ga een pistool kopen,' zei hij. Hij hijgde alsof we veel verder waren gerend dan die paar meter. De plek op zijn gezicht waar de man het mes tegenaan gedrukt had was rood, maar zijn huid was onbeschadigd.

'Daar heb je niets aan,' zei ik.

De tram ging de verkeerde kant op, wat we pas na drie haltes in de gaten hadden.

De opleiding economie was ondergebracht in precies zo'n modern, raamloos blok als ik me had voorgesteld, het toonbeeld van alles wat naargeestig was aan communistische architectuur. Ik bleef in de hal wachten terwijl Luka een bureaucratische rondgang langs verschillende werkkamers maakte. Ik ontdekte een openbare computer en wachtte tot de inbelverbinding tot stand was gekomen om mijn mail te checken. Er was een bericht van Laura, die als onervaren mailster alles in de onderwerpregel had gezet: *Ben je daar al? Ben je veilig? Liefs, mam.*

Hallo mam, schreef ik. *Ik ben in Zagreb aangekomen. Logeer bij vrienden van vroeger.* Ik dacht aan de man bij de tramhalte.

Met mij is alles goed, maak je geen zorgen. Ik schrijf snel weer.

Niets van Brian. Sinds onze ruzie hadden we maar een paar keer contact gehad, alleen via oppervlakkige sms'jes: *Alles goed met je?*; *Mijn Dickens ligt nog bij jou. Kan ik hem komen halen?*; *Succes met je examens.* De dag van mijn vertrek had ik hem gemaild om te zeggen dat ik naar Kroatië ging, dat het me speet dat ik hem had gekwetst en hoopte dat we elkaar snel weer zouden spreken.

Ik begon een nieuwe mail. *Ha, hoe was je afstuderen? Ik wilde je alleen even laten weten dat alles goed is gegaan met mijn vlucht en dat ik aan je denk.* Ik klikte het bericht weg zonder het te verzenden. Misschien had hij me niet geschreven omdat hij niet meer met me wilde praten.

Ik ging naar de wc en belandde op het soort openbaar toilet dat ik voor het gemak was vergeten, met een in de vloer verzonken keramische bak. Ik zocht naar de juiste houding en ondernam onhandige pogingen om mijn kleren te schikken, maar het ging om een behendige combinatie van evenwicht en wilskracht die ik niet langer leek te beheersen en dus besloot ik maar te wachten tot we weer thuis zouden zijn.

'Het zou makkelijker zijn geweest als je een rok aan had gehad,' zei Luka, toen ik het hem vertelde. Ik was onaangenaam verrast door de mannelijke neerbuigendheid die uit zijn woorden sprak.

'Heb je mij ooit in een rok gezien?'

'Je zult toch weleens nieuwe kleren hebben gekregen?'

'Waarom doe je zo?'

'Hoe bedoel je?'

'Ik weet het niet. Anders.'

Bij het verlaten van het terrein vertraagde hij zijn tred. 'Sorry,' zei hij. Hij ging steeds dichter bij de stoeprand lopen en ik pakte zijn elleboog en trok hem weer naar het midden. 'Ik ben denk ik gewoon een beetje overdonderd.'

'Waardoor?'

'Dat je er weer bent. En al die rottigheid.'

'Het is mijn rottigheid.'

'Het is niet alleen jouw rottigheid,' zei hij. 'Je kunt de oorlog niet alleen als jouw persoonlijke tragedie opeisen. Niet hier.' Ik zag een flikkering in zijn ogen alsof hij bij het pokeren aan het beslissen was welke kaarten hij op tafel zou leggen. 'Hoe is die familie?'

'Ze zijn aardig,' zei ik. 'Het zijn Italianen. Ik bedoel, het zijn Amerikanen maar…'

'Ik snap het.'

'Rahela is elf. Ze denkt dat ze een Amerikaanse is. Dat denkt iedereen. Ze noemen haar Rachel.'

'Rachel,' zei hij. Hij probeerde de uitspraak met zijn eigen accent, met een stevig rollende r. 'Dat denkt ze toch niet echt?'

'Ze weet het wel,' zei ik. 'Maar ze voelt het niet.'

'Joehoe! Luuu-kaaa!' Een dunne stem prikte de stilte tussen ons kapot. 'Wacht even!' Ik hoorde het getik van hoge hakken en we bleven staan. Een meisje kwam naar ons toe. Haar zwarte, gladgemaakte haar zwierde precies in het juiste ritme terwijl ze liep. Puntige laklederen schoenneuzen staken onder de omslag van haar spijkerbroek vandaan. Ze leek tot een decennium te horen dat ik niet exact wist te plaatsen.

'Hoe is het?' zei ze tegen hem, maar ze keek naar mij. Ik sloeg mijn ogen neer naar mijn teenslippers.

'Danijela, dit is Ana. Een oude vriendin, nog van de lagere school.'

'*Drago mi je*,' zei ik, en ik voelde een gemaakte glimlach over mijn gezicht kruipen toen ze met onnodig veel kracht een kus op mijn beide wangen drukte.

'*Ne, zadovoljstvo moje*,' zei Danijela, en ik zag net zo'n glimlach op haar gezicht. Terwijl Luka en zij het over het inschrijven voor najaarscolleges hadden, bestudeerde ik haar olijfkleurige huid, die leek op die van mijn moeder en Rahela. Ik dacht aan de meisjes op het schoolplein die me hadden gepest en uitgelachen om de afdankertjes die ik droeg en me voor Tsjechisch of Pools hadden uitgemaakt vanwege mijn lichte, sproetige huid die ik van mijn vader had geërfd. Ik vroeg me af of zij een van hen was geweest en was opgelucht toen ze haar telefoon openklapte om te zien hoe laat het was en zei dat ze moest gaan. Luka en zij maakten vage plannen om een keer koffie te gaan drinken en bij het weggaan knipoogde ze naar hem.

'Wat was dat allemaal?'

'Wat?'

'Dat,' zei ik, en ik fladderde met mijn wimpers.

'Ik heb ooit iets met haar gehad,' zei hij, en hij onderdrukte een lach om mijn imitatie. 'Ze is best aardig. Ze is trouwens ook behoorlijk slim.'

'Ooit?'

'Ja. Nu dus niet meer.'

'Ze is wel knap.' Ik duwde mijn borst vooruit.

'Wat kan jou dat schelen?'

Wat kon mij dat schelen? dacht ik. Ze was irritant, zeker. Maar misschien was ik gewoon jaloers omdat hij niet zo eenzaam was als ik inmiddels wel.

'En jij? Heb jij een vriend?'

'Er was wel iemand. Maar ik heb even een relatiepauze.'

Toen we bijna bij de tramhalte waren, zei ik: 'Durf je het aan? Zonder je kalasjnikov in de tram stappen?'

'We kunnen ook eerst een ijsje gaan eten.'

Terwijl we een beker kastanje-ijs deelden, liet ik me verder uithoren en vertelde ik over de ooms en hoe ik had geleerd door te gaan voor een Amerikaanse.

'Ik begrijp het niet. Waarom vertelde je niet gewoon hoe het zat?'

'Om allerlei redenen. Vooral omdat ze het niet wilden horen. Maar ook omdat ik niet wist hoe ik er ooit overheen zou kunnen komen zonder het helemaal van me af te zetten.'

'Dat is gestoord,' zei Luka. 'Ik zou het nooit allemaal tien jaar lang kunnen verzwijgen.'

'Het wende.'

'Waarom ben je dan teruggekomen?'

'Heel goed, Freud,' zei ik. Ik liet nadrukkelijk mijn lepel in de beker vallen en haatte hem heel even omdat hij gelijk had.

Weer thuis zakten we voor de tv neer – er waren twee nieuwe zenders, wat het totale aantal televisienetten op vier bracht – en lieten in afwachting van het moment dat de zon zou ondergaan een Mexicaanse soap over ons heen komen waarvan we van Luka's moeder niet mochten wegschakelen. Maar naarmate de dag verstreek werd het alleen maar benauwder en ik begon me te herinneren waarom de inwoners van Zagreb 's zomers de stad ontvluchtten.

'Wacht maar,' zei Luka's moeder, die groentesoep opschepte in ondiepe kommen met aardappelpuree. 'Ik heb gehoord dat er een hittegolf aankomt.'

'Dit noem je geen hittegolf?' zei ik. Luka's moeder keek me aan met een lachje dat leek te zeggen: je bent echt lang weggeweest.

'Is een draagbare airco misschien een idee?' zei ik. 'In New York hebben mensen van die kleine raamtoestellen.' Mijn voorstel oogstte blikken van afgrijzen van iedereen.

'Van airconditioning krijg je nierstenen,' zei Luka. Ik begon me steeds meer alledaagse dingen te herinneren, dingen die tot nu weggedrukt waren geweest door meer traumatische herinneringen, van een jeugd die beheerst werd door collectieve bijgelovigheid: *Zet nooit twee ramen tegen elkaar open; van de* propuh-*tocht krijg je longontsteking. Ga niet aan de hoek van de tafel zitten, dan trouw je nooit. Als je een sigaret rechtstreeks aan een kaarsvlam aansteekt, sterft er een matroos. Knip je nagels nooit op zondag. Als het pijn doet, moet je er rakija op doen.*

Ik probeerde een typisch Amerikaans bijgeloof te bedenken. Ik had er wel een paar van de ooms geleerd, iets over je schoenen die de keukentafel niet mochten raken, maar die waren allemaal meegereisd uit de oude wereld. Misschien was het er in een land van immigranten nooit van gekomen de minder aantrekkelijke dingen uit de eigen cultuur met die van anderen te vermengen. Dat of het leven daar was niet zwaar genoeg om volwassenen te laten geloven in tovenarij.

Toen de avond eenmaal was gevallen, was het uiteindelijk buiten koeler dan binnen. Rond negenen kwam Luka's vader thuis, at de resterende soep op en viel prompt voor de tv in slaap.

'Zullen we nog even uitgaan?' zei Luka.

Ik snakte ernaar de koele avondbries te voelen en liep naar de kast waar ik mijn schoenen had ingeruild voor pantoffels, een vereiste in Bosnische huishoudens.

'Wil je je niet verkleden?'

'O, je bedoelt echt ergens heen?'

'Er is sinds kort een nieuwe disco bij Jarun,' zei hij. 'Ik ben er nog niet geweest. Ik bedoel, als je wilt zouden we…'

'Wacht even, dan trek ik iets anders aan.'

Luka ging naar de garage om de banden van zijn moeders oude fiets op te pompen terwijl ik mijn koffer naar de badkamer zeulde, al mijn shirts aanpaste en probeerde te beslissen welke er het beste zou uitzien onder uv-discoverlichting. Ik keek in de spiegel en voelde weer een golf onzekerheid door me heen slaan. Misschien kwam het door Luka's ex, haar mascara en haar puntige schoenen. Of misschien was ik het gewoon zat er zo bezweet bij te lopen. Ik legde mijn haar op mijn hoofd, waar ik het vastzette met mijn complete voorraad haarspeldjes in een poging een kapsel te creëren dat bestand was tegen de hoge luchtvochtigheid.

'Ben je verdronken of zo?' riep Luka door de deur. Ik gooide de deur met een zwaai open, zo snel dat hij bijna tegen zijn gezicht aansloeg.

'Charmant,' zei hij, toen ik de keuken betrad. 'Kom, we gaan.'

Ik had jaren geleden voor het laatst op een fiets gezeten en elke keer als ik naar een andere versnelling schakelde, schokte het stuur grillig in mijn handen. Aanvankelijk moest Luka lachen als ik bijna over de kop ging, maar toen we uiteindelijk bij de disco waren, was ik het zat en schonk hij me een blik waaruit iets sprak wat op schaamte leek. Wat is er toch met mij? dacht ik, terwijl Luka onze fietsen vastzette aan een boom. Ik had mijn halve leven op een fiets gezeten, in deze zelfde straten nog wel, maar wist nu amper het stuur recht te houden.

'Kom, dan gaan we eerst iets drinken.' Luka pakte me bij mijn pols en trok me mee naar de deur, langs de wachtende rij.

'Wat doe je?'

'Laat ze je paspoort zien.'

Ik gaf mijn paspoort aan de uitsmijter die het bestudeerde als betrof het een archeologische vondst, met zijn vingers over de arend in reliëf op de voorkant streek en de binnenkant bekeek om te zien welke stempels ik nog meer had verzameld. Bij het teruggeven wuifde hij ons door.

'Toeristen hebben geld,' lichtte Luka toe.

Binnen overheersten paarstinten, hing een dikke sigarettennevel en klonk het dreunende ritme van een geremixt hiphopnummer dat het jaar ervoor in Amerika populair geweest was. Aan het plafond joegen industriële ventilatoren de zweterige lucht door de ruimte en via de openslaande deuren naar buiten.

We drongen door de menigte het terras op, waar het rustiger was en we elkaar tenminste konden verstaan. Achter de buitenbar stond de barkeeper met ontbloot bovenlichaam met zijn rug naar de toog over een blender gebogen. Hij glom alsof hij in de olie was gezet.

'Hé! Tomislav!' riep Luka.

'Hé.' Tomislav draaide zich om en trok Luka met een paar stevige kloppen op zijn rug over de toog in een mannelijke omhelzing naar zich toe. In één oor bungelde een enorme gouden oorring. 'Hoe gaat-ie? Wat wil je drinken?' Luka bestelde een biertje en Tomislav sloeg de dop eraf tegen de rand van de toog en reikte het hem aan. 'En wie is je mooie metgezellin?'

Zelfs in het schemerige licht kon ik Luka zien blozen. 'Ehm… dit is Ana,' zei hij, en hij nam een slok bier. 'Jurić.'

Tomislav staarde, toen schoot er een flits van herkenning over zijn gezicht. 'Ana? Van de lagere school bedoel je? Hou je me voor de gek?'

We wisselden de geijkte beleefdheidsfrasen uit en verzekerden elkaar over en weer dat het met ons tegen alle verwachtingen in absoluut prima ging.

'Wat wil je drinken?'

'Doe mij maar hetzelfde.'

'Ik haal even nieuwe voorraad,' zei hij, en hij verdween achter een zwart gordijn.

'Ik had al gehoord dat hij hier werkte,' zei Luka. Hij schudde zachtjes zijn hoofd. 'Echt ziek wat hij heeft moeten meemaken.'

'Bedoel je met zijn broer? Hoe die omgekomen is?'

'Dat was nog lang niet het ergste.' Na de dood van zijn broer waren Tomislavs ouders ontroostbaar geweest, zozeer zelfs dat ze soms vergaten hem eten te geven, vertelde Luka. Enkele jaren later, toen de oorlog voorbij was en alles weer leek te normaliseren, trof Tomislav op een dag na school zijn vader dood in de badkuip aan. Hij had zichzelf drie keer in de borst gestoken, zijn ogen waren nog open. Het briefje was nat en onleesbaar, het enige waar de rechercheurs het over eens waren, was dat iemand vervuld moest zijn van uitzonderlijk veel woede om ervoor te kiezen op die manier een eind aan zijn leven te maken. Maar afgezien van de onbeantwoorde vragen waren het vooral de ogen die hem veranderden. Op het moment dat hij zijn vader vond, had Tomislav in diens dode blik zijn eigen toekomst gezien.

Tegen de tijd dat Tomislav naar de middelbare school ging, was zijn moeder naar de andere kant van de stad verhuisd en ingetrokken bij haar vriend en waren zijn zus en hij alleen achtergebleven in de flat waar de geest van hun vader nog ontegenzeggelijk kwaad rondspookte, maar wiens pensioen wel de huur betaalde. Het ging best, zei hij altijd als Luka of een van de andere jongens op school ernaar vroegen, zelfs wel goed, want hij kon wanneer hij maar wilde meisjes over de vloer hebben en had zich tot een behoorlijk bekwame kok ontwikkeld, al zei hij het zelf.

'Maar zo goed gaat het niet hem?' zei ik.

'Natuurlijk niet. Hij was een van de intelligentste leerlingen in onze klas, nu staat hij als een piraat met ontbloot bovenlichaam achter de bar.'

Tomislav kwam weer tevoorschijn met een krat bier en zette de flesjes in een koelkast onder de bar.

'Sorry, het is een beetje warm,' zei hij toen hij me een biertje in de hand drukte. 'Rondje van de zaak. Welkom terug.' Hij knipoogde en ik zette nog een streepje op mijn denkbeeldige turfbriefje van 'verweesd door de oorlog'.

Tomislav schonk drie glaasjes wodka in en we klonken. Toen een stel giechelende meiden met gebleekt blond haar een bestelling wilde plaatsen, liet hij Luka en mij alleen met onze biertjes. Ik voelde de wodka onder in mijn maag branden en een blos op mijn wangen jagen.

'Zeg, wil je...' Luka leek even te aarzelen. 'Zullen we dansen?'

Ik liep achter hem aan naar binnen, de dansvloer op, en heel even miste ik Brian. Ik had al lange tijd met niemand anders gedanst. Luka en ik deden ons best elkaar niet aan te raken, maar de dansvloer was afgeladen vol en we werden door de deining van de menigte tegen elkaar aan geduwd. De eerste keer deinsde ik achteruit. Ondanks de menigte en het donker voelde ik me blootgesteld, te bewust van mijn lichaam en onzeker over wat ik met mijn armen moest doen. Ik had nooit echt goed kunnen dansen, iets waar ik normaal gesproken altijd de draak mee probeerde te steken. Nu vond ik troost in het feit dat Luka nog erger bleek te zijn dan ik. Hij beet geconcentreerd op zijn onderlip en liep steeds een halve tel achter op de slag. Toen we weer tegen elkaar op botsten, lieten we het even zo. Het voelde ergens best prettig, maar toen ik opkeek naar Luka kon ik zijn gezichtsuitdrukking niet goed zien. Ik vroeg me af wat hij dacht, dacht toen zelf weer aan Brian en voelde me schuldig.

Luka boog zich naar me toe zodat zijn gezicht nu heel dicht bij het mijne was. 'Nog een biertje?'

'Ja lekker.' Hij drong terug naar de bar en ik bleef alleen op de muziek staan wiegen. Toen hij terugkwam, gaf hij me een klap op mijn rug alsof ik een van zijn maten was en ik nam een slok bier. Het voelde weer als vanouds met Luka.

Midden in de nacht werd ik met een benauwd gevoel op de bank wakker. Luka en ik waren laat thuisgekomen. Afgaande op de kleur van de hemel had ik hooguit een uur geslapen. Ik sloop naar de keuken en doorzocht het bureautje tot ik het adresboek had opgeduikeld. Ik vond de namen Petar en Marina met ernaast in Ajla's schuine handschrift hun adresgegevens. Ze had er ook een sterretje bij gezet. Het was op die pagina het enige adres met een apart tekentje. Ik had als kind nooit speciaal op hun adres gelet, maar de straatnaam klonk bekend. Ik begon het nummer te bellen, maar hing halverwege weer op. Ik trok een spijkerbroek en sneakers aan, glipte door de voordeur naar buiten en ging op weg op de fiets van Luka's moeder.

Ik was nog nooit op dit tijdstip alleen buiten geweest in Zagreb. De hemel was diepblauw en de straten waren uitgestorven, een verlatenheid die zowel vredig als griezelig was. Zo nu en dan fietste ik langs een bakker, de enige winkels waar licht brandde, en ving de geur van het brood voor morgen op.

De koele lucht streek mijn haar naar achteren en ik voelde me al meer op mijn gemak op de fiets. Het was een paar kilometer fietsen naar Petar en Marina, maar het was een vlakke weg en ik trapte snel door en stopte alleen om het adres te checken dat ik op de binnenkant van mijn pols had genoteerd. Ze woonden op de eerste verdieping. Ik liet de fiets beneden in de hal staan in de hoop dat er niemand wakker zou zijn om hem te stelen en nam de trap.

Voor nummer 23 werd ik onzeker. Waarom had me dit een goed idee geleken? Ik klopte op de deur, eerst zachtjes, toen krachtiger. Uiteindelijk stond ik zo hard te kloppen dat een man slechts gekleed in zijn onderbroek en op pantoffels in de aangrenzende deuropening verscheen.

'Kan het wat zachter.'

'Neem me niet kwalijk, meneer,' zei ik, in de beleefdste bewoordingen die ik wist te bedenken. 'Het spijt me dat ik u heb gewekt, maar weet u of de Tomićs thuis zijn?'

'Wie ben jij in godsnaam?'

'Ana. Ik ben een oude vriendin.'

'Nou, die wonen hier al jaren niet meer. Tegenwoordig woont Kovač hier. Met drie kinderen. Krijsende koters…'

'Hoe lang zijn de Tomićs al weg?'

'Inmiddels wel een jaar of tien.'

'Weet u waar ze heen gegaan zijn?'

'Terug naar het huis van iemands grootvader. In Mimice of Tiska, zoiets. Hoewel ik niet precies weet hoe het met Petar zit. Hij heeft in de oorlog gevochten. Wie zei je ook alweer wie je was?'

'Nou…'

'Laat ook maar, verdomme' zei hij, en hij ging weer naar binnen.

Beneden duwde ik de fiets weer naar buiten en sjeesde Ilica af, waar de eerste mensen net wakker begonnen te worden.

7

De volgende middag was het zo benauwd dat we zo min mogelijk bewogen.

'Ik snap niet dat jullie wel *Walker, Texas Ranger* hebben geïmporteerd, maar geen airco's,' zei ik, wijzend naar de televisie. Luka keek even alsof hij me zou kunnen wurgen, maar zei niets. Het was te warm voor ruzie.

Luka en zijn vader liepen in hun ondergoed door het huis. Luka was slank en soepel met bescheiden spieren die golfden als hij door de woonkamer stapte. Ik bekeek hem van top tot teen; hij was ongeveer van dezelfde lengte als Brian. Slankere benen, maar bredere schouders. Donkerdere huid. Het was een goed lichaam, aantrekkelijk zelfs, lekker om naar te kijken en ik voelde hoe mijn ogen bij zijn buikspieren bleven hangen als hij langsliep. Er waren ook dingen aan Luka die niet waren veranderd – zijn lachje, het stugge zwarte haar dat overeind stond. Wat dat betreft was hij voor mij nog steeds tien.

Miro's buik hing laag over de band van zijn onderbroek, een tonnetje bleek vel dat in fel contrast stond met de gebruinde huid van zijn onderarmen, die in zijn zomeruniform nooit bedekt waren. Hij zweette op plaatsen waarvan ik niet wist dat ze konden zweten en het vocht verzamelde zich in plooien van delen die niet geplooid hoorden te zijn. Er hing een sterke lijflucht in huis.

'Ik heb zitten denken,' zei ik, en probeerde nonchalant te klinken. 'Heb je zin om ergens mee naartoe te gaan?'

'Voor een pizza of zo?'

'Naar Tiska.'

'Tiska. Weet je dat zeker? Over de weg naar het zuiden?' Er was maar één snelweg die het land van noord naar zuid doorsneed. Een dagrit van Zagreb naar Split en dan wat kleinere wegen voor de rest van de reis naar Tiska.

'Dat kan ik wel aan.'

'Ik hoorde je vannacht weggaan.'

'Ik kon niet slapen. Ik ben een stukje gaan fietsen.' Ik kon zien dat hij doorhad dat ik loog, maar hij had de geschiedenis in mijn pupillen zien opvlammen en liet het verder zitten.

'Ik zal kijken of ik de auto kan krijgen.'

De volgende ochtend begon Luka een campagne om de gezinsauto, een Renault 4, los te peuteren van zijn moeder. Als kinderen waren we veel vrijer geweest dan Amerikaanse tienjarigen, maar nu was dat vreemd genoeg juist andersom: Luka woonde net als alle studenten nog thuis en stond onder het gezag van zijn ouders.

Uiteindelijk bleef het vaag of we nou wel of geen toestemming hadden om de auto te lenen, maar we deden alsof we die hadden en Luka griste de sleutels mee van de spijker aan de muur. De auto was ooit wit geweest, maar was nu voornamelijk roestig. We laadden de kofferbak vol met kleren, jerrycans met water, twee oranje dekens en een bijl uit de schuur en vertrokken zonder afscheid te nemen voor het geval we niet zouden mogen gaan.

We reden naar de supermarkt om voorraden in te slaan. We laadden het karretje vol met pakken melk – het soort in kartonnen pakken dat niet gekoeld bewaard hoeft te worden – en zakken muesli, boerenkaas en een vers grof roggebrood. In de eerste oorlogswinter, toen mijn ouders al vermoord waren en we honger hadden, hadden Luka en ik door deze zelfde supermarkt gerend en waren we met meegegriste pakjes poedersoep naar de afdeling huisdieren gegaan, waar geen winkelpersoneel rondliep. We hadden de verpakking met onze tanden opengescheurd en er eentje gedeeld, bremzout en stinkend naar uien. In het Kroatië van begin 1992 voelde dat niet als stelen. Ik wierp een blik op Luka om te zien of hij daar ook aan moest denken, maar hij was sindsdien waarschijnlijk al honderden keren in de winkel geweest en liep met het karretje richting kassa. We betaalden.

Een paar minuten later, voor we bij de oprit naar de snelweg waren, reed Luka de parkeerplaats van de technische hogeschool op.

'Kun je rijden?' vroeg hij.

'Ja, maar alleen in een automaat.'

Luka stapte uit en ik schoof over de versnellingspook naar de bestuurdersstoel. Schakelen was als op de wip zitten, legde Luka uit. Het was een kwestie van aanvoelen hoeveel druk je moest uitoefenen. 'Trap die pedaal links maar helemaal in.'

Ik trapte op de verkeerde en de motor loeide op.

'Andere links.' De auto was zo oud dat hij nog een choke had en Luka leunde over me heen om hem langzaam omhoog te schuiven tot de motor minder klonk alsof hij gewurgd werd. Ik maakte een paar rondjes op de parkeerplaats zonder horten of stoten en schakelde van zijn een naar zijn twee naar zijn drie.

'Oké,' zei hij, en hij gebaarde dat ik de weg op moest draaien. 'Je bent er klaar voor.'

'Wat moet ik doen?' gilde ik. We stonden op een steile helling voor een rood licht en toen het op groen sprong en ik mijn voet van de rem haalde, begon de auto tegen mijn verwachting in achteruit te rollen. Ik trapte op de rem.

'Gewoon een beetje gas geven.' Achter me klonk getoeter. Ik haalde mijn voet te snel van de koppeling en de auto kwam schokkend in beweging waarna de motor afsloeg. Iemand passeerde ons via de berm. Luka reikte naar het contact en draaide het sleuteltje om. Hij droeg me op weer te starten, maar ik keek hem alleen maar kwaad aan tot het licht weer op rood sprong.

'Gewoon rustig nog eens proberen,' zei hij op een kalme toon die me razend maakte.

'Kutauto.' Ik draaide de sleutel woedend om. De motor brulde toen ik een dot gas gaf en we met plankgas over de kruising schoten. Nog meer getoeter. Ik zette de auto aan de kant.

'Het ging prima. Je moet het gewoon leren. Ik kan niet het hele eind rijden.'

'Het ging helemaal niet prima.'

Luka zuchtte. 'Je bent te ongeduldig,' zei hij, en omdat het klopte, kwam dat harder aan dan een grovere opmerking. We ruilden van plaats. 'Jij rijdt zodra we Zagreb uit zijn,' zei hij, en zette de radio aan.

Op de snelweg werd ik rustiger. Ik zat weer achter het stuur, maar zonder kruisingen en verkeerslichten was het makkelijker. We trokken onze schoenen uit, gooiden ze op de achterbank, draaiden de raampjes open en lieten het lekker doortochten. De lucht was warm, maar hij bewoog tenminste. Het dashboard trilde van de folk-technomixen die de nationale ether overheersten. De mix van traditionele moslim- en mediterrane deuntjes met een dreunende housebeat erover was de nieuwe, naoorlogse pop. Het had niets gemeen met de nationalistische liederen uit onze jeugd, maar Luka noemde het een cultureel staakt-het-vuren, een poging om de verscheurde nationaliteiten iets gemeenschappelijks te geven.

'Ik hou wel van die nieuwe nummers,' zei hij. Hij draaide aan de knop om de ruis weg te krijgen, terwijl we langs de laatste buitenwijken van Zagreb reden. 'Het is briljant gevonden eigenlijk. Al die dronken mensen die tegen elkaar aan wrijven in de discotheek op muziek waarvan iedereen denkt dat die uit zijn eigen erfgoed afkomstig is.'

Buiten Zagreb werd het meteen landelijk – schapen en kippen en rijen maïs langs de weg – en leken alle boerderijen en groepjes huizen op elkaar. Luka vertelde over het eind van de oorlog en wie van de lagere school tegenwoordig wat deed en ik vertelde verhalen over Rahela, school in Amerika en New York.

Ik keek op de klok. We waren nu een paar uur onderweg. Aan de verkeersborden met kogelgaten kon je zien dat we de plaats naderden waar de weg zich afsplitste naar Sarajevo. Ik werd onrustig en sloeg af toen ik een bord naar het Nationaal Park Plitvicemeren zag. Luka merkte het, maar zei niets. Plitvice was tot ver buiten Kroatië beroemd om zijn schoonheid en ik was er nog nooit geweest, dus dat ik daar even wilde stoppen was heel aannemelijk.

Bij het park haalde ik mijn fototoestel uit de koffer en hing het aan de lange draagriem om mijn nek. Aan de ingang wisten we ons gratis het park binnen te kletsen. De vrouw achter het loket zei dat ze gewoon opgelucht was weer eens iemand Kroatisch te horen spreken. Er gingen hele dagen voorbij zonder dat ze ook maar één Kroaat zag, zei ze, en dan communiceerde ze urenlang in gebarentaal en gebroken Engels met toeristen uit Italië en Frankrijk. De Duitse toeristen waren niet zo erg, zei ze, want ze sprak wel een beetje Duits.

'Iedereen krijgt tegenwoordig Duits op school, omdat de Duitsers ons al heel snel als land hebben erkend,' vertelde Luka. Zijn toelichting was voor de vrouw geen reden om haar woordenstroom te onderbreken – het probleem met de Duitsers was dat ze nogal lomp waren en allemaal als padvinder gekleed gingen en wij konden trouwens zo doorlopen als we wilden, want het was toch belachelijk dat Kroaten zouden moeten betalen om hun eigen park te zien.

'Na de oorlog ben ik een keer met mijn moeder naar Duitsland gegaan om haar zus op te zoeken,' vertelde Luka, terwijl we het park betraden en het hoofdpad afliepen. 'Ik was vijftien en had een t-shirt aan met de Kroatische vlag, zo een van de politieacademie. Op het vliegveld van Frankfurt kwam er een man naar me toe die me vroeg of ik uit Kroatië kwam.'

'Dat voorspelt meestal niet veel goeds.'

'Ik zei ja, en hij vertelde dat hij al heel lang in Duitsland woonde, maar dat hij ook uit Kroatië kwam en het heel erg vond wat ik allemaal had moeten meemaken. Hij gaf ons een doos dure bonbons en verdween weer.

Dat was het enige goede wat het me ooit heeft opgeleverd om Kroaat te zijn. Tot nu toe.'

'Ik denk dat dit voor mij het eerste was,' zei ik. Ik had een keer in de metro te lang zitten staren naar een stel dat Servisch sprak. Mijn ogen moeten hebben verraden dat ik begreep wat ze zeiden.

'*Govorite srpski?*' had de jongen gevraagd.
'*Hrvatski.*'

'O!' zeiden ze tegelijkertijd. De jongen had zijn hand uitgestoken en de mijne geschud. We hadden korte tijd wanhopig vriendelijk zitten doen en ik was bij het eerstvolgende station uitgestapt, waar ik niet moest zijn. Het had me niets positiefs opgeleverd: zij hadden opgelaten gekeken en ik was te laat op college gekomen.

We liepen langs een vergulde plaquette op de grond met de tekst TER HERINNERING AAN JOSIP JOVIĆ. Plitvice had midden in oorlogsgebied gelegen nog voordat de oorlog daadwerkelijk begonnen was – de regio was een van de eerste die de Serviërs hadden ingenomen omdat ze via land toegang tot de kust wilden. Tijdens de verovering, die later bekend werd als De Bloedige Pasen, was het tot een confrontatie gekomen tussen de Kroatische en Servische politiemachten waarbij twee doden waren gevallen, een aan beide zijden, die als martelaars verheerlijkt werden. Pas maanden later waren de luchtaanvallen begonnen, maar in feite had hier het eerste bloed van de oorlog gevloeid.

De rand van het park zag er weinig indrukwekkend uit – we waren nog op grote hoogte en zouden een heel eind naar beneden moeten lopen om bij het water te komen. We bestudeerden de kaart die we van de vrouw achter het loket hadden gekregen en kozen een route die ons langs de grootste waterval zou leiden.

Volgens de brochure waren de meren allemaal vernoemd naar legendarische personen die er verdronken waren.

'Ik vraag me af hoe ze heetten voordat die mensen er verdronken,' zei Luka. Hij stopte het foldertje in zijn kontzak.

'Niets, waarschijnlijk. Geen noodzaak ze van elkaar te onderscheiden.'

'En waarom verdronken die mensen daar trouwens allemaal? Het zijn meren. Je kunt hier niet bepaald meegesleurd worden door een stroming.'

'Kende je vader de mannen die hier hebben gevochten?'

'Huh?'

'Met *Krvavi Uskrs*. De politiemannen die gesneuveld zijn.'

'God, dat was ik helemaal vergeten. Komt het allemaal ongemakkelijk dichtbij?'

'Dit hele land komt ongemakkelijk dichtbij,' zei ik. Het was bedoeld als grapje, maar mijn stem trilde en Luka kon er niet om lachen. 'Kom, we gaan naar het water. Er moet toch een reden zijn dat al die Duitsers hier naar een treurig slagveldje komen kijken.'

'Hij kende deze niet,' zei Luka. 'Hij kwam geloof ik uit Zagora.'

We kwamen bij de rand van een rots en tuurden naar beneden naar de meren, waarvan het water fel blauwgroen was. Over de ondiepere gedeeltes lagen houten vlonders en het geroezemoes in verschillende talen werd overstemd door het neerstortende water. Het was er zo onmiskenbaar prachtig dat het bijna verontrustend was – misschien waren die mensen hier wel uit vrije wil verdronken, of ten minste omdat ze waren bezweken voor dat peilloze blauw. Het natuurschoon was onaangetast gebleven onder het bloedvergieten en het was goed voorstelbaar dat toeristen al die geschiedenis makkelijk van zich af konden zetten.

We vonden een stil plekje op de bodem van het ravijn waar we met onze voeten in het water konden zitten. Je mocht het water niet aanraken, stond er op borden in verschillende talen, maar Luka leek zich niets aan te trekken van de regels en ik voelde me aangemoedigd door de vrouw achter het loket volgens wie deze plek van mij was. Het water was helder en warm en ik zag een vis langs Luka's enkel strijken. Hij huiverde en deed vervolgens alsof hij moest hoesten om zijn schrik te verhullen. Ik schoot in de lach en zette mijn camera aan.

Het was een uitklapbare polaroidcamera die ik ooit eens tweedehands gekocht had voor ik ging studeren. Ik had hem aangeschaft vanuit een verlangen interessant te lijken – dat soort wanhoop wist Gardenville bij mensen boven te brengen. Het toestel begon te zoemen en Luka schrok op van het mechanische geluid, dat opviel naast het zachte ruisen van het water.

'Wat is dat?' vroeg hij, precies op het moment dat ik afdrukte. De camera spuugde de vierkante foto via de sleuf aan de voorkant uit. Een spookachtig beeld van Luka verscheen, zijn mond wijd open en zijn ogen opengesperd en zwart tegen het stralende blauw van de achtergrond. Ik hield de foto omhoog en hij lachte schamper. 'Wat ontzettend... Amerikaans.' Het was niet de reactie die ik had verwacht en ik wist dat hij het niet positief bedoelde.

'Niet waar!' sputterde ik tegen. 'Het is juist ouderwets. Hier liepen vroeger ook al mensen met polaroidcamera's rond.'

'Nee, echt. Weet jij een beter voorbeeld van "instantbevrediging" dan dit?' Hij knipte met zijn vingers tegen de foto. 'Nostalgie in drie minuten.'

'Helemaal niet. Het is een unieke foto. Een eenmalige afdruk. Een soort kunstwerk.'

'Een kunstwerk?' zei Luka, en hij pakte de foto en wapperde ermee.

'Dat heeft geen zin. Ermee wapperen. Dat is een fabeltje.'

Hij stopte en gaf de foto terug. We haalden onze voeten uit het water en lieten ze op het verweerde hout drogen. Ik stond op en stak de foto in mijn zak. Ik moest denken aan Sebald en zijn foto's – misschien waren die wel zijn manier om de onbetrouwbaarheid van het geheugen uit de weg te gaan. 'Maar goed, ze zijn voor Rahela,' zei ik. We liepen het dal weer uit, terug richting de auto en de weg en de kust.

Luka's hoofd was een grottenstelsel waarin ik de weg niet kon vinden, hoewel de slingerende loop van onze gesprekken me vertrouwd was. Ik was tegelijkertijd gefascineerd en geïrriteerd door zijn wens dingen uit elkaar te trekken die ik intact zou hebben gelaten, net zoals hij vroeger altijd al had gedaan.

'Communisme is fascisme, in alle praktische toepassingen ervan,' zei hij nu. 'Ken jij één communistisch land zonder dictator?' Maar ik moest aan Rebecca West denken en hoe alle mensen die ze in Joegoslavië had ontmoet vermoord of geknecht waren, verstrikt als ze waren in deze zelfde discussie aan het begin van de Tweede Wereldoorlog. Indertijd had Kroatië aan de verkeerde kant van de geschiedenis gestaan – als marionettenstaat van de Duitsers en Italianen – en nogal wat onschuldige burgers de dood ingejaagd. Dat vond ik nog het ergste, dat mijn woede niet gerechtvaardigd kon zijn met deze duistere voorgeschiedenis.

'Dat is waar,' zei Luka, toen ik iets zei over de fascistische partij in de jaren veertig. 'Maar voor die tijd werden we uitgehongerd; we mochten zelfs geen grond bezitten. We strijden al duizenden jaren. En vrijwel al die fascisten zijn geëxecuteerd toen Tito aan de macht kwam. Zo is het nu eenmaal.'

Hij sprak nogal beslist en ik was blij toen het gesprek na de geesten van voormalige regeringen uitkwam op een breder ethisch spectrum. We begonnen met Voltaire (Luka was gek op diens snedige aanvallen op religieuze dogma's, die wat hem betreft de drijvende kracht waren achter onze etnische spanningen) en kwamen daarna uit bij Foucault (wiens amorele visie op macht hem woedend maakte), terwijl ik me voortdurend realiseerde hoe opmerkelijk slecht mijn Amerikaanse scholing me had toegerust voor een discussie over filosofie. Luka leek in elk geval stukken van de oorspronkelijke teksten op school gelezen te hebben, terwijl ik niet verder kwam dan het papegaaien van zinnen uit dat ene filosofievak dat ik in mijn eerste jaar had gedaan, totdat ik een bord zag dat de naderende splitsing aankondigde. Ik ging aan de kant staan en haalde de kaart uit het handschoenenkastje.

'Wat zoek je?' vroeg Luka. 'Je hoeft alleen maar de borden naar Dubrovnik te volgen.'

Ik zei niets terug, maar volgde de weg met mijn vinger en kneep mijn ogen samen om de namen van de kleinste dorpjes te kunnen lezen.

Luka legde zijn arm over de kaart op mijn schoot. 'Kijk me aan, Ana.'

'Wat?'

'Ik ben bij je. Ik ga overal mee naartoe waar je heen wilt. Maar je mag me niet buitensluiten.'

'Dat doe ik n...'

'Of wat het dan ook is wat je doet. Misschien kan ik helpen.'

'Ik heb niet echt een plan de campagne.'

'Ik had mijn vader om gegevens over vroeger kunnen vragen of zoiets. Je moet wel open kaart met me spelen.'

'Ja, ja, ik weet het.'

'Beloof je dat?'

'Dat beloof ik.' Het was al gelogen terwijl de woorden mijn

mond verlieten. Er was nog één ding dat ik hem niet verteld had, dat ik nog nooit aan iemand verteld had.

'Oké,' zei hij. 'Waar wil je naartoe?'

Ik wees naar een gedeelte van de weg waar die een bocht maakte in de vorm van een boemerang en startte de auto weer.

Terug op de weg voelde ik me bijna duizelig van de spanning. Ik had me de terugkeer naar deze plek al honderden keren voorgesteld – had hem gevreesd en ernaar verlangd – maar in al die fantasieën had ik nooit voorzien dat ik me zo zwak zou voelen. Ik speurde de omgeving af op herkenningspunten, maar niets kwam me bekend voor of zag er zelfs maar een beetje uit zoals ik me herinnerde. We reden langs lange stukken bos met zwarte dennen en essen, sommige weelderig groen, andere zwart en kaal door bosbranden. Ik klemde mijn handen zo hard om het stuur dat mijn knokkels wit zagen en duwde mijn blote voet met kracht neer op het gaspedaal. Ik zag vanuit mijn ooghoek dat Luka naar me zat te kijken.

'Wat ben je van plan?'

'Niks.'

'Zal ik rijden?'

'Nee, het gaat wel.' De bosrand werd minder onregelmatig, voller, tot dikke rijen witte eiken de weg aan weerskanten omzoomden.

'Je rijdt echt te hard, Ana. De politie verdubbelt de boete zodra ze je Amerikaanse rijbewijs zien.'

Ik wierp een blik op de trillende naald van de snelheidsmeter, maar vertraagde niet.

'Als je nou gewoon even naar de kant gaat, dan…'

'Ik wil hier niet stoppen.'

Mijn oog viel op een zijweggetje dat bijna volledig door struikgewas aan het zicht onttrokken werd. Ik rekte mijn hals en zag dat het steil naar beneden het dal in liep. Luka protesteerde opnieuw, maar ik maande hem tot zwijgen. Ik voelde een steek in mijn maag die ik probeerde te negeren. Er waren waarschijnlijk talloze dorpjes in het dal met talloze kronkelweggetjes die eenzelfde boog maakten.

Maar toen de hoofdweg een paar minuten later een scherpe bocht maakte, wist ik het zeker.

'O, mijn god.'

'Wat is er?'

Ik trapte op de rem en zwenkte naar de berm. We kwamen tot stilstand op het gras langs de weg. De schroeilucht van de remblokjes dreef door de open ramen naar binnen.

'Jezus, Ana, ben je gek geworden?'

'Nee' zou het juiste antwoord zijn geweest, was wat ik had willen zeggen, maar wat er uit mijn mond kwam was 'vast' en daarna een nat, gesmoord geluid in mijn borst. Luka zuchtte en legde zijn hand op mijn knie en ik huilde met gierende uithalen zoals ik niet meer had gedaan sinds ik tien jaar geleden aan de overkant van deze zelfde weg had gestaan.

III
Schuilhuis

1

Mijn ogen brandden. De zon stond aan de horizon en ik liep erheen. De weg splitste zich. De hoofdweg was breed en vlak, de kleinere weg was onverhard en daalde af naar het laagland. Een rookpluim kringelde omhoog vanuit het dal en wenkte me met een sliertige vinger naderbij. De hoofdweg zweeg. Ik volgde de rook. Die leidde me naar de kern van een dorp, over een rotsige straat met aan weerskanten huizen. Een vrouw met een paarse sjaal om strooide korstjes oud brood voor de schriele kippen op haar erf. Ik voelde haar kijken maar liep door. Toen ik dichterbij kwam verzachtte haar mond zich bij mijn aanblik – een kleine zombie vol korsten bloed en doordrenkt van het lichaamsvocht van anderen. Ze liep op me af, riep me. Ik bleef midden op straat staan.

Ze kwam naar me toe en knielde bij me neer, vroeg hoe ik heette, waar ik vandaan kwam, wat er gebeurd was. Ik probeerde uit haar accent af te leiden of ze Servisch was en of het veilig was om te praten. Ik wist het niet zeker en besloot dat het ook niet uitmaakte, dat ik nergens anders heen kon en net zo goed kon antwoorden. Maar ergens onderweg had mijn lichaam een zwijggelofte gedaan. Zij praatte en praatte en ik zei niets. Ze stak haar hand naar me uit en ik gaf over op het asfalt. Uiteindelijk greep ze me bij mijn arm en nam me mee naar binnen. Ze boog zich over me heen om het bloed van mijn polsen te wassen. Het was gewoon koud water, maar de wonden waren vuil en het prikte. Tranen sprongen in mijn ogen, maar ontsnapten niet.

Die hele eerste week bleef ik met mijn rug naar de muur en met opgetrokken knieën op haar keukenvloer zitten. Ik telde de blokpatronen in het linoleum, staarde naar de barst in de poot van de keukentafel en krabde aan mijn in verband gewikkelde polsen. Ik knipperde nauwelijks met mijn ogen en bewoog op een haperende, werktuiglijke manier. 's Nachts sliep ik op diezelfde plaats opgerold in foetushouding op de grond.

De zoon van de vrouw, een jongen die een paar jaar ouder was dan ik, ging elke ochtend vroeg van huis en kwam pas als het donker was weer terug. Hij stampte rond op legerkistjes en had het voortdurend over het 'schuilhuis'. Het was een woord dat ik nog nooit gehoord had en ik nam aan dat het de schuilkelder van het dorp was. De jongen zei nooit iets tegen me en liep in een wijde boog om mijn plekje heen alsof ik een besmettelijke ziekte had. Zo voelde ik me ook. De vrouw gaf me water in een tinnen kroes en brood met boter, maar eten viel me zwaar. Zelfs ademhalen kostte moeite. De eerste paar keer dat het luchtalarm klonk, probeerde de vrouw me over te halen met haar mee te gaan naar de schuilkelder, maar ik wilde mijn hoekje niet verlaten. De explosies in die eerste week hadden geen enkel effect op me. Ik was verdoofd voor angst.

De vrouw had bezoekers die onder verschillende voorwendselen binnenkwamen en me vanuit hun ooghoek bekeken, maar praatten alsof ik er niet bij was.

'Misschien is ze debiel,' zei iemand.

'Misschien kán ze gewoon niet praten,' zei iemand.

'Ze is niet debiel,' zei de vrouw, die tijdens deze gesprekken Drenka bleek te heten. 'En ze kan best praten, ze doet het alleen niet. Dat weet ik gewoon.'

'Volgens mij is ze in shock,' zei een van de wat aardiger oudere vrouwen. 'Ik heb gezien dat ze onder het bloed zat toen je haar vond.'

Uiteindelijk raakten de vrouwen aan me gewend en kon ik meeluisteren met hun geroddel – verhalen over het gemengd Servisch-Kroatische gezin aan de overkant van de straat, dat midden in de nacht verdwenen was, over de dochter van de buren die vijftien was en zwanger.

Het JNA had het dorp aan het begin van de oorlog gebombardeerd als onderdeel van hun missie om een Servische doorgang naar zee te creëren. Daarna had een groepje Četnik-rebellen – van wie sommigen uit het dorp afkomstig waren – de leiding overgenomen. De Četniks controleerden verschillende dorpen langs de grote weg. Ze onderschepten humanitaire hulp en Kroatische militaire bevoorrading en bezetten de gehuchten als tussenstations voor hun eigen konvooien. Ze hadden ons bewust niet gedood, in elk geval niet allemaal, nog niet, zodat de VN en NAVO hun voedselhulp zouden blijven sturen. Als ze in het dorp waren hielden de Četniks kwartier in het schoolgebouw in het centrum, waar de luiken gesloten werden gehouden met in elkaar gedraaide bagagespinnen. Aan het gegil van vrouwen was duidelijk te horen wat er zich binnen afspeelde.

'Nu zul je een Servisch soldaatje op de wereld zetten,' hadden ze tegen het buurmeisje gezegd, terwijl ze haar verkrachtten. Toen ze meel kwam lenen, kon ik mijn ogen niet afhouden van het gevlekte bruine shirt dat om haar bollende buik spande.

De eerste keer dat ik het huis verliet, was toen de kippen ontploften. Het JNA bombardeerde het dorp tegenwoordig alleen af en toe, bijna als per ongeluk. De directe ontploffingen veroorzaakten voorspelbare schade – kapotgeschoten gebouwen, verbrijzelde ruiten – maar het echte gevaar school in de optrekkende rookwolken. Bij het vallen van de bommen kwam een regen van metalen kogeltjes vrij. In de buitenwereld werden die 'clusterbommen' genoemd. Wij noemden ze *zvončići*, kerstklokjes. Anders dan traditionele landmijnen of struikeldraden waren ze niet gemaakt om op gevechtsterrein te doden. Zvončići bleven op takken en dakpannen of in graspollen liggen. Ze vielen her en der neer als ontplofbare hagel. Ze waren geduldig en compenseerden hun kleine formaat met het verrassingseffect. Ze hadden de kippen verrast. De vloer trilde van de knal en ik sprong op en rende naar buiten. De zon deed pijn aan mijn ogen en wankelend op mijn benen moest ik de grootste moeite doen om Drenka en haar zoon bij te houden. Achter het huis dwarrelde een wolk van veren naar beneden en ik probeerde niet te kijken.

Het dorp bestond uit niet veel meer dan één straat met zo goed als identieke huizen, allemaal ongeveer even groot en in dezelfde stijl. Kale betonblokken waren in dit berggebied de heersende gevelstenen, gekozen om 'wij zijn stevig en bestendig' uit te drukken. Maar de grijze stenen leken blijvend onafgewerkt en leken vooral 'wij zijn arm' te roepen. Nu ze ook nog bestookt waren met bomscherven zagen de gepokte huizen er nog treuriger uit. Erachter strekte een lappendeken van grote en kleine akkers zich over het dal uit, een collage van geschakeerde groen- en bruintinten, verschroeide tarwe- en maïsvelden. Bij de rotonde lagen de school die de Četniks hadden gevorderd en de katholieke kerk die ze, waarschijnlijk omdat één muur ontbrak, links hadden laten liggen. Er was ook een postkantoor en een winkel, hoewel beide niet meer in gebruik waren, niet op de manier waarop dat zou moeten. Een gepantserde truck bezorgde meel, melkpoeder en plantaardig vet van de VN bij het postkantoor (niemand kon met zekerheid beweren ooit een blauwhelm in levenden lijve te hebben gezien) en afhankelijk van de week – of de Četniks er al dan niet waren – kregen wij dat wel of niet.

In de schuilkelder, waar iedereen zich had verzameld, viel me op dat de dorpelingen collectief olijfgroen droegen, in allerlei schakeringen. Ze bekeken met evenveel belangstelling mijn bebloede T-shirt. Sommigen hadden uniformen aan met Hongaarse teksten erop gestempeld, overblijfselen van de revolutie daar, tientallen jaren geleden, maar de meesten droegen gewoon elke combinatie van groene kleren die ze hadden kunnen vinden. Naderhand, toen we weer naar haar huis gingen, kreeg ik van Drenka de kleinste groene outfit die ze in huis had – een T-shirt en werkbroek met een lapje op de knie, waar haar zoon uitgegroeid was.

'Omdat je nu weer naar buiten gaat,' zei ze. Met tegenzin gaf ik haar mijn kleren om te wassen. Ik wilde zeggen dat ze ze niet mocht weggooien. Dat leek ze te begrijpen of anders was ze spaarzaam aangelegd; ze gooide ze niet weg.

Buiten leerde ik rennen. Niet het springerige, vrolijke soort dat ik bedreef toen ik nog voetbalde en tikkertje speelde met mijn vriendjes, maar een gestroomlijnde adrenalinestootversie van mijn normale gang. Toen ik er eenmaal mee was begonnen, deed ik alles rennend – naar de waterpomp, naar het postkantoor voor het VN-eten, naar de schuilkelder. Als je je van huis naar de schuilkelder verplaatste, leek het logisch om dat in een rechte lijn te doen, de snelste weg te nemen. Maar ik holde altijd onvoorspelbaar zigzaggend omdat ik meende dat ik de statistische kans om op een landmijn te lopen kon omzeilen door een onvoorspelbaar pad te volgen, in de vaste overtuiging, egocentrisch als alle kinderen, dat ik het doelwit vormde. Ik was bang dat een van de soldaten had gezien dat ik in het bos mijn dood had geveinsd en dat hij, als hij me hier springlevend zag rondlopen, zou willen afmaken waarmee hij begonnen was. Na een tijdje merkte ik echter dat anderen ook een kronkelroute namen. Toen de Četniks op het dak van de school klommen en hun wapens leegschoten op de weg, werd duidelijk dat we gelijk hadden met ons egocentrisme. Ergens in het niemandsland tussen huis en schuilkelder veranderden burgers in soldaten.

Een paar dagen na het overlijden van de kippen begon Drenka's zoon voor het eerst tegen me te praten.

'Ik ben Damir.' Ik wist zijn naam al, maar het was de eerste keer dat hij me rechtstreeks aansprak en ik knikte alsof hij me iets nieuws vertelde. 'Je mag wel met me mee als je wil.' Hij gaf me een kaki sweater en een camouflagepetje en liep vervolgens de deur uit zonder te kijken of ik meekwam. De trui was veel te groot en rook naar zweet, maar ik trok hem toch aan. Ik was in de afgelopen weken gesteld geraakt op Damir, op de zelfverzekerde manier waarop hij door het huis banjerde, zijn opgewonden gepraat over zijn 'schuilhuis' dat, voor zover ik inmiddels begreep, iets anders was dan de schuilkelder. Zou hij me daar mee naartoe willen nemen? Ik drukte het petje stevig aan op mijn hoofd en liep achter hem aan de straat op. Hij schoot een steegje in, een deur door die doorzeefd was met kogels.

Het schuilhuis was vroeger een gewoon huis geweest, maar niemand zei ooit van wie het was geweest of wat er met de vroegere bewoners was gebeurd. Binnen begonnen mijn ogen te tranen. Het was er schemerdonker, de luiken zaten dicht en er hing een dichte wolk sigarettenrook. Damir stond even te praten met de bewakers bij de voordeur en ik bleef zo dicht mogelijk in zijn buurt zonder een lastpost te zijn, en keek om me heen zodra ik weer wat meer kon zien. Aan de muren hingen foto's van glimmende topless vrouwen en van het gezicht met het hoge voorhoofd en de forse neus dat zelfs ik herkende als dat van generaal Ante Gotovina, wiens portret in een hoog tempo het symbool begon te worden van het Kroatische verzet. Op elk glad oppervlak waren ultranationalistische slogans gespoten: op muren, deuren, tafelbladen – *za dom, spremni* – voor ons thuis, bereid. Het meubilair was aan stukken geslagen op één rode leren stoel midden in de keuken na, waar niemand ooit op ging zitten. Die noemden we Gotovina's Stoel.

Ik liep achter Damir aan de trap op naar de bovenste verdieping, één grote ruimte waar het onverklaarbaar licht was, tot ik ontdekte dat een stuk van het dak ontbrak.

'Blijf hier even wachten,' zei hij, en ik kreeg het benauwd. Ik zag dat Damir naar een stokoude man liep met een bril waarvan de glazen zo dik waren dat ze uit het montuur staken. Ze spraken op fluistertoon met elkaar terwijl ik in de deuropening stond. Ondanks de winterkou, die door het ontbrekende stuk dak binnen even voelbaar was als buiten, had de man alleen maar een spijkerbroek en een onderhemd aan waardoor zijn droge, schilferige armen zichtbaar waren. De man keek naar me terwijl Damir tegen hem praatte, stak toen zijn hand naar me op en gebaarde dat ik moest komen. Ik hoorde zijn knieën kraken toen hij neerhurkte om met mij op ooghoogte te komen.

'Hoe heet jij?' vroeg hij.

'Ze... eh... ze praat niet,' zei Damir.

'Maakt niet uit. We zijn niet op zoek naar redenaars. Wat wij nodig hebben zijn harde werkers. Ik kan zo wel zien dat jij een taaie bent.' De bril werkte als een vergrootglas, zodat zijn ogen groot en rond waren als van een insect. Ik betwijfelde of hij er wel iets mee kon zien, maar vond het leuk dat hij me een taaie noemde en veroorloofde me een klein lachje. Hij trok aan de klep van mijn pet. 'Ben je misschien een avonturier?' Ik begreep niet waar dat nou iets mee te maken kon hebben, maar wilde graag dat de commandant me aardig vond dus knikte ik. Hij stak een knokige hand naar me op en ik sloeg de mijne er aarzelend tegenaan in een high-five. 'Oké, dan wordt het Indiana Jones.' Hij kwam weer overeind en legde zijn hand op Damirs schouder. 'Zet haar maar bij Stallone.'

'Ja, meneer,' zei Damir. Hij haalde een kalasjnikov van een hoedenrek en leidde me naar de achterkant van de kamer, weg van de ramen.

Het schuilhuis werd bevolkt door achterblijvers: bejaarden en tieners, mannen die te oud waren om opgeroepen te worden voor het leger en jongens als Damir die officieel nog te jong waren om te vechten. Ze hadden hun naam vervangen door die van Amerikaanse actiefilmhelden. Er waren twee Brucen (een Lee en een Willis), een Corleone, een Bronson, een Snake Plissken, een Scarface, een Van Damme, een Leonardo en een Donatello (van de Turtles, niet de schilders, zeiden ze er meteen bij) en verschillende mannen uit het dorp verderop die als groep naar de naam Wolverines luisterden. Ik kende de films niet goed genoeg om de logica erachter te doorzien, maar de bijnamen werden meestal bij stemming gegeven en je kon er enigszins iemands rang uit opmaken. Damir had vanwege zijn moedige optreden bij een eerdere operatie de meest begeerde gekregen: Rambo. Ik was het enige meisje daar.

In de hoek troffen we Stallone, een jongen van ongeveer mijn leeftijd, die was volgehangen met patroongordels en een ooglapje voor had, waarvan onduidelijk was of het uit medische noodzaak was.

'Hoe heet je?' zei hij.

'Zij is Indiana,' zei Damir. 'Ze hoort vanaf nu bij jou.'

'Indiana Jones?' Hij leek onder de indruk. 'Waar kom je vandaan?' Ik keek op naar Damir, maar die was alweer verdwenen. 'Kun je niet praten?' Ik schudde mijn hoofd. Hij maakte met zijn handen gebaren die gelijke tred hielden met wat hij zei. 'Ben je doof?' Ik schudde weer met mijn hoofd. 'Mijn broer is doof,' zei hij. Hij wees naar een schutter bij het zijraam, de enige in het huis die wel van soldatenleeftijd was. 'De Terminator.' De vloer om Stallone was bezaaid met kogels en hulzen. Ik veegde een plekje naast hem vrij en ging zitten. 'Oké,' zei hij. 'Het gaat zo.'

Vanaf dat moment laadde ik magazijnen. Ik had kleine, lenige vingers, ideaal voor het vullen van de patroonhouders. Zittend op de grond zat ik met Stallone bergen munitie te sorteren en te laden. Die werd volgens Stallone ook via Hongarije het land in gesmokkeld. Of Roemenië of Tsjecho-Slowakije – landen die wisten wat het was om een communistische regering omver te werpen en zich niets aantrokken van het EU-embargo.

Stallone bemande tevens de CB-radio, waarmee hij gecodeerde berichten ontving uit andere schuilhuis-bastions in de streek, waarna hij de commandant op de hoogte bracht van gespotte vliegtuigen van het JNA of activiteit van Četniks in de buurdorpen. Soms vingen we berichten van de Kroatische politiemacht op. Dan nam ik de coördinaten over en tekende ze in op een kaart op de muur. Als we hun frequentie te pakken kregen, stuurde Stallone altijd een SOS om te zien of ze ons zouden komen halen, maar daar hoorden we nooit wat op. 'Die hebben het vast te druk,' zei Stallone dan, terwijl hij zijn ooglapje rechttrok.

Als geïmproviseerde legereenheid waren de meesten uit het schuilhuis dagen achtereen op gevechtsmissie en bleef er op het hoofdkwartier slechts een kleine kernploeg over om het dorp te beschermen. We vulden grote rugzakken met munitie die de mannen konden meenemen op hun missie en als we daarmee klaar waren, holde ik het huis door om nieuwe patroongordels uit te delen en de lege op te halen bij de overige schutters.

Hoewel het huis drie verdiepingen had, gebruikten we vrijwel uitsluitend de bovenste. Het was beter om hoog te zitten en naar beneden te kunnen schieten. Er stond nergens meer iets uit vredestijd, maar de delen van het plafond die nog intact waren, waren zo schuin dat het duidelijk was dat we op zolder zaten. De beste schutters hadden de gunstigste positie aan het slaapkamerraam aan de voorkant, dus hen bevoorraadde ik het eerst, daarna de schutters aan het zijraam en daarna de bewakers van de voordeur, de enigen op de begane grond.

Net als overal in het dorp had het schuilhuis geen stromend water of elektriciteit en op de begane grond met zijn dichte luiken was het altijd donker als de nacht. Afgezien van het bevoorraden van de bewakers was de wc de enige reden om naar beneden te gaan. De duistere benedenkamers waren verreweg de engste gedeeltes van het huis, dus ik jaste beide taken er altijd in een noodvaart doorheen.

De oorspronkelijke wc was bij een luchtaanval kapotgebombardeerd. Hij was nu afgeschoten met planken en vervangen door een jammerlijke replica in de gangkast, compleet met emmer, knijpkat en wc-papier van de VN. Degene die in de loop van de dag de commandant op de een of andere manier tegen de haren in had gestreken, werd 's avonds opgezadeld met de smerige klus de emmer te legen.

Elke avond als we terugkwamen van het schuilhuis – als we waren afgelost door de avondploeg – plofte Damir tegenover zijn moeder neer aan de keukentafel om knollensoep te slurpen en *tač* te spelen. Als we in het schuilhuis waren had ik het druk, voelde ik me nuttig, maar 's avonds verlangde ik naar mijn ouders en speelde ik hun laatste momenten steeds weer in mijn hoofd af. Die eerste maand rouwde ik nog niet echt. Mijn hoofd voelde wazig en afwezig, vol gedachten die onjuist waren, wat ik al wist zodra ze opdoken: misschien, als ik heel erg mijn best deed, zou ik ze terug kunnen verdienen.

Dagenlang slikte ik met moeite mijn brood door en keek vanaf mijn plekje op de grond naar Drenka en Damir die in het kaarslicht hannesten en om het snelst stapeltjes beduimelde speelkaarten tegen elkaar kletsten. Ik voelde me tussen de doden en de levenden hangen, alsof ik mijn eigen familie in de steek liet als ik met hen mee zou doen. Toch kroop ik onwillekeurig elke avond iets dichter naar de tafel toe, terwijl achter me mijn schaduw in het flakkerende licht steeds langer werd, tot ik uiteindelijk ook aanschoof om mee te spelen. Als mijn aanwezigheid hen verraste, lieten ze het niet merken. Damir maakte een flauwe grap en Drenka lachte er toch om en ook ik voelde een lach opborrelen. Haar bruine gezicht had een gouden glans in het zachte licht.

De volgende avond schoof ik ook aan toen het etenstijd was en at ik mee van de soep en het brood en de jam. Voor ze de kaarsen uitblies, spreidde Drenka een laken over de bank uit en riep me bij zich. Ik voelde mijn ruggengraat zich strekken zoals hij dat niet had gekund in de afgelopen weken van in elkaar gekruld op de keukenvloer slapen. Ik rekte mijn armen uit boven mijn hoofd en drukte mezelf diep in de kussens van de bank.

2

Ik was al een paar weken in het schuilhuis aan het werk toen de meisjes ten tonele verschenen, vrijwel allemaal tieners. Ze waren op verkenningsmissie in het zuiden geweest, maar waren onderweg opgehouden door gevechtshandelingen van het JNA buiten Knin. Nu keerden ze terug met nieuws uit de omliggende dorpen. Ze kwamen naar de zolder geklost, onder de modder en aandacht eisend, en raffelden een lijst namen af van een rol kassabonpapier. Uit de reacties van de anderen maakte ik op dat het om de meest recentelijk gesneuvelden of vermisten van het front ging.

Na de aankondigingen zakte het gesprek al snel af naar het rijk van de 'alleen maars' – speculerende vragen die afgevuurd werden op de voorlezer van de lijst:

'Er is vast niks aan de hand. Hij is alleen maar vermist, toch? Niet gewond?'

'Er staat alleen maar neergeschoten. Dat hoeft niet "dood" te betekenen.'

'Waarschijnlijk alleen maar een vleeswond.'

De lezeres van de lijst liet haar ogen over het papier gaan in een poging bevestigende antwoorden te vinden op het spervuur. Ik was er altijd vanuit gegaan dat Damirs vader in het leger zat, maar Damir sprak nooit over hem en zijn naam kwam al die tijd dat ik daar was nooit op de lijst voor.

Toen er te veel opwinding ontstond, bemoeide de commandant zich ermee en nam het papier over. Hij vouwde het tot een scheve accordeon die hij in zijn borstzak probeerde te stoppen tot hij besefte dat hij geen overhemd aanhad en hem daarom maar achter zijn broekband propte.

'Het gaat prima met de jongens,' zei hij beslist, en iedereen nam zijn post weer in.

'Wie ben jij?' vroeg een van de meisjes toen ze een nieuwe patroonhouder kwam halen. Ze had een soldatenpet op en lang kastanjebruin haar en friemelde aan beide terwijl ze praatte.

'Dat is Indy,' zei Stallone, die intussen gewend geraakt was aan zijn rol als mijn woordvoerder. 'Indiana Jones.' Tegen mij zei hij op fluistertoon: 'Dat is Rode Sonja. Zij is de baas van de meiden.'

Er heerste een filosofische tweestrijd over de vraag of de meisjes al dan niet alleen maar vrouwelijke bijnamen mochten hebben. Sommigen wilden dat de keuze van een stoere filmster voor hen niet werd beperkt door hun geslacht, maar Rode Sonja vond dat er genoeg geschikte vrouwelijke actiehelden waren die gezien het feit dat ze in strakkere broeken moesten vechten, in feite veel stoerder waren dan hun mannelijke tegenhangers.

'Indy,' zei ze met een frons, ongetwijfeld vanwege het geslacht dat bij mijn aangenomen naam hoorde. 'Nou ja, niks meer aan te doen. Goed bezig hier, trouwens.' Ze gebaarde naar mijn laatste opruiminitiatief met de munitie, de kogels gesorteerd op patroontype en opgeruimd in terracotta bloempotten. Ik stak mijn duim naar haar op en zij deed een elastiekje om de vlecht die ze tijdens onze uitwisseling had gemaakt en herlaadde haar wapen.

Gesorteerde munitie zorgde ervoor dat alles beter liep in het schuilhuis, maar de oudere meiden hadden allemaal een eigen aanvalsgeweer en ik begon ongedurig te worden. Ik had bewezen dat ik van aanpakken wist, vond ik, en wilde ook vechten, net als de anderen. De week erop sloot ik aan in de rij tijdens de ochtendbijeenkomsten, als er wapens werden uitgedeeld aan nieuwe rekruten uit omliggende dorpen, stopte mijn haar onder mijn pet en hoopte dat de moddervegen op mijn gezicht mijn vrouwelijke trekken verborgen. De commandant bekeek me van top tot teen en zei dat er niet genoeg voor iedereen was. De volgende dag werden we belaagd door mortiervuur dat een nieuw gat in de muur op het zuiden sloeg. De commandant riep dat Stallone en ik met ons gezicht naar beneden op de grond moesten gaan liggen en ik gruwde van het bekende gevoel van machteloosheid. Ik probeerde op te kijken, maar zag alleen schoenen. Naast me viel iemand op de grond – ik zag niet wie – en zijn wapen ging af toen hij de vloer raakte. Een hol, trillend geluid vulde mijn oren gevolgd door een doordringend geraas als van ruisend water. Er spoot bloed uit de nek van de man en ik kneep mijn ogen weer dicht.

Toen het afgelopen was, ging ik zitten en keek om me heen. Stallone zat naast me en hield zijn mouw tegen een jaap op zijn voorhoofd gedrukt. Hij zei iets wat ik niet kon verstaan door het nog steeds voortdurende galmen in mijn oren. Ik pakte het geweer van de dode man naast me, een Wolverine, en liet de riem over mijn hoofd glijden. Niemand zag het. Er lagen drie andere mannen roerloos op de grond. Rode Sonja droeg me op een laken in vierkanten te scheuren. Ze sloot de ogen van de dode mannen en bedekte hun gezicht met de stof. De Brucen waren wapens op een hoop aan het leggen – geweren en messen en boksbeugels die we net hadden binnengekregen. Ik sjorde het geweer wat hoger op mijn rug en wist dat het vanaf dat moment van mij was.

De sterkste mannen sleepten de doden de trap af en legden ze achter het huis, in afwachting van het donker wanneer ze ze naar het kerkhof zouden kunnen vervoeren aan de rand van het dorp. Bij het vallen van de avond gingen Stallone en ik op verkenningstocht om de slachtoffers onder de Četniks te tellen. We schopten tegen de doden en doorzochten hun zakken op munitie.

Damir leerde me een kalasjnikov demonteren en weer in elkaar zetten. Voorhout, gasbuis, poetsstok, grendel (zuiger eerst), kast, magazijn.

'Functietest!' Dat betekende dat je het geweer ter controle moest doorladen, de laatste stap van het weer in elkaar zetten, maar iedereen die de test uitvoerde riep het triomfantelijk, een strijdkreet die voorafging aan de eerste geweersalvo's. Het schoonmaken was een protocol dat altijd volgens dezelfde stappen verliep en ik putte troost uit die routine.

De oudere mannen lieten me de wacht houden terwijl zij tussen de middag aten. Omdat ik te klein was om staande op de grond door het raam te richten, klom ik op het raamkozijn en ging daar op mijn knieën zitten. Ik schoot op alles in camouflagekleuren dat in het schoolgebouw aan de overkant of buiten op de begane grond aan de overkant van de straat bewoog, sprong dan snel op de grond en dook in elkaar voor het geval een van de Četniks helder genoeg was om direct terug te schieten. Bij elk schot stelde ik me voor dat ik de soldaat met de bruine tanden neerknalde, degene die mijn vader lachend een klap tegen zijn knieholte had gegeven. Ik genoot van de kracht die via het magazijn van het wapen direct mijn eigen bloedbaan in leek te stromen.

De bezetting door de Četniks was een precair evenwichtsspel. In hun voortdurende staat van dronkenschap hadden ze tot nu toe genoeg bevrediging gevonden in verkrachting en plundering en hun genocidale lusten uitgeleefd met het neerknallen van schuilhuisstrijders en incidentele moordpartijen op doorreizende automobilisten zoals mijn ouders. Het risico dat ze te veel van ons zouden doden en zo hun gratis maaltijden van de VN zouden mislopen, weerhield hen van grootschaliger aanvallen. Maar het JNA rukte steeds verder op en stuurde versterking, mannen die nog niet op het dorpje uitgekeken waren en zich niet tevredenstelden met makkelijke vuurgevechten vanuit het schoolgebouw. Ze kregen een salaris, hadden een uniform, betere wapens en een functionerende commandostructuur. En ze waren relatief nuchter. Klaar om aan te vallen.

Ik zat met de Terminator bij het zolderraam op de uitkijk toen we een stoet gepantserde voertuigen aan zagen komen, een stuk of tien, al was het lastig te zeggen door de bocht in de weg. De wagens waren groen, geen VN-auto's, en toen ik opkeek naar de Terminator, stond hij driftig te gebaren. Ik stoof de zolder over om Stallone te halen, die bij het zien van de gebaren van zijn broer riep: 'Tering! Het JNA! Ze zijn al in de straat!' De wagens waren nu dichterbij zodat ik de Joegoslavische rode ster op de portieren kon zien.

'We moeten hier weg!' zei de commandant, en iedereen die nog geen geweer had holde naar het hoedenrek voor de reserve-exemplaren. Toen ik me omdraaide naar de commandant voor verdere instructies, klonken er beneden schoten, een klap van brekend glas en geschreeuw van de bewakers bij de voordeur.

'Daar zijn ze al,' zei Stallone.

We vlogen weg – de gammele trap aan de achterkant van het huis af en door de achterdeur naar buiten, over de uitgeharde modder in het steegje achter de markt, de korenvelden in. De stengels knikten om onder hun rottende volle aren die door de boeren in de steek waren gelaten toen de bombardementen waren begonnen, maar zelfs in die gebogen stand waren ze nog langer dan ik, waardoor ik aan alle kanten alleen maar eindeloos veel koren zag. Ik vroeg me af waar Stallone was gebleven. Vanuit een rij naast me kwam Damir aanrennen.

'Je bent snel, meisje,' zei hij toen hij bij me was, 'maar je hebt geen gevoel voor richting.' Hij greep de capuchon van mijn trui en sleurde me met een ruk naar links met zich mee. De kolf van mijn geweer sloeg bij het lopen een blauwe plek tegen mijn achterbeen.

Er kwam nu ook van de andere kant van het veld een troep JNA-voetsoldaten op ons af. Het waren er minstens twintig en ze renden in gesloten, pijlvormige formatie. Ik verstijfde en bleef roerloos staan toekijken hoe ze de meters tussen ons dichtten – honderd, vijfenzeventig, vijftig – maar Damir duwde me vooruit en opende het vuur op hen. Vanuit mijn ooghoek zag ik hem vallen, maar hij riep: 'Doorlopen!', dus ik maakte een scherpe bocht naar het midden van het veld en rende door. De wind sloeg fris en hard in mijn gezicht – ik kreeg een loopneus en mijn ogen traanden. Ik haalde mijn mouw over mijn gezicht en bewoog mijn benen nog sneller tot ik de grond niet langer voelde, tot de zwaartekracht van de zolen van mijn sneakers afgleed.

    Midden in het veld wierp ik mezelf onder een tractor. Ik rolde me tot een compact balletje en sloeg mijn handen voor mijn gezicht. Van alle kanten klonken schoten en geschreeuw en ik probeerde stemmen te herkennen. Ik dacht aan Damir en wachtte tot ik overmand zou worden door het vertrouwde gevoel van verdriet, maar werd enkel bevangen door woede. Met één hand tastte ik over de grond naar mijn geweer en voelde het tot mijn opluchting naast me.

'*Viči ako možeš!*' Laat je horen als je kan. De roep weerklonk door het dorp toen de overgebleven schuilhuisbewoners de velden doorzochten op overlevenden.

    'Viči ako možeš!' Afgezien van de zoekkreet was het griezelig stil op dat vreemde moment van de vroege avond als de zon al is ondergegaan maar het wel nog lichter is dan donker. Ik liet mijn handen over mijn gezicht en lichaam gaan om te controleren hoe ik ervoor stond en bleek ongelofelijk genoeg ongedeerd, op het bloed op mijn polsen na waar de laatste prikkeldraadwondjes weer opengegaan waren toen ik me had laten vallen. Ik bleef liggen luisteren of ik JNA-geluiden hoorde en keek of ik legerkistjes voorbij zag komen. Maar er gebeurde niets, dus duwde ik mezelf op mijn ellebogen onder de tractor vandaan. Ik bedacht dat ik nog nooit een tractor van dichtbij had gezien en bleef me even verwonderen over de grootte ervan, het wiel alleen al was groter dan ik, totdat het opnieuw klinken van de zoekkreet me weer in de soldatenstand deed schieten.

    Ik holde via dezelfde route terug als ik gekomen was, op zoek naar Damir, tot ik bij een groepje schuilhuisbewoners kwam die gehurkt om een lichaam zaten waarvan ik wist dat het het zijne moest zijn.

'Indy!' riep Bruce Willis toen hij me opmerkte. 'Niet doen! Niet kijken. Ga naar huis en zeg dat Drenka een bed voor hem moet opmaken.'

'Ze kan niet praten,' zei Snake.

'Dan moet ze het goddomme maar met gebaren duidelijk maken. Schiet op!'

Ik ging op mijn tenen staan om een glimp van Damirs gezicht op te vangen en te zien of Bruce een bed voor een zieke of een dode bedoelde. Maar Damir werd aan het zicht onttrokken door de mannen om hem heen.

'Hé!' zei Bruce, en ik draaide me weer naar hem om. 'Hou dat geweer voor je, in elk geval tot je het veld uit bent.' Ik knikte, trok de kalasjnikov over mijn hoofd en verstelde de in elkaar gedraaide riem over mijn schouder.

Damir had gelijk, mijn richtingsgevoel sloeg nergens op en nu de mannen me weggestuurd hadden van het pad in de richting van het schuilhuis, was ik mijn referentiepunt kwijt. Ik liep een rij korenaren voorbij, maar dat leek me alleen maar dieper het veld in te brengen. Voor me meende ik geritsel te horen. Ik had het wapen zo vaak schoongemaakt dat het doorladen meer een kwestie van spiergeheugen was dan een bewuste actie. Ik trok de spanhendel langs de kast naar achteren, liet hem los en hoorde een patroon in de kamer klikken. Degene die in de buurt was moest het ook hebben gehoord, want er klonk weer geritsel en daarna het onmiskenbare geluid van geren op kistjes. Ik probeerde Stallone te roepen, maar kreeg geen geluid uit mijn keel.

Toen hij de bocht om kwam, verstijfde ik. Het was Stallone niet. De man keek over zijn schouder achterom maar kwam recht op me af gerend. Hij had een slordige baard en droeg een groene jas zonder JNA-insignes. Toen hij zijn hoofd eindelijk omdraaide en mij zag, waren we zo dichtbij dat we elkaar hadden kunnen aanraken. Hij schrok zichtbaar van mijn formaat en mijn wapen. Ik voelde dat hij me opnam en probeerde te beslissen wat hij moest doen en heel even zag ik zijn aarzeling. Toen was die voorbij. Hij bewoog zijn hand naar achteren om zijn wapen te pakken en ik kneep mijn ogen dicht en haalde de trekker over.

De man lag te kronkelen op de grond en maakte een geluid alsof hij stikte. Ik had hem in zijn bovenbuik geraakt of misschien tussen zijn ribben. Hij was waarschijnlijk maar een paar jaar ouder dan Damir, rond zijn jukbeenderen zaten nog littekens van acne.

Het bloed kwam door zijn shirt heen en vormde een plas op de grond. Maar hij was nog bij, ogen wijd opengesperd en boos en verward. Hij probeerde iets te zeggen maar het klonk onduidelijk, en ik verstond hem pas toen hij stopte met zijn verhaal en alleen maar steeds 'alsjeblieft' bleef herhalen.

Ik wist niet wat ik moest doen en stapte daarom over hem heen en sloop door het koren, op zoek naar een weg terug naar huis.

In de keuken riep ik Drenka, maar mijn stembanden kraakten van de onwennigheid van het gebruik. Ze draaide zich om en keek me aan om te bepalen of ik echt had gesproken. Ik zag haar ogen ergens blijven hangen en besefte dat ik onder het bloed zat, een beetje van mijn polsen maar het meeste van de soldaat. Ik hoestte en probeerde weer te praten en deze keer klonk mijn stem krachtiger. 'Damir is gewond.'

Ze sprong op van haar stoel. 'Waar is hij?'

'Het JNA. Ze hebben hem te grazen genomen.' Mijn keel

brandde. 'Hij wordt hierheen gebracht door de anderen. Ze zeiden dat u klaar moest staan.'

'Klaarstaan? Wat betekent dat?'

'Weet ik niet.'

Drenka zei dat ik me moest uitkleden. Ik deed haar nachtjapon aan en zij wrong het bloed uit mijn kleren in een emmer op de keukenvloer.

Damir was in zijn dijbeen geraakt en de kogel zat er nog in. Ze moesten hem met twee man dragen omdat ze zijn been recht probeerden te houden. Toen ze hem op bed legden, kon ik niet zien of hij nog leefde of niet. Maar toen Drenka zijn broekspijp afknipte en alcohol over de wond goot, schoot hij schreeuwend wakker.

'Goddank,' zei ik. Bruce Willis staarde me aan en probeerde zijn verbazing dat ik praatte te verbergen.

De Brucen bleven een paar uur bij ons en zeiden steeds weer tegen Drenka dat alles goed zou komen met Damir. De commandant zat al achter de radio om een dokter uit een naburig dorp te laten komen, zeiden ze. Ik moest denken aan de soldaat die ik had neergeschoten en vroeg me af of hij gered was of nog steeds in het veld lag dood te bloeden.

Damir kreunde en zweette in zijn slaap. Drenka en ik bleven de hele nacht bij hem waken in afwachting van de dokter. Hij mompelde onophoudelijk over zijn opa en watermeloen, terwijl Drenka zijn hoofd in haar handen hield en teugjes rakija in zijn mond goot.

'Luister,' zei ze de volgende ochtend tegen me, terwijl ik mijn geweer over mijn schouder hing en een dubbele knoop in mijn schoenveters legde. 'Als je zegt waar je vandaan komt, kan ik je helpen terug te keren. Er zit vast iemand op je te wachten.' Ik keek haar aan vanaf de andere kant van de tafel tot ze weer begon te ijsberen. Ik probeerde me voor te stellen hoe het zou zijn als de dokter voor onze ogen Damirs been zou moeten afzagen, daar in zijn eigen bed. Ik dacht aan Luka die op de deur van onze flat klopte, aan zijn ongeduld en ongerustheid over de stilte aan de andere kant. Het glimmende rood van zijn fiets flitste voor mijn ogen langs. Ik dacht aan de man die ik had neergeschoten, maar had niet echt spijt. Ik ging naar het schuilhuis.

Er stond niemand op wacht bij de voordeur. Binnen was alles kort en klein geslagen. De posters waren van de muur getrokken, de hoekjes klampten zich nog koppig met hun plakband aan het cement vast. Gotovina's stoel was zo te zien in brand gestoken. Ik rende naar boven, waar ik de commandant aantrof die een noodsignaal uitzond via onze radio. Afgezien van de Brucen en een van de Turtles was er niemand.

'Stallone?' wist ik ternauwernood uit te brengen. Mijn stem werkte nog niet helemaal mee. De commandant keek geschrokken, maar herstelde zich snel.

'Velen zijn er goed vanaf gekomen. Ze zijn naar huis om een dag of twee te herstellen.'

'Stallone?' zei ik nog eens, want dat de commandant mijn vraag omzeilde was me niet ontgaan.

'Stallone wordt vermist,' zei hij. 'Zijn broer is hem aan het zoeken.' Ik bleef als aan de grond genageld staan. De kracht die ik de afgelopen maanden had opgebouwd was in één klap weer verdwenen, alsof hij door mijn voeten was weggestroomd. 'Maak je daar nu maar geen zorgen over. Vertel me hoe het met Damir is.'

Ik vertelde dat Damirs been dik en opgezwollen was en dat

er geel spul uit lekte. 'Hij heeft hulp nodig,' zei ik. 'Hij droomt over zijn overleden opa.'

'Ga naar huis, Indy. Je moet nu voor Drenka zorgen. De dokter kan elk ogenblik komen.' Ik verroerde me niet, wat de commandant als ongehoorzaamheid opvatte. 'Dat is een bevel,' zei hij, dus sprak ik mezelf moed in en vertrok.

De gordijnen op Damirs kamer waren dicht en hij bewoog even toen ik op de rand van zijn bed de borgpal van het voorhout van mijn wapen heen en weer zat te draaien.

'Bijna net zo goed als een jongen,' zei Damir, die heel even uit de mist van koorts en rakija ontwaakte. Uit zijn mond was dat een compliment. Maar zijn been was twee keer zo dik als normaal en etterde. Ik liet het geweer tegen de boekenkast geleund staan en keerde terug naar mijn plekje op de keukenvloer.

Ik overwoog Drenka het hele verhaal te vertellen over waar ik vandaan kwam en wat er was gebeurd, maar ze zat beddengoed tot repen verband te scheuren en had genoeg aan haar eigen zorgen. Net toen ik begon te denken dat ik genoeg moed verzameld had om mijn mond open te doen, verscheen er boven me voor het keukenraam een bleek gezicht. Ik sprong met een gil overeind.

'Psst, Indy. Doe open!' fluisterde het gezicht door het raam. Ik keek nog eens en herkende de uitpuilende ogen nu wel. Ik haalde de deur van de grendel.

'Hoe is het met hem?' vroeg de commandant.

'Hij leeft,' zei ik.

'O gelukkig, Josip, daar ben je,' zei Drenka vanuit de gang. Het was de eerste keer dat ik iemand de commandant bij zijn naam hoorde noemen. Haar gezicht betrok toen ze de hoek om kwam. 'Waar is dokter Hožič?'

De commandant sloeg zijn ogen neer. 'We... eh... we kunnen hem niet vinden.'

'Hoe bedoel je? Je zou... je zei dat de dokter zou komen.'

'Het laatste bericht was dat hij in Blato was, maar dat is al een paar dagen geleden.'

'Nou, dan zou hij hier toch snel moeten kunnen zijn?'

'Drenka.' De commandant klonk nu bijna teder. 'We kunnen niet wachten.'

De commandant drong zich langs ons heen en begon met veel kabaal lades en deurtjes open en dicht te smijten, stak zijn hoofd in kastjes. Toen hij weer tevoorschijn kwam, had hij een aardappelschilmesje en een slatang in zijn hand. 'We moeten hem eruit halen.' Drenka viel op de dichtstbijzijnde stoel neer en de commandant keek mij aan. 'Kun je water voor me koken?' zei hij.

De schreeuw die uit Damir kwam, was niet menselijk – een keelklank waarin nog meer wanhoop doorklonk dan in de kreten in het bos. Ik stond in de deuropening van zijn slaapkamer toe te kijken terwijl ik tegelijkertijd probeerde niet te kijken hoe Drenka Damirs armen tegen het bed gedrukt hield en de commandant in het kaarslicht over Damirs been gebogen stond. Ik sloeg mijn handen tegen mijn oren en rende terug naar de keuken om meer water te koken.

De jerrycans waren zo goed als leeg. Zou ik naar de pomp rennen of wachten om te zien of ik hier nodig was? Maar al snel kwam de commandant naar de keuken. Hij wees naar het resterende water en ik goot het over zijn bebloede handen boven de gootsteen. Hij veegde ze droog aan zijn spijkerbroek en ik keek toe en wachtte op de volgende opdracht. Het enige wat de commandant echter deed was zijn hand op mijn schouder leggen.

'Het komt goed, Indy,' zei hij, al keek hij me niet aan. 'Je bent hier nu niet meer nodig. Goed gedaan.' Hij duwde zijn bril omhoog op zijn neus en liep de nacht in.

Ik viel op de grond in slaap en werd wakker van de kou. Ik kwam overeind en glipte Damirs kamer binnen waar Drenka op een stoel dicht naast zijn bed zat te slapen. Ze zag er opeens veel ouder uit. Haar huid stak vaalgeel af tegen de warme kleuren van de sjaal om haar hoofd. Ik streelde met mijn vingers zacht over haar arm en ze schoot wakker.

'Zagreb,' zei ik. Ze keek me verward aan. 'Ik kom uit Zagreb.' De naam van mijn stad voelde vreemd.

Drenka kwam stram overeind en strompelde met me naar de bank. 'Goed,' zei ze, en ze dekte me toe met een deken. 'Goed.'

3

Het nieuws over Damir ging van mond tot mond en de volgende dag kwamen de vrouwen uit het dorp hun hulp aanbieden. Ze brachten soep, handdoeken, jampotten met rakija en oorlogskoeken: platte, harde schijven gemaakt met een kwart van de gebruikelijke hoeveelheid gist en zonder suiker. Ik zat in mijn hoekje en probeerde nieuws op te vangen over andere gewonden uit het schuilhuis, maar sinds ik weer sprak was Drenka ertoe overgegaan in mijn aanwezigheid alleen nog te fluisteren en de andere vrouwen volgden haar voorbeeld. Ik had gedacht dat ze het eindeloos over de recente gebeurtenissen zouden hebben en plannen zouden maken voor het geval het JNA zou terugkomen, maar in plaats daarvan voelde ik hun zijdelingse blikken op mij en zag ik verkreukelde dinarbiljetten van hand tot hand gaan.

Bij zonsondergang telde Drenka het geld. Ze pakte de laatste twee hardgekookte eieren die nog over waren van de kippen en stopte ze samen met een kapje brood in een plastic zak, die ze stevig dichtbond. Ik begreep dat we weggingen. Ze gaf me mijn oude t-shirt, dat ik aantrok met daarover de trui die Damir me had gegeven.

Terwijl Drenka haar schoenen aandeed, liep ik naar Damirs kamer. 'Dank je wel,' zei ik in het donker. Damir mompelde iets en bewoog alsof hij op zijn zij wilde gaan liggen, maar ze hadden zijn been vastgebonden op het bed en hij gaf het zonder veel tegenstribbelen op. 'Welterusten,' zei ik, en ik trok de deur achter me dicht.

De hemel was zwart en winters met hier en daar rookvegen van een vroege aanval. Ergens anders zou het misschien zelfs mooi zijn geweest. Drenka hield mijn hand vast en met onze ogen op de grond gericht om elke voetstap weldoordacht te kunnen zetten, staken we het hoge gras door naar het buurhuis. Op de oprit stond een vaalblauwe auto, de enige auto die ik zover ik me kan herinneren ooit in het dorp heb gezien. Drenka klopte een onregelmatige roffel op de voordeur en in het raam boven verscheen een lantaarn. Een meisje iets ouder dan ik duwde het raam open, gooide een sleutelbos naar beneden en trok snel de luiken dicht. Drenka zette de auto in zijn vrij en liet hem de oprit af en de straat op rollen. Met uitgeschakelde koplampen reden we het dorp uit. Het luchtalarm loeide kort ten afscheid toen we de grote weg op reden waar ik vandaan was gekomen en ik trok de capuchon van Damirs trui over mijn ogen, bang om de auto van mijn ouders te zien, de soldaten of de geesten uit het bos.

De bus stond al met lopende motor bij de halte. Pufjes uit de uitlaat tekenden zich scherp af tegen de koude lucht. Drenka gaf me de tas en hielp me de treden op. Binnen rook het naar bedorven vlees en ik onderdrukte de neiging tot kokhalzen. Aan de buitenkant zag de bus eruit als een gewone streekbus, net zo een als die die 's zomers van Zagreb naar de kust reden, maar nu zag ik de stapels camouflagerugzakken op de eerste drie rijen stoelen, de chauffeur die deels in politie-uniform was en het geweer dat prominent aan het dashboard bevestigd was.

'Ze moet naar Zagreb,' zei Drenka, en ze overhandigde hem het eerste bundeltje dinars. 'Zorg ervoor dat ze bij het overstappen de goede bus neemt.' Ze gaf hem het andere bundeltje en streek met een paar vingers over mijn wang voordat ze weer op de grond sprong. Ik ging naast een man in een Kroatisch politie-uniform zitten. De motor loeide, we schoten vooruit en met haar sjaal voor haar gezicht tegen de wolk van uitlaatgassen keek Drenka de vertrekkende bus na.

Achter me loste het dorp op in de horizon. Ik drukte mijn hoofd tegen het raam en voelde de trillingen van de motor via het raam tot hoog in mijn schedel dringen. Ik had nooit te horen gekregen hoe het dorp dat me had opgenomen heette en probeerde in het donker een bord met een plaatsnaam te ontdekken. Ik vroeg me af of ik het zou kunnen terugvinden, als ik dat zou willen, het zou herkennen bij het zien ervan of het in mijn buik zou voelen.

'Achterin liggen lijken.'

'Wat?' Ik keek op naar de soldaat naast me. Hij was jong en had rood haar en een rij puistjes langs zijn kaaklijn.

'Lijken. Op de achterste rijen. Doden.'

'Waarom vertel je haar dat nou?' zei de soldaat aan de andere kant van het gangpad.

'Het is waar!'

'Maar 't is nog maar een kind. Een méísje.'

'Ze draagt legerkleding,' zei hij, en hij wees naar Damirs kleren. 'Je bent er zo eentje uit dat schuilhuis, hè? Ik heb veel over jullie gehoord.'

'Ze is hooguit acht!'

'Nou en?' zei de eerste soldaat.

'Voorhout, gasbuis, poetsstok, grendel, kast, magazijn. Functietest,' zei ik.

De soldaten zetten grote ogen op, alleen die naast me reageerde luchtig. 'Zie je wel? Maar goed…' Hij wendde zich weer tot mij. 'Daar achterin liggen allemaal lijken. Hopelijk halen we het noorden voordat de stank echt niet meer te harden is.'

'Hou je nou op?' zei de andere soldaat.

'Ze is allang geen klein kind meer.' Hij rustte zijn hoofd tegen de stoel en deed alsof hij sliep. De rest van de nacht negeerde hij ons allebei.

De volgende ochtend werd ik in Zagreb wakker zonder herinnering aan een overstap. Het was warm voor de tijd van het jaar, de winterzon stond laag en scheen fel. Ik trok mijn trui uit en propte hem in Drenka's tas. Met half dichtgeknepen ogen stond ik verdwaasd op het vieze parkeerterrein van het busstation. Ik verliet het via het gaashek voor personeel om de mensenmenigte in de stationshal te vermijden en bereikte via een steegje Avenija Marina Držića.

Zagreb zag er betrekkelijk ongeschonden uit en de omvang en drukte overweldigden me. Ik was de continue beweeglijkheid van de stad ontwend. Ik zag gezinnen in kaki kleding en op glimmende schoenen en besefte dat ze vermoedelijk uit de kerk kwamen, dat het zondag was. Het gegeven van tijd opgedeeld in weken van zeven dagen deed bijna vreemd aan, alsof ik nooit volgens de kalender had geleefd. Ik vroeg me af hoelang ik weggeweest was, of ik kerst soms gemist had. Ik dacht aan school en constateerde onthutst dat iedereen die ik kende ongetwijfeld zijn gewone leven had voortgezet zonder mij.

De stad die ik ooit mijn thuis genoemd had en bij mijn vertrek beschouwd had als oorlogsgebied, voelde nu als het een noch als het ander. Het was alsof heel Zagreb opnieuw was ingekleurd in fellere tinten en alle ruiten extra glimmend waren gemaakt.

Ik keek naar een gezin dat de straat overstak, stond iets te lang naar hen te staren en de moeder wierp een boze blik op mijn vieze T-shirt, uit de hoogte, zoals je naar bedelende zigeuners kijkt. Even miste ik mijn geweer, alleen al het in handen hebben zou haar ervan hebben weerhouden zo naar me te kijken, maar ik schaamde me meteen voor die gedachte. Ik moest nodig verder. Ik ging naar Luka's huis.

Toen ik aanbelde, deed Luka open. Zijn gezicht lichtte op met een zeldzame, ongebreidelde lach. Hij nam met een sprong alle treden tegelijk en overstelpte me met vragen naar waar ik al die tijd had gezeten. Ik voelde mijn keel verschrompelen en dichtklappen. Ik was bang dat mijn stem me zou verraden of zoals eerder compleet in de steek zou laten.

Luka praatte aan een stuk terwijl hij de trap terug naar zijn voordeur beklom, maar ik merkte dat mijn voeten dienst weigerden. Hij draaide zich naar me om, wilde me aansporen op te schieten en ik zag zijn gezicht veranderen op het moment dat hij vermoedelijk pas echt goed naar me keek. De ernst keerde terug in zijn ogen toen hij de vlekken op mijn shirt registreerde.

'Waar zijn je ouders, Ana?' zei hij.

'Thuis,' loog ik met bevende stem, maar hij keek me zo doordringend aan dat ik in tranen uitbarstte. Ik voelde mijn knieën week worden en hij trok mijn arm over zijn schouder en leidde me de trap op naar zijn kamer, waar hij me op de rand van het bed zette.

'Trek uit,' zei hij met een knikje naar mijn shirt.
'Nee.'
'Trek uit!'

Ik trok met een ruk het shirt over mijn hoofd en hij stak met afgewend gezicht zijn hand uit. Ik gaf het aan hem en hij liet het op de grond vallen. Toen graaide hij in zijn eigen kast tot hij een geschikte vervanging had gevonden.

'Wacht hier,' zei hij. Ik hoorde hem zijn moeder roepen.

Luka kwam terug, gevolgd door zijn moeder. Hij pakte mijn bebloede shirt van de grond en gaf het aan haar. In het dorp had ik niet een keer gehuild, maar nu ik eenmaal was begonnen, bleek het niet eenvoudig weer te stoppen. Ik huilde zo hard dat ik een bloedneus kreeg. Luka en zijn moeder zaten naast me terwijl ik op mijn buik op de grond lag en de polen van de vloerbedekking zo strak om mijn vingers wikkelde dat mijn handen begonnen te tintelen. Elke keer als een van hen me wilde aanraken, schudde ik me los, maar uiteindelijk werd ik moe en toen Luka's moeder haar hand weer uitstrekte liet ik haar begaan. Het gewicht van haar handpalm rustte stevig op mijn onderrug en toen mijn tranen opraakten, viel ik in slaap.

Ik werd wakker op de grond en keek door het dakraam van Luka's kamer naar de ochtend. Luka's moeder zat in een schommelstoel te slapen en Luka lag in zijn bed dat tegen de tegenoverliggende muur stond. Mijn ogen en keel waren opgezet en reageerden traag. Ik stond op en Luka's moeder bewoog en schoot wakker toen haar voorhoofd langs de muur schuurde. Ze keek vragend naar me, niet alsof ze me niet herkende, maar alsof ze zich niet kon herinneren waarom ik me om zes uur 's ochtends onder de bloedvlekken en met opgezwollen ogen in haar huis bevond. Ze wreef over haar slapen. Ik liep achter haar aan naar de keuken beneden.

Ik ging op een kruk bij het aanrecht zitten en keek toe terwijl ze heen en weer schoot tussen de koelkast en het fornuis.

'Je hoeft me geen details te vertellen.' Ze sprak behoedzaam. 'Maar om je te kunnen helpen moet ik bepaalde dingen weten. Zullen we het eerst gewoon proberen met ja-nee-vragen?'

Ik knikte.

'Goed. Jullie gingen naar Sarajevo?'

Ik knikte weer.

'Hebben jullie Sarajevo bereikt?'

Ik knikte.

'Is alles goed met Rahela?'

Ik knikte en hoopte dat het klopte.

'Dus op de terugweg?' vroeg ze voorzichtig.

Ik verroerde me niet.

'Waren er soldaten?'

Ik knikte.

'Hebben ze je pijn gedaan?'

'Nee,' zei ik.

'Hebben ze je ouders pijn gedaan?'

Ik keek strak voor me uit.

'Is alles goed met je ouders?'

Ik keek nog strakker voor me uit.

'Komen ze binnenkort terug?'

'Nee.'

'Komen ze… komen ze überhaupt terug?'

Ik schudde mijn hoofd. Luka's moeder ging zitten en maakte een gek keelschrapend geluid.

'Wat moet ik doen?' fluisterde ze. Ze vroeg het zichzelf,

dus ondernam ik geen pogingen te antwoorden. Even later kwam Luka's vader gehaast de trap af terwijl hij de speldjes op zijn uniform ordende. Zijn borstelige wenkbrauwen schoten omhoog toen hij me zag.

'Lang niet gezien, meiske,' zei hij. Zijn ogen bleven haken bij mijn bloederige neus en hij wendde zich tot zijn vrouw. 'Alles in orde?'

'Nee,' zei ze. 'Zeker niet.'

'Zal ik haar ouders bellen?' Hij maakte aanstalten om het telefoonboek te pakken, maar Luka's moeder schonk hem zo'n veelzeggende blik dat hij inhield. Hij zuchtte, bevochtigde toen een servetje en veegde het aangekoekte bloed onder mijn neus weg.

'Bel Petar,' zei hij. Hij pakte zijn sleutels en ging ervandoor om de nieuwste rekruten te gaan trainen.

Luka's moeder verwarmde water op het fornuis dat ik meenam naar de badkuip en uitstortte over mijn hoofd. Het was warm genoeg en ik schrobde mezelf schoon tot het water aan mijn voeten grijs was.

Luka ging die dag niet naar school en we speelden kaartspelletjes op de keukenvloer. Luka's moeder zat de hele dag te bellen, sprak zachtjes in de hoorn terwijl ze het gedraaide telefoonsnoer om haar vinger wond waardoor het nog meer in de knoop raakte.

'Petar komt je morgen halen,' zei ze, toen ze kort voor het avondeten voor de laatste keer had opgehangen.

'Kan ik niet gewoon bij jullie blijven?'

'Je bent altijd welkom, lieverd. Maar Petar is je peetvader, dus wettelijk gezien…'

'Ik weet het,' zei ik. Ik voelde me rot dat ik het had gevraagd.

Die nacht sliepen Luka en ik in zijn bed. Ik vond het fijn dat hij naast me lag, maar het matras waar ik altijd jaloers op was geweest voelde kil en ongastvrij en ik had heimwee naar mijn bank. Luka sloeg een arm om me heen en zei: 'Dus?' en ik vertelde hem de meest complete versie van het verhaal die ik kon opbrengen, zoals ik het niet aan zijn moeder of ooit aan iemand anders zou kunnen vertellen. Ik vertelde hem over de wegversperring en het bos en hoe mijn vader en ik de soldaten voor de gek hadden gehouden, over de mensen in het schuilhuis en hun aanvoerder met de uitpuilende ogen die me de naam Indiana had gegeven. Ik vertelde hem over Damir, de bus vol lijken, tot aan het moment dat ik bij hem voor de deur had gestaan. Ik vertelde hem over mijn geweer.

'Voorhout, gasbuis, poetsstok, grendel, kast, magazijn. Functietest,' herhaalde Luka, en hij deed mijn handgebaren na.

'Je leert snel.'

'Heb je ook iemand gedood?'

De soldaat in het veld was het enige wat ik hem niet had verteld. 'Ik weet het niet,' zei ik, wat strikt genomen waar was.

We vielen allebei weer stil, maar ik voelde dat hij nog wakker was en we bleven samen met wijd open ogen en blind in het donker naar de *bura*-wind liggen luisteren.

Petar had gebeld om te zeggen dat hij onderweg was. Luka's moeder ging met een stofdoek van kamer naar kamer en was druk aan het redderen. Ik liep achter haar aan.

'Wat is er?' zei ze.

'Ik moet mijn shirt hebben.'

'Ik geloof niet…'

'Alstublieft.'

Het shirt lag onder in haar bureaula en ze pakte het, alsof ze had geweten dat ik erom zou vragen.

'Maar misschien kun je het beter niet aantrekken,' zei ze, toen ze het me gaf. Ik knikte en stopte het in de plastic zak waarin ook Damirs trui zat. Mijn shirt was inmiddels al door verschillende handen gewassen, maar de vlekken waren gebleven.

Petar zag er getraind uit dankzij zijn tijd in het leger. Zijn kort geschoren haar was aan het uitgroeien en zijn arm zat in een beugel van stevig plastic, wat naar ik aannam de reden was dat hij alweer thuis was. Hij zakte op een knie om me te omhelzen en leek me niet meer los te willen laten, want hij tilde me met zijn goede arm op en hield me tegen zich aangeklemd tot we buiten bij de auto waren.

Luka's moeder stond met haar armen over elkaar geslagen tegen de kou in de deuropening.

'Dank je wel,' zei Petar tegen haar.

'Dank u wel,' zei ik.

Petar zette me op de achterbank naast een stapeltje van mijn kleren, schoolboeken en de reservesleutels van onze flat. Mijn fiets, zei hij, zat in de achterbak. Ik zou vanuit hun huis naar school kunnen fietsen. Hij had mijn fietsslot moeten openknippen, maar had ook een nieuw slot gekocht, een cijferslot. Hij frunnikte er een tijdje aan, draaide met zijn dikke duimen aan de cijfers voordat hij het aan mij gaf.

'Weet jij hoe dit werkt?'

'Niet echt,' zei ik.

Hij wendde zijn blik af. 'Ik ook niet.'

Marina zat op de stoep voor hun gebouw op ons te wachten. Ze wenkte me naar zich toe en toen ze me in haar armen sloot, voelde ik haar tranen in mijn nek.

'Niet huilen,' zei ik, waarop ze alleen maar harder ging huilen.

'Kom, we gaan naar binnen,' zei Petar. Hij gaf mijn kleren aan Marina en droeg me het huis in.

4

Bij Petar en Marina vulde het verdriet de kamers, was in huis aanwezig als een vierde persoon. Een week lang vroeg Petar me elke avond kalm wat er was gebeurd, maar het voelde nog steeds vreemd om te praten. Op een gegeven moment raakte zijn geduld op en rammelde hij me ten einde raad aan mijn schouders door elkaar. Het deed geen pijn, maar hij schudde hard genoeg om me bang te maken. Verontschuldigingen mompelend liet hij me weer los en sloeg zijn hand om zijn gewonde arm.

'Het spijt me. Ik moet het gewoon weten. Ik kan het niet níét weten.'

Het was nog niet bij me opgekomen dat Petar en Marina rouwden om het verlies van hun beste vrienden, dat ze dezelfde pijn voelden als ik en dat besef hielp me enigszins over mijn angst heen. Ik vertelde hem over de kliniek van MediMission en de wegversperring en hoe ik in het dorp in het dal verzeild geraakt was. Ik zei niets over het schuilhuis, maar Petar had zijn antwoord en drong niet verder aan op een verklaring van waar ik al die tijd had gezeten.

Ik ging weer naar school, maar ook daar zweeg ik, alleen voor Luka maakte ik een uitzondering. Hij was in mijn nabijheid altijd ernstig en slaagde erin om, afgezien van een enkele uitglijder, alles wat wees op vreugde in het leven dat zonder mij was doorgegaan te verbergen. Maar Petar had mijn docenten verteld wat er was gebeurd en klasgenoten hadden dingen opgevangen in de wandelgangen. Iedereen wist het. Ik kreeg mijn eigen onbetwiste beurt op de generatorfiets.

Het sneeuwde. Maar de opwinding die normaal gesproken bij sneeuwval door de stad gonsde, werd getemperd door de rook van luchtaanvallen en strengere rantsoeneringen. De winter was altijd mijn lievelingsjaargetij geweest. Ik vond het heerlijk om met een beker glühwein en een kielbasaworst over het Jelačićplein te lopen en te kletsen met de kraamhouders die uit hout gesneden bootjes en kruisbeelden verkochten. Op oudejaarsavond was het er ook geweldig, wanneer ik op de schouders van mijn vader zat en iedereen luid zingend Romeinse kaarsen op het plein gooide. In het dorp waren de feestdagen ongemerkt voorbijgegaan. Als ze die in Zagreb dat jaar wel hadden gevierd, was daar tegen de tijd dat ik er weer was in elk geval niets meer van te zien. Ik herinner me niets van die januaridagen behalve de melodielijn van een driekoningenlied, spookachtig en in mineur, die steeds weer opklonk uit een draaiorgel uit een ander tijdperk.

Petar en Marina hadden een nieuwe hobby: ruziemaken. Ik had hen nooit eerder zo meegemaakt, zo beschuldigend en aanvallend naar elkaar. Petar ging niet langer naar de kerk, Marina ging vaker. Petar zat uren te roken en fluisterende telefoongesprekken te voeren, Marina stopte al haar nerveuze energie in het huishouden, om precies te zijn in het schrobben van met name tegelvoegen. Ze drong er bij Petar op aan iets productiefs te gaan doen, waarop hij steevast naar de hoorn wees en zich afwendde, met één hand over zijn telefoonvrije oor om haar buiten te sluiten.

Petar begon me uit te horen over MediMission. Veel wist ik niet, alleen dat Rahela in Philadelphia in een ziekenhuis speciaal voor kinderen was en dat haar pleegouders door de organisatie waren toegewezen. Mijn ouders hadden hen nooit gesproken en ik wist niet hoe ze heetten.

'Dat is alles wat ik weet,' zei ik. Ik was deze gesprekken beu.

'Denk er nog maar eens goed over na. Misschien schiet je nog iets nuttigs te binnen.'

'Nuttig waarvoor?'

's Avonds waren ze verdrietig, wat veel erger was dan het geruzie. Marina sprak zacht en onverstaanbaar, maar Petars schorre stem drong duidelijk genoeg door de muur.

'Klootzakken. Wat moet ik nou doen?' Marina antwoordde zacht en de bedveren piepten. 'Waar zou ik goddomme voor moeten bidden?' zei hij, terwijl een van hen het lampje uitknipte.

Op een zaterdag had Marina hem murw gepraat en stemde Petar ermee in naar de kerk te gaan, 'alleen om de doden te eren'. Afgezien van diensten voor overleden familie en feestdagen was ik met mijn ouders niet vaak naar de kerk geweest, al helemaal niet meer nadat Rahela ziek was geworden. Ik had de gebeden geleerd en net als bijna iedereen die ik kende mijn Eerste Communie gedaan, maar een emotionele verbondenheid met de kerk had ik nooit echt gevoeld. Als ik groot was, zou het geloof vast meer voor me gaan betekenen, zo had ik aangenomen.

Ik ging met Marina en Petar naar de kathedraalkerk, waar we een uur achterin bij de offerkaarsen doorbrachten. We knielden en onze rozenkransen tikten tot ik mijn duimtoppen had verbrand aan de goedkope lucifers en mijn knieën beurs waren van de koude plavuizenvloer.

Later liepen we naar het stadsplein, waar een geïmproviseerd gedenkteken aan het verrijzen was, een muur van rode bakstenen, met op elke steen de naam van iemand die gedood of verdwenen was. De muur was al honderden bakstenen lang. Ik pakte een losse steen van een stapel, schreef er de namen van mijn vader én moeder op, want ik wilde dat ze bij elkaar bleven, en voegde hem in de rij die in aanbouw was. Marina had nog een kaars, zo eentje die ook buiten bleef branden, die we daar flakkerend in het donker achterlieten.

Petar begon zich nog vreemder te gedragen. Hij kwam en ging zonder enige uitleg. Als hij wel thuis was, kon hij niet stilzitten, maar liep door de keuken te ijsberen en haalde steeds zijn gezonde hand door zijn haar. Zijn koortsachtigheid deed me denken aan de keer dat mijn vader voor kerst een dure ketting voor mijn moeder had gekocht. Hij had ook een week door de flat lopen ijsberen, was er zo vol van geweest dat hij het op een gegeven moment niet meer had uitgehouden en haar de ketting drie dagen te vroeg had gegeven. Ze was er dolblij mee geweest en toen ze hem had gekust, had hij een kleur van blijdschap gekregen.

Op Petars gezicht zag je deze lichtheid niet. Ik raakte steeds meer van slag naarmate me duidelijk werd dat ik het was die zijn onrust veroorzaakte. Op een avond zaten we met zijn drieën aan tafel. Petar keek steeds weer naar me en schraapte zijn keel, tot Marina met een klap haar kopje neerzette en haar stoel naar achteren duwde.

'Jezus, Petar, vertel het haar dan gewoon!'

'Wat?' zei ik.

'Ik wil het haar pas vertellen als ik alle informatie heb.'

'Wat vertellen?'

'We hebben Rahela en haar pleegouders gevonden,' zei Marina. 'Ze willen haar adopteren.'

'Wát?'

'MediMission wilde me niet zeggen waar ze haar hadden ondergebracht, dat gaat tegen de regels in. Maar ik heb haar toch gevonden,' zei Petar.

'Ze zou terugkomen zodra ze weer beter was. Ze is mijn zusje.'

'Ja,' zei Marina. 'Maar het kan misschien ook anders.'

'Hoe bedoel je?'

'Het pleeggezin heeft gezegd dat jij ook welkom bent, mits wij jouw reis daarheen regelen.'

'Welkom?'

'Ze willen je adopteren, Ana. Je zou daarheen kunnen gaan en bij hen en Rahela kunnen wonen. In Amerika.'

Ik voelde woede door mijn borst razen. Ik wilde iets slaan en trapte tegen de onderste spijl van mijn stoel. Waarom probeerden ze van me af te komen? Waarom wilden ze me op volslagen vreemden in een ander werelddeel afschuiven?

'Waarom kunnen we niet gewoon hier bij jullie wonen? Willen jullie ons niet?'

Petar schudde zijn hoofd. 'Lijkt je dat echt een goed idee? Een zieke Rahela uit Amerika terug laten verhuizen naar die klote-oorlog hier?'

'Petar!' zei Marina.

Ik schudde mijn hoofd. Zo had ik het nog niet bekeken. Marina wenkte me naar zich toe en ik ging bij haar op schoot zitten. Ze streelde mijn haar en wierp Petar boze blikken toe.

'Ik denk dat het het beste is,' zei ze. 'Voor Rahela en voor jou.'

'Het spijt me dat ik zo uitviel,' zei Petar, rustiger nu. 'Maar ik weet dat je slim genoeg bent om het te begrijpen. Je begrijpt het toch?'

Ik knikte.

'Het zal veel voeten in aarde hebben om je hier vandaan te krijgen. Maar ik denk wel dat ik het voor elkaar kan krijgen.'

Petar nam contact op met MediMission, waar ze kortaf lieten weten dat gezinsherenigingen niet tot hun activiteiten behoorden, maar dat hij zich, mocht ik ooit ziek worden, weer namens mij tot hen kon wenden. Vervolgens bekeek hij de mogelijkheden van een vluchtelingenstatus, maar er was in Kroatië nog geen Amerikaanse ambassade. Bij het consulaat in Belgrado kreeg je alleen maar steeds hetzelfde bandje te horen met de mededeling dat ze gezien het hoge aantal aanvragen op dit moment eerst een achterstand moesten wegwerken.

'Laat ook maar,' zei Petar. 'Ik ken wel iemand.'

De volgende ochtend belden Petar en ik bij een souterrain naast een slagerij aan in een zuidelijk deel van de stad waar ik nog nooit was geweest. Terwijl we stonden te wachten, hoorden we aan de andere kant van de deur kettingen en grendels rammelen. De deur werd op een kier geopend, net ver genoeg om één bleek oog te tonen, en ging toen weer dicht, waarna meer ontgrendelingshandelingen volgden.

'Je kunt niet voorzichtig genoeg zijn,' zei de man. 'Zo is het nu eenmaal.' Uiteindelijk ging de deur zo ver open dat

Petar en ik naar binnen konden glippen. Het was er bedompt en rook naar schimmel. In eerste instantie viel er weinig te ontwaren, maar naarmate mijn ogen aan de duisternis gewend raakten, werd al snel duidelijk dat de eenkamerwoning een onderkomen bood aan meer dan alleen een zwaarlijvige vrijgezel. Het aanrecht stond vol apparaten, van schrijfmachines en drukpersen tot en met iets wat naar ik gokte een soldeerlamp was.

'Wat is er met jou gebeurd?' zei de man, wijzend naar Petars arm.

'Verbrijzelde bovenarm. De granaatscherven zitten er nog in.' Ik voelde me schuldig dat ik er nooit naar had gevraagd, maar had altijd het gevoel gehad dat hij er niet over wilde praten, wat ik weer goed kon begrijpen.

De man veranderde van onderwerp. 'Wat kan ik vandaag voor jullie doen?' Hij hurkte voor me neer voordat hij mij aansprak. 'Heb je een rijbewijs nodig?'

'Haha,' zei Petar, en de twee mannen deden een soort gecombineerde handdruk en omhelzing. De man kuste Petar drie keer, op z'n orthodox, en ik huiverde. 'Ana,' zei Petar. 'Dit is Srdjan.' Onmiskenbaar een Servische naam. Mijn hartslag versnelde. 'Een oude vriend van de middelbare school. Srdjan heeft je ouders gekend.'

Srdjan had zijn hand uitgestoken. 'Ja,' zei hij. 'Gecondoleerd.'

'Kom op. Geef hem een hand.'

'Ik kan je helpen,' zei Srdjan. Ik legde mijn hand in de zijne. 'Ik heb gehoord dat je een Amerikaans visum nodig hebt.'

Ik keek op naar Petar, die knikte. Ik knikte ook.

'Nou, je treft het, ik maak toevallig niet van echt te onderscheiden visa,' zei Srdjan, met een brede zwaai naar zijn werkbank. 'Ik heb zelfs precies hetzelfde papier als ze in de Verenigde Staten gebruiken.' Hij rommelde in kasten vol papier. 'Hoe vlieg je?'

'Waarschijnlijk via Duitsland,' zei Petar. 'Ik ben de details nog aan het uitwerken.'

'Duitsland,' zei hij. 'Als je zorgt dat je de internationale terminal niet verlaat, kan er niets misgaan.'

Hij haalde een paar hendeltjes over op de drukapparaten, die prompt begonnen te zoemen. 'Met dit papier kan ik exacte Amerikaanse kopieën maken! Ik heb het via een stagiaire op de ambassade…'

'Ze hoeft niet te weten hoe je eraan gekomen bent,' zei Petar, die al voorzag waar het verhaal heenging.

'Zulke tieten…' Srdjan hield zijn handen ver voor zijn borst. 'Zo groot als honingmeloenen. Ik verzin het niet.'

Petar grinnikte ongemakkelijk en Srdjan keek verbaasd toen hij bezorgdheid op het gezicht van zijn vriend ontwaarde.

'Wat is er mis met tieten? Ze is een meisje. Op een dag zal ze zelf ook tieten hebben.'

'Oké! Genoeg over tieten.'

'Best,' zei Srdjan. Hij keek mij aan. 'Ik wist niet dat hij zo teergevoelig was.'

'En een paspoort?'

'Hoe bedoel je? We nieten het gewoon in haar eigen paspoort.'

'Dat is… kwijt,' zei Petar.

'Nou, dan vraag je een nieuw aan.'

'Daar is geen tijd voor. Kun je er niet eentje voor haar maken? Maak maar een Duits paspoort!'

'Tuurlijk, ik maak wel een Duits neppaspoort en daarmee sturen we dan een meisje dat geen woord Duits spreekt naar

Duitsland!' Srdjan sloeg met de bal van zijn hand op Petars voorhoofd, waarna hij naar mij knipoogde. 'Pas op... we hebben hier te maken met een heus genie!'

'Oké, oké,' zei Petar. 'Maak dan maar het onze na. Heb je geen foto van haar nodig?'

'Jawel.' Srdjan stelde twee fotolampen af die eruitzagen als paraplu's en ik ging met een effen gezicht voor een wit laken staan terwijl hij een foto nam.

'Ik kom het woensdag ophalen, goed?' Petar gaf hem een envelop en Srdjan opende met een vinger de flap en wierp er een blik in. 'Dan heb ik de rest bij me.'

'Prima,' zei Srdjan, en na een theatrale buiging liep hij met ons naar de deur en liet ons weer het daglicht in. 'Ana.'

Ik draaide me om.

'Jouw ouders. Dat waren goede mensen.'

'Dank u wel.' Ik zocht naar iets beters om te zeggen, maar Srdjan had de deur al dichtgetrokken en ik hoorde de grendels achter ons klikken.

De stemmen van mijn buren galmden door het trappenhuis toen we de trap opliepen naar onze flat. Het was hier altijd al gehorig geweest. Net zoals het me van mijn stuk had gebracht dat mijn vrienden zonder mij gewoon naar school waren blijven gaan, was het onthutsend te ontdekken dat ook de mensen in ons gebouw nog steeds hun gewone bestaan leidden, dat hun leven niet tot stilstand was gekomen zoals het mijne. Petar draaide de reservesleutel om in het slot, maar in plaats van open te zwaaien tegen de muur, klemde de deur en moest hij hem met zijn goede schouder openduwen.

'Wil je hier blijven wachten?' zei ik. Hij keek gekwetst, maar deed toch een stap achteruit.

Binnen was het schemerig en het rook er muf. Tussen de jaloezieën glipten strepen zonlicht naar binnen waarin wervelende stofkolommen opstegen. De deur naar de slaapkamer van mijn ouders was dicht, wat ik zo liet. Ik liep door de keuken. Uit de koelkast kwam een zurige lucht en langs de plint schoot iets kleins en schimmigs weg en verdween onder de deur naar de provisiekast.

In de woonkamer streek ik met mijn hand over de armleuning van de bank waar mijn vader altijd had gezeten. Ik trok mijn kleren van de boekenplank en propte ze in mijn sloop. Van de onderste plank pakte ik een aantal van de radiocassettes die mijn vader en ik hadden opgenomen. Boven de piano hingen een foto van ons vieren en een van mij als baby in Tiska. Ik haalde ze van de muur. Erboven hing de trouwfoto van mijn ouders, maar daar kon ik niet bij.

Petar vroeg vanaf de gang hoe het ging en ik schrok op. Ik liet mijn hand over de onderste octaaf van de piano gaan terwijl ik met het uitpuilende sloop achter me aan haastig de kamer verliet. Ik overwoog Petar te vragen de trouwfoto te pakken, maar toen hij zich omdraaide in de deuropening zag ik in het licht zijn rode ogen dus toen liet ik het maar.

De avond voordat ik zou vertrekken, verscheen Luka op zijn fiets onder mijn raam. Petar had me op het hart gedrukt tegen niemand te zeggen wanneer ik zou gaan en waarheen, maar ik had het Luka toch verteld en hem laten beloven dat hij het geheim zou houden.

'Hoe ben je…'

'Ik ben ertussenuit geknepen. Kom naar beneden.'

'Kom jij maar boven.' Ik wachtte hem bij de voordeur op en we liepen op onze tenen door de keuken naar de brandtrap.

Marina en het gezin in het naastgelegen gebouw hadden een waslijn over de doorgang gespannen en iemands beddengoed knisterde in de wind.

'Ben je daar veilig?'

'Ik denk het wel. Rahela zit daar toch ook goed?'

'Maar je weet toch, in de film. Al die cowboys en gangsters.'

'Het is denk ik overal wel een beetje gevaarlijk.'

'Ja, zal wel.' Hij legde zijn hand op de mijne en trok hem weer weg.

'Zul je me schrijven?' zei ik. Dat beloofde hij en we zaten een tijd te mijmeren over het Wilde Westen en steden als New York en Philadelphia, waar ik misschien Rocky zou kunnen tegenkomen. Toen Luka's oogleden begonnen dicht te vallen, gaf ik een stomp tegen zijn arm en zei dat hij best mocht blijven slapen, maar hij moest naar huis voordat ze ontdekten dat hij weg was. De brandtrap naar beneden was kapot, dus klauterde hij weer naar binnen en liet zichzelf uit.

'Ik weet niet wat ik moet zeggen,' fluisterde ik, toen hij zijn been over zijn fietsstang zwaaide.

'Je hoeft niets te zeggen. Als je terugkomt, zal het zijn alsof je nooit bent weggeweest.' Hij ging op de pedalen staan, stuiterde het grindpad af en verdween de hoek om uit het zicht.

Ik werd wakker in het donker. Petar stond over me heen gebogen.

'Sorry,' zei hij. 'We moeten gaan.'

'Ik ben wakker.' Ik schoot in de enige kleren die ik niet had ingepakt en ging naar de slaapkamer om afscheid te nemen van Marina. Ik kuste haar op haar wang.

'Doe voorzichtig,' mompelde ze. 'En zorg goed voor Rahela.'

'Kom, dan kun je mijn copiloot zijn,' zei Petar, en hij wees naar de bijrijdersstoel. Hij had zijn legeruniform aan. De linkermouw was afgeknipt zodat hij geen hinder had van de beugel. Hij legde een gele envelop op mijn schoot en reed achteruit de oprit af. 'Dit is heel belangrijk. Dit zijn al je papieren – ticket, paspoort, contactgegevens voor het gezin, uitnodigingsbrief en…' hij haalde een stapeltje dinarbiljetten uit zijn zak en stopte ze ook in de envelop, '… iets extra's voor het geval iemand hongerig blijkt.'

'Hongerig?'

'Niet naar eten,' zei hij met een klopje op de envelop. 'Je zult merken dat mannen met macht vaak overgehaald kunnen worden. Zo werkt het hier tenminste. Ik weet niet hoe dat in Amerika is. Maak je geen zorgen. Je merkt vanzelf wanneer je het nodig hebt. Militairen zijn nooit zo subtiel. Goed. Als je Duitsland bereikt…'

'Zorg ik ervoor dat ik in de internationale terminal blijf,' zei ik. Dat had Srdjan gezegd, wist ik nog.

'Heel goed. En als je New York bereikt?'

Ik keek hem vragend aan. Ik kon me geen aanwijzing over Amerika herinneren.

'Gewoon rustig blijven!' zei hij. 'Ze komen je ophalen van het vliegveld, dus als je eenmaal langs de douane bent, kan je niets meer gebeuren.'

Ik bladerde door de papieren. Ik begon weer bij het eerste en bekeek ze allemaal. Er zat maar één ticket bij.

'Hier staat Frankfurt-New York. Waar is de eerste helft?' Ik was ervan uitgegaan dat een Amerikaans visum verkrijgen het lastigste onderdeel was. Dat het een probleem zou kunnen zijn om dit land te verlaten, was nog niet bij me opgekomen. Maar hoe meer ik er nu aan dacht, des te banger werd ik.

Natuurlijk zou geen enkele maatschappij zo stom zijn commerciële vluchten uit te voeren in het luchtruim boven oorlogsgebied.

'Ik heb iets geregeld,' zei Petar.

'Hoe ken je al die mensen die ons kunnen helpen?'

'Ik heb altijd allerlei contacten gehad. Dat had jij alleen nooit in de gaten. Daar was je te jong voor.'

Rondom de luchthaven stond een ring van witte voertuigen: gelikte vrachtwagens met afgedekte laadbakken, tankwagens, glimmend witte terreinwagens, zelfs een reeks witte tanks – allemaal voorzien van het VN-logo in vette zwarte letters. Aan weerszijden van het hek wemelde het van de VN-soldaten, wier helmen en kogelvrije vesten in het diffuse schemerlicht bijna oplichtten. Maar Petar reed de ingang voorbij. Ik wachtte tot hij zou afbuigen naar een zij-ingang of ventweg. In plaats daarvan reed hij de snelweg op, in zuidelijke richting.

'Petar. Het vliegveld?'

'Daar gaan we niet heen,' zei hij.

'Hoe bedoel je?'

'Te zwaar bewaakt. Ze controleren alle vliegtuigen.'

'Waar gaan we dan wel heen?'

'Naar Otočac.'

'Otočac! Is daar überhaupt een vliegveld? Zitten daar geen Četniks?'

'Daar gaan we vanuit,' zei hij. 'Op dit moment zijn we het meest geholpen met chaos. Niemand zal je opmerken.'

'Maar…'

'Maar niets,' zei hij. De zon was rood van de ochtend en ik sloeg mijn ogen neer tegen de schittering. We reden zwijgend verder tot niets me meer bekend voorkwam.

'We krijgen je hier wel vandaan,' zei Petar. 'In Otočac worden we opgewacht door Stanfeld, een blauwhelm.'

'Ik ben bang,' zei ik.

'Terecht.'

'Wat?'

'Het zou raar zijn als je niet bang was.'

'Die blauwhelm. Waarom helpt hij ons?'

'Het is een vrouw,' zei Petar. 'En ik heb haar leven gered.'

'Is toen je arm gewond geraakt?'

'Nee. Dat met haar was op mijn vrije dag.' Hij was best in zijn nopjes hierover en er kroop een lach over zijn gezicht die ik wel moest beantwoorden. Petar legde zijn hand op mijn knie. 'Ze zal zich over je ontfermen.'

Na pakweg een uur reden we Lika binnen en bereikten we de eerste huizen van Otočac. In plaats van boerenland verschenen langs de weg beigekleurige huizen met terracotta daken. Veel ervan hadden onder vuur gelegen en verkeerden in een meer of mindere staat van verval.

'Shit,' zei Petar. Ik keek op en zag voor ons op de weg mannen met baarden staan. 'Godverdegodver.'

'Wat doen we nu?'

'Ga achterin op de grond liggen en blijf daar tot ik het zeg,' zei hij. Ik propte de envelop in mijn broekband, klom over de versnellingspook en ging op mijn buik met mijn gezicht naar beneden op de vieze vloermat liggen. Petar gooide een deken over me heen en reed door tot aan de controlepost.

Ik hoorde hem zijn raampje opendraaien en toen een onbekende stem dichtbij: 'Wat kan ik voor je doen?'

'Ik heb een levering,' zei Petar. Ik hoorde papier ritselen en vroeg me af of het een soort opdrachtbon was of dinars om de 'honger' die hij eerder had genoemd te stillen.

'Deze weg is afgesloten. Je zult moeten omkeren.'

'Hebben jullie niets gehoord over een staakt-het-vuren?' zei Petar.

'Ik heb gehoord dat het JNA ermee ingestemd heeft. Gelukkig zit ik niet in het JNA.'

'Luister, ik moet alleen iets afgeven. Bij commandant Stanfeld.'

'We hebben hier geen Stanfeld,' zei de soldaat. Hij struikelde over de buitenlandse naam.

'Ze is van de VN.'

'Ze?' zei hij met een lach. 'De VN zit hier niet.'

'Je kunt maar beter je orders nalezen,' zei Petar. 'Ze zitten nu bij het vliegveld, je zult het vast flink bezuren als je ze laat wachten.'

'Ik sta niet onder het gezag van blauwhelmen.' Weer papiergeritsel. 'Wacht even.' Een radio knetterde en de soldaat stelde een vraag over een levering. Het antwoord vol statische ruis was niet te verstaan.

'Nou, kameraad. Mijn commandant weet ook niets over jouw levering. Ik moet je vragen uit de auto te stappen.'

'Geen probleem,' zei Petar, maar ik zag zijn hand in de kier tussen de stoelen verdwijnen, langs zijn gordel, waar een metalige glinstering oplichtte.

'En snel een beetje! Eruit!'

'Ana, tel tot drie. En dan ren je naar het postkantoor in het centrum,' fluisterde hij.

'Wat?' zei de soldaat.

'Sorry,' zei Petar. Ik hoorde hem zijn portier openen. 'Ik moest alleen…'

Ik hoorde de knal van een schot en vloog de auto uit met de deken nog steeds stevig om mijn schouders. De Četnik lag met zijn handen voor zijn gezicht op de grond en ik zag Petar de struiken aan de overkant van de weg inrennen om de andere soldaten af te leiden terwijl ik over de akkers naar het stadje holde.

'Dag!' riep ik naar Petar, hoewel ik wist dat hij me niet zou horen. Zou hij met zijn kapotte arm in staat zijn te vechten of te ontkomen? Als ik snel genoeg rende en Stanfeld vond, zouden de VN misschien blauwhelmen kunnen sturen om hem te helpen. De straten zaten vol kuilen en lagen onder het gruis van mortieren en ik moest oppassen dat ik niet viel.

Vergeleken met Zagreb was er in Otočac vooral laagbouw. De huizen zagen er hetzelfde uit – net zulke bruin met witte gevels en rode dakpannen – maar nergens zag je hoge gebouwen, alles was maar een paar verdiepingen hoog, dus was het lastig te bepalen waar het centrum was. Er waren niet veel mensen op straat en niemand lette op me.

'Postkantoor?' zei ik tegen een man die op een straathoek aan een fles rakija zat te lurken.

'Dicht,' zei hij.

'Dat weet ik, maar waar is het?'

'Wat heb je eraan als het dicht is?'

'Laat maar.'

'Twee straten verderop. Naast de gesloten bakker en de gesloten bank en de gesloten…'

'Dank u wel.' Ik rende de twee blokken af, maar voor het postkantoor was niemand te bekennen en binnen zag het er donker uit. Het luchtalarm ging af.

Ik holde door een steegje naar achteren, waar een vrouw in VN-uniform stond. Ze was net haar paardenstaart onder haar helm aan het rechttrekken en keek op haar horloge. Ik tikte haar op haar arm.

'Kijk aan, wie hebben we hier?' zei ze in het Engels. Ze wees naar mijn deken. 'Ben jij Superwoman?' Ik voelde me geïntimideerd door het Engels en haar uniform, maar moest haar ervan overtuigen dat Petar hulp nodig had, dus concentreerde ik me op de woorden die ik op school en van mijn moeder had geleerd.

'Stanfeld,' zei ik.

'Ja. Hoe weet je… Ana?'

'Petar heeft problemen.'

'Waar is hij?'

'Četniks,' zei ik. 'Grote weg.'

'Is hij gewond?'

'Ik weet het niet.'

'Shit.' Ze praatte in een walkietalkie die om haar bovenarm vastgegespt was, een reeks getallen en iets wat ik niet verstond. Toen wendde ze zich weer tot mij. 'Maak je geen zorgen, ze gaan hem helpen. En wij gaan ervoor zorgen dat je in dat vliegtuig komt.'

Op de luchthaven werden alle ingangen bewaakt door blauwhelmen. Ik gaf haar de envelop die ik van Petar had gekregen.

'Geld,' zei ik.

'Dat zullen we hopelijk niet nodig hebben.' Ze wierp een blik op de bewaker bij de hoofdingang. 'Nee, die niet.' Ik liep achter haar aan naar de volgende ingang. 'Nee.' Toen bij de achteringang: 'Deze moet wel lukken.' Ze trok het elastiekje van haar paardenstaart en haar haar viel in blonde golven over haar schouders.

'Hé, hoi,' zei ze, en de bewaker keek verrast op.

'O. Hoi, Sharon.'

'Zou je me erdoor willen laten? Anders missen we onze vlucht.'

'Wie is dat meisje?'

'M'n SFF... AF-6. Daar had ik het laatst over, weet je nog?'

'SFF...' Hij keek vragend. 'Heeft ze een vrijgeleide?'

'Natuurlijk,' zei Stanfeld. 'Alleen heb ik die in een aanval van blondheid in mijn koffer laten zitten. Als je ons doorlaat kan ik hem halen en aan je laten zien.'

'Nou...'

'Lief van je,' zei ze. Ze zette nog een stap in zijn richting, te dichtbij. Hij haalde zijn pasje door de scanner en liet ons door.

'Sukkel,' zei ze, zodra we buiten gehoorsafstand waren. We doken achter een generator waar ze haar haar weer samenbond. Voor de oorlog was er in Otočac alleen een sportvliegveld geweest en ik kon zien waar ze een extra stuk startbaan van aangestampte aarde hadden gemaakt ten behoeve van grotere vliegtuigen. Ik bestudeerde het vliegtuig, een plomp, groen vrachttoestel. Ik had nog nooit in een vliegtuig gezeten en dit toestel zag er veel te zwaar uit om te kunnen opstijgen. Een blauwhelm opende het cabineluik, een deur met een ingebouwde trap, en stapte naar buiten om te roken. Mevrouw Stanfeld kneep me in mijn hand en we holden over het asfalt.

Binnen zag het er heel anders uit dan ik van een vliegtuig had gedacht. Er waren geen stoelen, alleen banken, aan de wanden hingen groene netten om je aan vast te houden en er stonden stapels en stapels dozen.

'Ga hier zitten.' Mevrouw Stanfeld leidde me achter een verzameling houten kratten.

'Komt alles goed met Petar?'

'Ik heb hulp gestuurd. Je mag nu verder geen kik geven tot we in de lucht zijn.'

'En dan?' Maar er klonken stemmen op de trap, andere blauwhelmen kwamen aan boord en ze stond abrupt op zodat ze niet zouden zien dat ze met de munitie had zitten praten.

Bij het opstijgen voelde ik het in mijn maag en plopten mijn oren, maar ik bleef roerloos zitten en keek door de kieren naar de patroonhouders in de kratten. Toen de turbulentie na een tijd afvlakte, voelde ik verveling opkomen. Bemoedigd door het gebrom van de motor stak ik mijn hand door een kier en pakte een magazijn. Na wat gewurm had ik het zo beet dat ik de patroonhouder eruit kon trekken. Ik begon hem werktuigelijk te laden en ontladen. De routineuze beweging had een kalmerend effect op mijn maag en zenuwen.

'Wat is dat voor geluid?' hoorde ik iemand zeggen. Ik bleef stokstijf zitten.

'Welk geluid?' zei Stanfeld een beetje te snel.

'Het klinkt net alsof…' De stem klonk nu dichterbij. 'God kolere!' Ik keek doodsbang op naar de blauwhelm, die net zo onthutst terug keek.

'Maak je niet druk. Ze heeft papieren,' zei Stanfeld. 'Kom maar hier, Ana. Kom bij mij zitten.' Ze haalde mijn paspoort uit de envelop. 'Kijk? Een Amerikaans visum.'

De andere blauwhelmen keken haar met grote ogen aan. Ik ging naast haar zitten en hervatte het laden en ontladen van de patroonhouder.

'Ik vertrouw erop dat jullie allemaal… Ana! Wat ben je in godsnaam aan het doen?!'

'Ze is snel,' zei een van de blauwhelmen.

'Waar heb je dat geleerd?'

'Ik kan het gewoon,' zei ik.

Ze zette haar helm recht en maakte het riempje wat losser. 'Ik vertrouw erop dat jullie allemaal verstandig genoeg zijn om hier verder over te zwijgen. Al was het maar voor het imago. Wie wil er nou dat onze arme Johnsen in de problemen komt omdat hij op flagrante wijze heeft nagelaten het beveiligingsprotocol na te leven?' Alle ogen schoten naar een blauwhelm achterin.

'Je hebt in dat dorp gevochten, hè?' zei Stanfeld.

'Een beetje.'

Ze pakte de patroonhouder van me af en stak hem in haar zijzak. Niemand zei meer iets tot het landingsgestel met een dof gerommel onder onze voeten uitklapte.

IV
Nagalmend in de bomen

1

'Weet je zeker dat het hier is?' vroeg Luka.

Ik morrelde aan mijn gordel en stapte uit. 'Hier lagen de zandzakken. En over de andere weghelft hadden ze een boom gelegd.' Luka stapte ook uit en kwam naast me staan. 'Mijn vader zat achter het stuur en een vent met een verrot gebit stak zijn hoofd door ons raampje en hield zijn geweer...' Ik legde mijn hand op de plek in mijn nek waar de soldaat zijn geweer tegen mijn vader had gedrukt.

'Rustig maar.'

'Het was mijn schuld, weet je. Ik heb ze gedwongen te stoppen omdat ik per se iets wilde eten. Als we dat niet hadden gedaan, waren we hier misschien al langs geweest vóór ze de weg versperden.'

'Je was tien. Jij hebt niemand gedwongen. En niemand had dit kunnen voorzien.'

Ik keek naar het bos, maar het was er te donker om wat te kunnen onderscheiden.

'Het is verleden tijd,' zei Luka.

'Zo voelt het niet,' zei ik.

We stapten door het onkruid in de berm – prikkende ambrosia, kleefkruid en iets wat op hulst leek maakten krassen op mijn enkels. Daarna ging het struikgewas over in forse bomen, hoog oprijzende dennen en eiken. Al snel werd het zonlicht tegengehouden door een dicht bladerdak. In de lagere takken hing een koele mist. Het rook er naar aarde en ontbinding.

Op afstand had ik deze plek gehaat, maar nu begon zelfs dat te vervagen. De haat was er nog wel, maar er waren ook andere gevoelens: opwinding, bijna opgetogenheid, en een vreemde kalmte omdat ik weer dicht bij mijn ouders was.

Het bos werd donkerder en vervolgens minder dicht, maar toen we bij de open plek aankwamen was die niet zoals ik hem me herinnerde. De bomen klopten niet en de bodem was heel anders dan ik me had voorgesteld. Het weelderige zomerse groen van de bladeren bracht me in verwarring. Het was een levendige plek, bijna mooi.

Aan de overkant van de open plek zag ik een boomstronk met een rechte, vlakke bovenkant, het enige teken van menselijke aanwezigheid hier. Ik zocht naar sporen van een massaslachting, een inzinking of een hobbel in de aarde die op een graf duidde. Maar er was niets. Alleen donkere klei, vochtig van de schaduw van het bos.

'Zo vind ik ze nooit.' Ik liet mijn vingers over de boom naast me gaan, de grijsbruine bast met groeven en richels, die een geschiedenis van doorstane stormen zichtbaar maakten. Er schoot een kever langs een groef in de stam naar beneden en verdween in de aarde.

Ik ging in kleermakerszit zitten en harkte met mijn vingers door de grond, liet de aarde samenklonteren onder mijn nagels. Een paar nog groene eikels waren, te vroeg, van de boom gevallen. Ik pakte er een en begroef hem in het kuiltje dat ik had gemaakt.

'Waar zijn jullie?' schreeuwde ik. Een zwerm mussen stoof geschrokken van het lawaai op van een tak en vloog het bos uit.

'Ana?' Ik was Luka bijna vergeten en toen ik me naar hem omdraaide, had ik het gevoel dat ik daar veel langer had gezeten dan ik me bewust was geweest. 'Gaat het?'

Mijn knieën kraakten toen ik overeind kwam en ik veegde mijn handen aan mijn korte broek af. 'Jawel,' zei ik. 'Het gaat.'

We liepen weer naar de auto en ik keerde op de weg om terug te rijden naar het zijweggetje en reed over het rotsige pad het dal in.

Het dorp was niet langer een dorp – alles wat het ooit tot iets had gemaakt dat die titel verdiende, inclusief bewoners, was al lang geleden verdwenen. Van de meeste gebouwen was alleen nog puin over, ingestorte stukken beton. De paar die nog overeind stonden waren des te spookachtiger. De ruiten waren weggeblazen, maar nergens waren platen voor getimmerd, zodat er lege holtes restten waar ooit ramen hadden gezeten.

We lieten de auto midden op de weg staan en gingen te voet verder door de hoofdstraat. Ik probeerde uit te vogelen welk huis dat van Drenka en Damir was geweest, maar het was lastig te zien waar het ene huis eindigde en het andere begon.

'Kijk wel uit,' zei Luka. 'Denk je dat er zvončići liggen?'

Ik herinnerde me Drenka's ontplofte kippen en verstijfde. 'Toen wel.'

'Ze zeggen dat het nog wel twintig jaar kost om alle mijnen geruimd te krijgen.'

Verderop zag ik een groot, zwartgeverfd stenen gebouw.

Als ik op de goede plek was, moest dat het schoolgebouw zijn, alleen herinnerde ik me niet dat het zwart geweest was.

'Je moet zó lopen,' zei ik tegen Luka, en ik tilde mijn voeten hoog op terwijl ik in de richting van de school liep. 'Dan heb je meer tijd om te kijken waar je je voet neerzet.'

Toen we dichterbij kwamen, zag ik dat het gebouw niet geverfd was, maar zwartgeblakerd. De ruiten waren weg en de luiken verbrand.

'Het hoofdkwartier van de Četniks,' zei ik. 'Hier hebben ze zoveel vrouwen verkracht.'

Luka stak zijn handen in zijn zakken en wist niet waar hij moest kijken.

'Ik was nog te klein,' zei ik. 'En ik had een geweer.'

Ons eigen hoofdkwartier had aan de overkant van de rotonde moeten liggen, maar wat zich daar bevond leek meer op het oppervlak van de maan dan op het schuilhuis, een en al kraters en brokken cement. Aanvankelijk had ik mezelf de gedachte gegund dat de anderen uit het schuilhuis de school misschien in de fik hadden gestoken en de soldaten hun verdiende loon hadden gekregen. Misschien hadden de dorpelingen gewonnen, of waren ze op zijn minst ontsnapt. Maar nu ik het gat in de grond zag, wist ik dat dat niet waar kon zijn. Ik draaide me weer om naar het verkoolde gebouw. Tegen de verste muur stak een niet verbrande plank uit de begroeiing op.

'Wat is dat?' zei ik. Luka liep erheen en veegde de woekerende klimplanten opzij zodat er een bord tevoorschijn kwam met een inscriptie in onregelmatige letters:

Ter nagedachtenis aan onze buren, die levend verbrand zijn door Servische paramilitairen tijdens de Kroatische Onafhankelijkheidsoorlog, maart 1992. Aantal doden: 79

'Jezus,' zei Luka.

Ik trok de rest van het onkruid weg en veegde de losse as van het bord tot mijn handen roetzwart waren. De belettering was ongelijk, met de hand geschreven.

'Negenenzeventig doden.'

'Weet je zeker dat dit het goede dorp is?' zei hij.

'Ja.' Zo zeker als ik maar kon zijn. Het graf onvindbaar, het dorp met de grond gelijkgemaakt; dit was hun grootste overwinning. Ik keek in de richting van wat de korenvelden geweest moesten zijn. 'En zo ja, dan heb ik in dat veld een man gedood.' Ik liep er al heen voor ik wist wat ik deed.

'Jezus, Ana, de mijnen!' zei Luka, maar ik bleef niet staan. Het dorp was al onherkenbaar, maar het veld was nog erger – geen spoor van koren of welk gewas dan ook, enkel een uitgestrekte vlakte met wilde grassen. Het gebrek aan onderbouwend bewijs zou iemand er bijna van kunnen overtuigen dat ze gek was, dat ze alles had verzonnen of in elk geval dat het niet gegaan was zoals zij beweerde.

Midden in het veld ging ik langzamer lopen en Luka haalde me in. 'Voorzichtig nou. Wil je soms ontploffen?'

'Ik heb hier iemand gedood,' zei ik. 'Tenminste, dat denk ik.' Ik vertelde hem over de man in het korenveld, hoe we elkaar hadden aangestaard voordat ik hem had neergeschoten.

'Misschien heeft hij het overleefd.'

'Ik heb iemand doodgemaakt, Luka. En misschien wel meer dan één – wie weet wat er is gebeurd toen ik uit het raam schoot. Misschien heb ik toen ook wel iemand geraakt.'

'Je verdedigde jezelf.'

'Ik ben geen spat beter dan zij.'

'Je was een kind. Je wist niet wat je deed.'

'Nee, dat is het hem juist. Toen ik schoot – op het moment dat ik die man neerschoot – vond ik dat lekker. Ik wist dat het slecht was en ik vond het lekker. Ik voelde geen wroeging.'

Luka liet me daar staan tot de zon begon onder te gaan.

'Het wordt zo donker,' zei hij.

'Ik weet het.'

'Met die mijnen en zo.'

'Ik weet het.'

'Kom.' Ingespannen turend naar de grond liepen we terug naar de auto. Ik gooide de sleutels naar Luka. De motor sputterde een beetje, sloeg aan en Luka trok de choke uit.

'Wie zou dat bord hebben gemaakt, denk je?' vroeg ik.

'Iemand van de kerk in een buurdorp of een NGO. Al die projecten die je nu hebt zijn gericht op aantallen. Ze noemen het het "Boek van de doden". Ze willen iedereen met naam en toenaam erin zetten.'

'Mijn ouders.'

'Mijn vader heeft hun naam doorgegeven.'

'Dank je wel,' zei ik.

'Als dat echt de plek is waar je ouders… dan moeten we dat ook melden. Ze hebben honden of röntgenapparaten of wat dan ook om naar graven te zoeken.'

Ik pakte de kaart en tekende de plek erop in.

'Je bent geen moordenaar,' zei Luka, en ik probeerde hem te geloven.

Toen we zuidelijker kwamen, doken er steeds vaker billboards langs de kant van de weg op met een bekend gezicht. Het duurde even voordat ik doorhad dat het generaal Gotovina was. Maar in plaats van de nationalistische slogans die er vroeger op de posters stonden, was zijn portret nu voorzien van een andere tekst: '*Heroj, a ne zločinac.*' Held, geen misdadiger.

'Waar slaat dat op?' vroeg ik, toen we er weer een voorbijreden.

'Op de besprekingen over toetreding tot de EU. Om in aanmerking te komen voor het lidmaatschap moeten we van alles doen om te bewijzen dat we ons "inzetten voor vrede". Alle politiemensen hebben hun wapens moeten inleveren. En we moeten onze oorlogsmisdadigers aangeven.'

'Hebben wij oorlogsmisdadigers?'

'Volgens hen wel.'

'Volgens wie? De Četniks?'

'De VN. En we mogen geen Četniks meer zeggen. Dat is denigrerend.'

'Zo noemden ze zichzelf ook in die vreselijke liederen van ze.'

'En "za dom, spremni" is begonnen als een fascistische kreet,' zei Luka. 'Onze soldaten hebben Serviërs gedood in de Krajina, Bosniakken hebben Serviërs gedood in Banja Luka – de Bosniakse en Kroatische legers hebben ook tegen elkaar gevochten voor we onze krachten gebundeld hebben…'

'Maar de VN,' zei ik. 'Die zou zich moeten uitspreken. Zij hebben meer vrouwen verkracht dan wie ook. Ze hebben Srebrenica gefilmd. Achtduizend mensen in dat graf in die zogenaamde veilige enclave van ze. Dat heeft zelfs het Amerikaanse nieuws gehaald.' Ik had het artikel uit de krant geknipt en in mijn kamer in Gardenville bewaard.

'Ik weet het,' zei Luka. Ik wilde dat hij net zo verontwaardigd was als ik, maar wist uiteindelijk ook wel dat de schuld van de ene kant niets zei over de onschuld van de andere.

Ik reed tot diep in de nacht, baande me een weg door de zilte klamheid naar zee. Luka zat naast me te slapen en ik had al lange tijd geen dorpen of stadjes meer gezien. Aan de overkant van de weg passeerden we een schuurtje waarop in fluorescerende verf SEXI BAR was gespoten.

'Hé, word eens wakker. Hoe lang wil je nog doorrijden?'

'Nog even.' Hij geeuwde en ging rechtop zitten. Na een tijdje wees hij naar een afrit die dood leek te lopen. 'Daar is het. Wacht.' Hij zette de versnelling in zijn vrij.

'Jezus, man, zo slaat hij af.'

'Die versnelling ligt toch al in de vernieling na jouw capriolen ermee.' Luka gebaarde dat we van plaats moesten wisselen en klom over de versnellingsbak. In een kluwen van armen en benen dook ik over hem heen naar de bijrijdersplaats. Hij maakte een scherpe bocht naar links over een onverhard pad naar zee. Er waren niet veel privéstranden in Kroatië, maar hier dook opeens een hek met prikkeldraad voor de steigers op. In het water dreven boten met wenteltrappen en elektrische stroom, die zachtjes zoemden.

'We gaan toch niet in een jacht inbreken?' zei ik.

'Dat hoeft niet. We zijn hier uitgenodigd. Min of meer.'

We stopten bij een hokje waar een man in een nep-politieuniform zijn beslagen plexiglasraampje openschoof. 'Welkom bij jachthaven Solaris. Naam en wachtwoord?' vroeg hij, en hij pakte zijn klembord erbij.

'Dag, meneer,' zei Luka beleefd. 'Wij zijn vrienden van Danijela Babić, we hebben met haar afgesproken op haar boot.' De bewaker scheen met zijn zaklamp in de auto en bladerde nogmaals door zijn lijst.

'Ze is er nog niet. Ik kan u niet binnenlaten zonder expliciete toestemming van de eigenaar.'

Dit was zinloos, leek me, maar Luka bleef kalm. 'Ze zei dat het wat later zou kunnen worden. Ik heb het wachtwoord gekregen.'

'En dat is?'

'Absolut,' zei Luka, en toen meer tegen mij dan tegen de bewaker: 'Zo heet haar hond.'

'Heeft ze haar hond naar een wodkamerk genoemd?' zei ik, maar Luka gebaarde dat ik stil moest zijn.

'Ik heb de sleutel,' zei hij, en hij hield zijn huissleutel op in het schijnsel van de zaklamp. De bewaker, die nu een stuk minder gezag uitstraalde en eerder in verwarring leek, kruiste vakjes aan op zijn formulier.

'Hier tekenen.' Hij overhandigde het klembord aan Luka die er een onleesbare handtekening op krabbelde – zijn handschrift was altijd al een gruwel geweest – en het weer door het raampje teruggaf.

'We wensen u een prettig verblijf in Solaris,' zei de bewaker, die nu bijna verslagen klonk. Hij drukte op een knop waarna het hek openschoof en we konden doorrijden.

'Goed, hè?' zei Luka. 'Ze zit in deze tijd van het jaar altijd in Italië met haar ouders.'

'Wie noemt zijn hond nou naar wodka?'

'Hou op. Wat heb je toch tegen haar?'

'Ik kan gewoon...' Maar ik kon geen enkele reden voor mijn afkeer bedenken, afgezien van haar irritante gewoonte om Luka's arm steeds aan te raken als ze met hem praatte, dus maakte ik de gedachte niet af.

Eenmaal binnen parkeerden we de auto en haalden de dekens uit de kofferbak. We liepen over een bakstenen pad langs een restaurant met een kristallen kroonluchter en dure likeurtjes die voor een spiegel achter de bar uitgestald stonden en een hut van houten planken met een bordje SAUNA. Aan de andere kant dobberden jachten en zeilboten in de haven. Bij sommige brandde licht achter de ramen, maar de meeste waren donkere schaduwen op het zwarte water.

'Hoe komt Danijela's familie aan haar geld?' vroeg ik.

'Ze hadden een flink stuk grond aan de kust en hebben dat aan Duitse investeringsbankiers verkocht die er een hotel op hebben gezet.'

'Welke boot is van haar?'

'Weet ik niet.'

'Waar gaan we dan slapen?'

'Hier.' We stonden voor een zwart gietijzeren hek rond een zwembad met een stel plastic ligstoelen, dat afgesloten was met een hangslot. Luka zette zijn voet tussen de spijlen op de onderkant van het hek en sprong er soepel overheen. Ik gaf hem mijn deken en deed het hem onhandig na.

We installeerden ons op de stoelen. Ik ging op mijn rug liggen om naar de hemel te kijken, die zwart was en versierd met meer sterren dan ik in jaren gezien had, meer nog dan ik kon zien vanuit de wei achter ons huis in Gardenville.

'Wauw,' zuchtte ik.

'Het voordeel van ver van de bewoonde wereld zijn.'

'New York leent zich niet echt voor sterrenkijken.'

'Zagreb ook niet.'

'Nee, dat zal wel niet.' Ik moest denken aan de avonden dat we samen op het balkon van onze flat onvermoeibaar de hemel hadden afgespeurd naar Orion, dat volgens ons het beste sterrenbeeld was omdat het er eentje met een zwaard was. Achteraf gezien leek het waarschijnlijker dat we toen alleen maar naar vliegtuigen of Russische satellieten hadden zitten kijken.

Luka zei een hele tijd niets en ik ging ervan uit dat hij in slaap was gevallen. Ik deed mijn ogen dicht en probeerde ook te slapen, maar het was nog te druk in mijn hoofd. Beelden van het bos en onze inbraak en Danijela maalden erin rond. 'Welterusten,' zei ik.

'Ik zou je best kunnen zoenen,' gooide Luka er opeens uit.

'Wat?' Ik draaide me naar hem toe, maar zag alleen zijn silhouet in het donker.

'Ik doe het niet,' zei hij. 'Het is geen goed idee. Maar ik wilde het wel even zeggen. Dat ik je best zou kunnen zoenen.'

'Waarom?'

'Nou, je bent knap en we slapen samen onder de sterren…'

'Ik bedoel,' zei ik, en ik was blij dat mijn rode hoofd in het donker niet te zien was, 'waarom is het een slecht idee?'

'Omdat ik niet goed ben in relaties. Omdat jij aan het eind van de zomer weer naar huis gaat.'

Ik dacht aan Brian en vroeg me af of hij me gemaild had. 'Ik ben degene die niet goed is in relaties,' zei ik. 'Ik heb het in feite uitgemaakt met mijn vriend omdat hij te aardig was.'

Ik vroeg me af wat het zou betekenen om met Luka samen te zijn, of ik dat überhaupt wel wilde. Was de afgunst die in me opsteeg elke keer als Danijela's naam viel een teken dat ik meer voor hem voelde of alleen maar een verlangen naar een tijd die voorbij was, toen we nog jong waren en voor elkaar het belangrijkste op de hele wereld waren?

We hadden niet veel gesproken over mijn plannen voor na de zomer en in mijn wildere momenten had ik weleens overwogen te blijven – ik zou over kunnen stappen naar de universiteit van Zagreb en daarna Engels kunnen doceren. Diep vanbinnen wist ik echter dat ik terug zou gaan naar de vs om mijn opleiding af te maken, terug naar mijn familie.

Ik liet de vraag op de wind naar zee drijven en we bleven stilliggen, volledig op ons gemak in elkaars stilte, zoals het altijd geweest was.

'Trouwens,' zei Luka uiteindelijk, alsof hij in zijn hoofd was doorgegaan met het afwegen van de voors en tegens van een mogelijke relatie van ons, 'je weet te veel van me.' Toch kon ik het niet helpen, zwevend tussen waken en slapen, te denken dat dat misschien niet eens zo'n slechte zaak was.

Ik kwam een paar uur later weer bij bewustzijn. Het was nog donker en ik had slaapvoeten. In New York was er een keer water in mijn snowboots gelopen dat tussen mijn tenen bevroren was, maar toch kon ik me niet herinneren het ooit zo gruwelijk koud te hebben gehad. Met kippenvel en hevig bibberend vouwde ik de spijkerbroek uit die ik als kussen had gebruikt en trok die over mijn korte broek heen aan.

'Luka,' fluisterde ik. 'Het is zo godvergeten koud.' Luka bewoog even en ik hoopte dat hij wakker zou worden, maar hij mompelde alleen iets wat nog het meest als 'sokken' klonk en draaide zich weer om. Mijn hoofd werkte traag, mijn armen en benen voelden zwaar. Ik schoof mijn stoel dichter naar de zijne toe.

2

Uren later voelde ik de zon op mijn gezicht, eerst aangenaam, daarna heet en bonkend. We zijn dood, dacht ik, tot ik een vlijmende pijn door mijn been voelde schieten. Ik ging zitten en hield mijn hand voor mijn ogen tegen het licht. Ik zag het silhouet van de nep-politieman, die nu vloekend zijn knuppel op Luka liet neerkomen.

'Zwervers!' riep hij, gecombineerd met beledigingen over onze moeders en hun relaties met vee. 'Leugenaars! Opdonderen!'

'Hoe kunnen we lopen als jij op onze benen staat te beuken!' zei ik. Heel even stopte hij, alsof hij nadacht over dat argument, wat Luka en ik gebruikten om over het hek te springen met achter ons aan wapperende oranje dekens.

We waadden door het hoge, dikke helmgras naar het openbare strand. Het rook er ziltig-zoet, een mengeling van dennen en zeewater die in mijn jeugd het begin van de zomervakantie had betekend. Het was nog vroeg en er waren maar weinig mensen op het strand. Ik schopte mijn sandalen uit en voelde de scherpe pijn van puntige steentjes.

'Jezus,' zei ik, en ik sprong snel terug in mijn schoenen.

'Wat scherp.' Ik was intussen gewend geraakt aan de minder spectaculaire maar zanderige kust van zuid-Jersey.

'Ja, je zult weer wat meer eelt moeten kweken.'

Aan de waterrand liet Luka zijn deken en broek achter en rende de zee in. 'Het is warm!' riep hij, en hij dook onder water. Ik trok alles uit op mijn bh en slipje na en voelde me meteen opgelaten. Ik had Luka al zonder shirt gezien in Zagreb en het was niet meer dan logisch dat hij mij nu in mijn volwassen staat zag, met heupen en borsten. Ik wilde dat hem beviel wat hij zag. Ik wierp een blik op mijn dijen en trok mijn bh-bandjes recht. Ik verlangde naar een handdoek. Niets aan te doen, dacht ik, en ik rende verlegen zo snel mogelijk de zee in tot ik diep genoeg was om te zwemmen, zodat ik mezelf tenminste kon verhullen en mijn pijnlijke voeten de stenen niet meer raakten.

Het water was kalmer dan ik me herinnerde, heel anders dan het voortdurende gevecht met het getij en de branding dat bij zwemmen in de oceaan hoorde. Tot mijn verrassing zag ik toen ik naar beneden keek mijn benen, niet aan het oog onttrokken door het warrelende bezinksel van de Atlantische Oceaan. Ik ging op mijn rug liggen en gaf me over aan het deinende ritme van de bijna-golven. Net toen ik me begon af te vragen of je zo in slaap zou kunnen vallen, greep iets glibberigs en sterks me bij de enkel en trok me omlaag. Ik gilde en schopte tot het ding me losliet en Luca slap van de lach naast me opdook.

'Wat ben jij een rotzak, zeg,' zei ik.

We bleven watertrappelen en onze benen raakten elkaar kort. Luka haalde zijn hand door zijn haar. 'Kom, we moeten gaan als we voor het donker in Tiska willen zijn.'

We sprongen weer over het hek naar Solaris om de auto op te halen. Op de motorkap zittend aten we een halve zak muesli met een pak houdbare melk, waarna ik me op de achterbank omkleedde. De bewaker stak zijn middelvinger naar ons op toen we met volle vaart door de uitgang raasden en terugkeerden naar de grote weg.

Luka reed en ik lag op de achterbank, bladerend door het laatste deel van Rebecca Wests reisverslag en uit het raam kijkend. Het landschap werd steeds bergachtiger en de vegetatie in het hooggebergte was dor en geelbruin, waardoor de kammen bijna van goud leken.

Luka probeerde te berekenen hoe lang het zou duren om de oorlog te vergeten.

'Misschien zijn we al een eind op weg,' zei ik. 'Iedereen die in de laatste vijf tot zes jaar is geboren, heeft de oorlog niet meegemaakt. Naoorlogse kinderen.'

'Maar iedereen heeft het er nog over,' zei Luka.

'Hier misschien. Maar erover praten is niet hetzelfde als het meegemaakt hebben.'

'Je hoeft iets niet te ervaren om het je te herinneren. Als jij kinderen krijgt, zullen die op een dag ook willen weten waar hun andere twee grootouders zijn.'

'Dan zeg ik dat die dood zijn.'

'Je moet ze wel de waarheid vertellen.'

'Dat is de waarheid. Ze zijn dood.'

'Het hele verhaal. En je moet het Rahela ook vertellen. Daar heeft ze recht op.'

'Ik weet het,' zei ik. Ik liet het boek dichtvallen op mijn schoot. Ik keek naar de gouden bergen buiten en dacht aan de eeuwen van oorlog en gemaakte fouten die zich hier hadden opgestapeld. De geschiedenis was hier geen kwestie van zand erover. Ze werd nog steeds opgegraven.

'Wat is dat voor pil die je aan het lezen bent?'

Ik vertelde hem over West en haar reis door Joegoslavië. 'Zelfde ellende, andere oorlog.'

'Er zijn mensen die beweren dat geweld gewoon bij de Balkan hoort. Dat het in onze natuur zit om elke vijftig jaar een oorlog te voeren.'

'Ik hoop dat ze ongelijk hebben,' zei ik.

3

Een paar uur later bereikten we Tiska. Zelfs naar Joegoslavische maatstaven was het een provinciale buitenpost geweest; de elektriciteit viel er om de haverklap uit, telefoon- en televisieverbindingen waren dun gezaaid, de meeste huizen hadden geen warm water en de dichtstbijzijnde echte stad lag vijfentwintig minuten rijden verderop. Maar wat het aan gemakken ontbeerde, maakte het goed met schone lucht en zon en een schitterend uitzicht vanaf de klippen over de Adriatische Zee.

Als kind had ik de lange zomers de gewoonste zaak van de wereld gevonden – een maand vakantie was de landelijke norm en vrijwel iedereen die ik kende vierde vakantie aan de kust. Nu bedacht ik hoe bezopen een maand vrij moest klinken in Amerikaanse oren. Jack kreeg van zijn IT-adviesbedrijf één week per jaar vrij en werd zelfs dan nog continu lastiggevallen door pieperoproepen en telefoontjes van hulpbehoevende klanten.

Luka en ik hadden zitten discussiëren of de euro economisch gezien wel een goed idee was, maar de aanblik van het groenblauwe water aan de horizon deed me verstommen en ons gesprek viel stil. Er bloeide iets nieuws in me op, een ander gevoel dan de angst die de reis tot nu toe had gedomineerd: nostalgie naar mijn jeugd, onbezoedeld door trauma. In deze zee had ik leren zwemmen, de logge motorboot van onze buren besturen, van de klifrichels springen zonder mijn voeten open te halen, vis vangen, schoonmaken en grillen. 's Avonds was ik weggeglipt naar het donkere strand om er in een mengelmoes van gebroken Engels en gebarentaal te praten met de Italiaanse en Tsjechische kinderen die hier met hun ouders heen waren gekomen voor een goedkope vakantie.

'Ik hoop dat het er nog staat,' mompelde ik, een bezwering. We draaiden de raampjes open en lieten de zilte lucht binnen in de auto.

Beneden op het verlaten strand kabbelden golven over het dak van een omgeslagen, roestende rode vrachtwagen. De chauffeur was vermoedelijk te snel over de hooggelegen weg gereden en uit de bocht gevlogen. Mijn liefde voor deze plek werd weer opgeslokt door verdriet en een gevoel van vastberadenheid. Petar en Marina waren ofwel hier of ze waren dood. Spoedig zou ik het weten.

Er was een punt, ongemarkeerd, waar de weg overging in een voetpad. Het was een weg die op zijn breedst net genoeg ruimte bood aan één auto, geen vangrail had en aan één kant aan de onverbiddelijke rotsen van de Dinarische Alpen grensde en aan de andere aan de Adriatische Zee. Als je maar een paar meter te ver doorreed, kon dat betekenen dat je het hele stuk in zijn achteruit weer de berg op moest zien te komen. Ik parkeerde de auto op een zanderig stukje voordat de weg zich helemaal vernauwde. Vroeger was dat een drukke parkeerplek, nu stonden er maar twee andere auto's, allebei zo oud dat het moeilijk te zeggen was of ze daar misschien wel voorgoed achtergelaten waren. We hesen onze tassen op onze schouders en volgden de zwoele bries die het dorp in leidde.

In eerste instantie was het niet duidelijk of het gebombardeerd was of alleen maar vervallen. Hoewel ik hier destijds jaar na jaar maanden aaneen had gewoond, kon ik bij de aanblik nu haast niet geloven dat mensen vroeger hun hele leven in zo'n dorpje naast de kronkelige ingewanden van de Dinara hadden geleefd, zo nauw verbonden met de natuur.

Petars opa Ante was in de jaren veertig na zijn studie geneeskunde in Sarajevo naar Tiska verhuisd. Met beton en ezels hadden hij en zijn buren zowel zijn als hun huis gebouwd. Toen ik er tientallen jaren later als kind kwam, gedroeg het dorp zich alsof Ante nog steeds springlevend was. Ons adres was eenvoudigweg 'Het huis van de dokter, Tiska, 21318'; dat was de postcode van het dichtstbijzijnde stadje. Gezamenlijk beton mengen was in het dorp een vast gebruik gebleven; mijn oudste herinneringen van hier waren die aan mijn vader en Petar die samen met de andere dorpelingen met emmers beton zeulden om het dorpspad om te toveren in een trap met onregelmatige, met de hand gevormde treden. De achterliggende gedachte was dat de ouderen zich makkelijker zouden kunnen verplaatsen over treden dan over een aangestampt zandpad dat op rechte stukken glibberig was en waar je makkelijk over wortels van struiken en bomen struikelde. Ik had het diezelfde treden destijds kwalijk genomen dat ze me afremden.

Luka en ik bereikten de trap, die in een grillige lijn afdaalde naar de zee en waarvan de treden als darmen de bochten van de bergen volgden. Ze slingerden langs de enige winkel in het dorp en het stenen monument voor de arbeiders van de Glorieuze Revolutie. Ze bogen om het kerkje en het schoolgebouw, dat schuilging onder klimop. Zelfs toen ik hier als kind was geweest, werd de school al niet meer gebruikt, behalve waar de oude mannen de lage begroeiing hadden gerooid om de bocce-banen van aangestampt zand bloot te leggen. De treden liepen verder af naar het water, langs vijgenbomen en agaveplanten. De vijgen waren zacht en zoet, de agave dik en stekelig, en dat ze naast elkaar floreerden wees op de grillige bodem hier.

'Het staat er nog,' riep Luka die al verder was afgedaald. Ik versnelde mijn pas en kwam naast hem op een scheve tree tot stilstand. Door een opening tussen de vijgenbomen zag ik het huisje van Petar en Marina. De luiken waren gesloten, het was door onkruid overwoekerd, de gevel zat onder de putjes van beschietingen en een stuk dak was weg. Het moest wel onbewoond zijn.

Ik sprong de laatste treden af en bereikte het terras, waar ik door een dikke laag dode bladeren naar de voordeur waadde. Idioot genoeg klopte ik aan.

'Hallo?'

'Ana.'

'Wacht nou,' zei ik, en ik bonsde harder.

'Ana, toe. Doe nou niet.'

'Hé! Weg daar! Dat is privéterrein!' riep een vrouwenstem in Engels met een zwaar accent.

'Sorry,' riep ik terug in het Kroatisch.

'Hrvatske?' zei dezelfde stem.

'Ja, wij zijn Kroaten.' Ik liep in de richting van de stem. 'Ik ben op zoek naar de familie Tomić.'

De vrouw verscheen op het balkon van een huis dat hoger op de berg lag dan ik op grond van haar duidelijke stemgeluid had verwacht, een akoestische bijzonderheid van de rotsen die ik vergeten was. Ze had een verweerd gezicht, was gehuld in een zwarte jurk met lange mouwen waarvan ik alleen al bij de aanblik ging zweten en droeg een rode gebloemde hoofddoek. 'Neem me niet kwalijk,' zei ze toen we dichterbij kwamen. 'Ik dacht dat jullie toeristen waren. De kinderen breken altijd in de verlaten huizen in.'

'Verlaten?' zei ik.

'Ze zijn al jaren weg.'

'Wat is er met de eigenaren gebeurd?'

'Petar is in de oorlog gesneuveld. Dat weet ik van Marina. Heb je ze gekend?'

Toen ze het zei, wist ik dat het waar was, zoals ik eigenlijk altijd al had geweten. Toch dreunde een gevoel van verlies hard als steen in mijn maag neer. Maar ze had Marina wel gesproken. 'Is Marina hier?'

'Niet meer. Ze is hier even geweest nadat Petar was omgekomen. Ze probeerde het land uit te komen. Ze wilde naar Oostenrijk, daar woont haar zus,' zei ze.

'Weet u of ze het heeft gered? Waar in Oostenrijk? Hoe kan ik met haar in contact komen?'

De vrouw schudde haar hoofd. 'Sorry, meisje. Je ziet er trouwens bekend uit. Waar kwam je ook alweer vandaan?'

'Toen ik klein was, kwam ik hier altijd in de vakantie met mijn ouders en Petar en Marina. Ik ben Ana. Jurić.'

'Jurić. Ja,' zei ze, en ze trok haar hoofddoek recht. 'Dus jij bent dat meisje.'

Ik keek naar de vrouw en probeerde te begrijpen wat ze bedoelde. 'Welk meisje?' zei ik ten slotte.

'Het meisje dat het heeft overleefd.'

'Ik heb het overleefd.'

'Je lijkt op je vader.'

'Hebt u hem gekend?'
'Ik heb ze allemaal gekend.'
'Baka,' riep een stemmetje vanuit het huis.
'Ik moet naar de kerk. Kom later maar langs, dan kunnen we praten.'
'Doe ik,' zei ik, maar ze was al naar binnen verdwenen terwijl ik nog op het terras naar boven stond te kijken, naar de plek waar ze had gestaan.

Luka brak het achterraam open en ik kroop de duisternis vol spinrag in. Binnen was het bedompt en rook je het vuil van jaren. De muren waren kaal, de keukenspullen verdwenen. Ik probeerde vast te stellen hoeveel haast Marina had gehad toen ze vertrok. De lelijke roodbruine bank stond nog steeds tegen de muur, de tafel en kachel naast elkaar in het gedeelte dat weliswaar technisch gezien tot dezelfde kamer behoorde, maar dat Marina toch altijd als de keuken had aangeduid. Ondanks de leegte en zure stank zag het er nog precies zo uit als vroeger.

'Doe de voordeur open,' riep Luka. 'Ik pas hier niet door.'

Ik stommelde naar de deur, maar mijn aanwezigheid in het huis zette een kettingreactie van verval in werking. Een jaloezie voor het zijraam viel van zijn plek en een brede straal licht drong binnen in de donkere keuken.

Ik zag mijn ouders met hun gebruinde zomerhuid, glanzend van het zweet. Mijn moeder stond bij de gootsteen de was uit te wringen en een oud kinderliedje te neuriën, mijn vader kwam de hoek omlopen en begon hetzelfde wijsje mee te fluiten. Zijn handen gleden over de plooien van haar jurk en tastten haar heupen af. Het water spetterde in de gootsteen toen hij haar naar zich toe draaide en haar op haar voorhoofd kuste. Vanuit deze hoek zag ik haar jurk om haar middenrif spannen en ik besefte dat ze de laatste keer dat we in Tiska waren geweest een paar maanden zwanger van Rahela moest zijn geweest.

Ik hoorde Luka aan de voordeur morrelen die hij al snel zonder mijn hulp open wist te krijgen. Oogverblindende helderheid vulde het huis. Ik knipperde mijn ouders weg.

'Wat doe je?' zei hij.

'Niets.' Hij opende alle gordijnen en luiken en ramen om vervolgens in de achterslaapkamer te verdwijnen, waar hij zo te horen hetzelfde deed. Het huis was feitelijk een betonnen doos, ontworpen als toevluchtsoord voor de zuidelijke zon. Maar met alle jaloezieën opgetrokken en het kapotte dak was het het lichtste huis dat ik ooit had gezien. De wind blies de bedompte lucht door de ramen naar buiten.

Luka dook met een paar bezems uit de badkamer op. Petar en Marina hadden de badkuip altijd gebruikt als bewaarplek voor schoonmaakmiddelen en gereedschap. Het huis had geen warm water, er was dus geen echt verschil tussen de buitendouche en die in de badkamer.

'Kom op,' zei Luka. Hij porde me met het uiteinde van een bezemsteel.

'Hoe wist je dat die daar lagen?'

'Weet je niet meer, die zomer dat je vader en Petar de terrasvloer aan het vernieuwen waren en steeds weer cementstof het huis in liepen en dat je moeder en Marina er gillend gek van werden?'

'Nu je het zegt.'

'Wij zijn toen wel drie dagen aan het vegen geweest. Ik heb er praktisch een trauma aan overgehouden.'

'Die smoes doet het vast ook goed bij je moeder.'

Binnen veegde en schrobde Luka de vloer en boende het aanrecht schoon terwijl ik de hele middag bezig was de ranken weg te trekken die de ramen hadden overwoekerd. De plek tussen mijn schouderbladen begon al snel te steken en ik besefte hoe weinig ik tegenwoordig nog bewoog, hoe ik eraan gewend was geraakt om steeds voorovergebogen in de metro of aan mijn werkplek op de uni te zitten. Maar nu genoot ik van het ongemak, het was een productieve pijn. Ik verplaatste me van de gevel naar het plaatsje, dat ik methodisch van vierkant naar vierkant van onkruid bevrijdde. De wortels waren diep de grond in gedrongen en haakten zich hardnekkig aan dikke aardkluiten vast. Ik gooide het onkruid en de ranken op wat ooit de composthoop geweest was en stortte me op de dikke laag vuil en modder en zand die het terras bedekte, dat ik in hoopjes bij elkaar veegde die ik wegschepte met een stoffer en een metalen blik, waarvan ik me herinnerde dat Petar het altijd met een klap in de voortuin had geleegd.

Onder een vies stuk dicht bij de voordeur kwamen de handafdrukken tevoorschijn. In de zomer dat mijn vader en Petar het nieuwe cement voor de patio hadden gegoten, hadden we allemaal in de rechthoek bij de deur een handafdruk achtergelaten. Het was mijn idee geweest.

'Als je stout bent, giet ik nieuw cement over je handafdruk en ben je voorgoed uit de familie gewist!' had Petar altijd plagend gezegd als hij wilde dat ik een boodschap voor hem deed. Nu stond ik hier, drukte mijn hand in zijn afdruk en bedacht hoe eenvoudig het was om een complete familie uit te wissen. Ik volgde met mijn vinger de lijn van de handafdrukken van mijn ouders en toen die van mezelf. Mijn negenjarige vingertoppen kwamen nu amper tot mijn knokkels. In de hoek stond een vage teenvormige veeg in het cement. Jaloers, maar te verlegen om zijn eigen handafdruk te zetten op wat hij beschouwde als een familieplek, had Luka alleen zijn grote teen in het cement gedrukt. Vervolgens had hij zich alleen maar nog meer gegeneerd en het cement niet snel genoeg afgespoeld. Het had dagen geduurd voordat het had losgelaten van zijn vel.

'Hé, Luka! Moet je eens kijken!'

Luka verscheen bezweet en met ontbloot bovenlichaam. 'Wat is er?'

'Je teen heeft de tand des tijds doorstaan!'

'Zijn dat die van je ouders?'

'En van Petar en Marina, ja.'

'En de jouwe,' zei hij.

'Klopt. En de mijne.'

'Ik ben blij dat je dit nog hebt,' zei hij, en hij liep weer naar binnen. Even vroeg ik me af of hij van plan was de steen uit de grond te hakken, maar in plaats daarvan kwam hij weer naar buiten met mijn rugzak waaruit hij mijn camera tevoorschijn haalde. 'Hier.'

Ik nam twee foto's en legde ze binnen op tafel om ze te laten ontwikkelen. 'Haal mijn portemonnee er ook maar uit,' zei ik, 'dan gaan we boodschappen doen.'

We beklommen de treden naar het hogere voetpad dat naar de dorpswinkel leidde.

'Ga je Marina zoeken?' zei Luka. Ik dacht aan de dag dat ik was ontkomen en vroeg me af of Petar toen was gestorven of teruggegaan was naar het front en nog anderen had gered. Als ze hem in dat bos te pakken hadden gekregen, dacht Marina misschien dat ik ook dood was.

'Ik wil het wel. Maar het is voor mij moeilijker om in Oostenrijk rond te zwerven dan hier.'

'Ik zou met je mee kunnen gaan als je wilt.'
'Misschien probeer ik haar wel eerst te schrijven.'
'Als ze nog leeft, zou je bij haar langs moeten gaan.'
'Wil je dat aan mij overlaten?' zei ik.
'Best. Maar ik laat het niet gebeuren dat je nog eens tien jaar wacht.'

De belletjes aan de deur rinkelden toen we naar binnen gingen. Een stokoude man keek verveeld op van zijn *Dalmacija News*. De voornaamste waren van de winkel – brood, vette witte kaas, postzegels en sigaretten – lagen uitgestald op een vouwtafel. In de koelbox ernaast zaten makrelen en mosselen die de vissers hadden meegenomen. Luka en ik haalden er twee makrelen uit. Luka vroeg om olijfolie en de man wikkelde de vis in kranten en pakte ook een kannetje. Toen legde hij er nog een luciferboekje bij.

'Doet de betaaltelefoon het nog?' zei ik. Het toestel buiten aan de winkelmuur was vroeger de enige telefoon in het dorp en toen al krakkemikkig.

'Soms,' zei hij. 'Wil je een belkaart?'
'Alstublieft,' zei ik. 'Voor Amerika.'

Hij haalde een plastic kaartje onderin de kassala vandaan met op de voorkant in dikke letters NORTH AMERICA en sloeg het aan bij de rest. Luka viste een briefje van honderd kuna uit zijn portemonnee en de man stopte onze boodschappen in een bruine papieren zak.

'Kom anders woensdag terug,' zei hij bij het afscheid. 'Dan krijg ik ook chocola binnen.'

'Ik ga vast een vuurtje maken,' zei Luka, en hij gaf de belkaart aan mij. 'Ik zie je straks thuis wel.'

Ik had ooit één keer vanuit Tiska getelefoneerd, die keer

toen mijn moeder haar badpak had vergeten en ik van haar naar huis mocht bellen om mijn vader te vragen het mee te nemen. Ze had achter me gestaan en het snoer omzichtig als een antenne boven ons hoofd gehouden. Ik probeerde haar manoeuvre te herhalen en rommelde aan de knikken in het snoer tot ik een kiestoon hoorde, waarna ik snel de cijfers achter op de kaart draaide, gevolgd door het telefoonnummer van mijn Amerikaanse ouders.

'Ana?'

'Kun je me verstaan?'

'Net! Hoe gaat het? Ik was zo ongerust!'

'Met mij gaat het prima. We zitten aan de kust. Geen internet en alles. Het spijt me dat ik zo weinig van me heb laten horen.'

'Ik heb je e-mail gekregen. Maar je had moeten bellen.'

'Ik weet het. Het spijt me. Is Rah…, Rachel thuis?'

'Ze heeft voetbaltraining.'

'Is het goed als ik terugbel en een voicemail voor haar achterlaat?'

'Dat vindt ze vast leuk.'

'Oké, dan doe ik dat nu meteen.'

'Maar is alles goed met je?' zei Laura.

'Ja, hoor, alles in orde.'

'Oké, gelukkig maar. Dank je voor je belletje. En denk eraan…'

De lijn kraakte en viel uit. Ik herschikte het snoer, belde nog eens en liet de telefoon overgaan tot ik naar ik hoopte de voicemail te pakken had, al hoorde ik aan de andere kant meer ruis dan woorden. 'Hoi Rachel. Ik ben in Kroatië aan de kust en het is hier ontzettend mooi. Ik heb foto's voor je gemaakt. Als het van mama mag kunnen we er misschien volgend jaar zomer samen heen. Je zult het hier vast leuk vinden…' Er klonk een harde, vreemde zoemtoon door de lijn. 'Ik hou van je!' riep ik over het geluid heen, en ik hing op. Ik stapte de winkel weer binnen en kocht een ansichtkaart en een luchtpostzegel om die avond Brian te kunnen schrijven.

Op de terugweg naar huis klopte ik aan bij de oude vrouw en bleef lang staan wachten tot er iemand open zou doen. Er brandde geen licht en achter het huis speelden ook geen kinderen.

'Dan maar morgen,' zei ik tegen het verlaten huis.

Ik douchte onder een pijp op de rand van de klif, een plek waar je zowel volledig blootgesteld als compleet alleen was. Ik kon het hele dorp overzien, waar de bedrijvigheid van het vallen van de avond heerste. Oude mannen op de pier haalden hun viskooien binnen, de winkelier knipte zijn lampen uit, in de kerk deed iemand het kerktorenlicht aan. Ik veegde het zout van de zee weg dat in zichtbare getijlijnen op mijn lichaam opgedroogd was. De wind floot in mijn oren en voelde snijdend aan op mijn natte huid waardoor het koude water uit de pijpmond warm leek.

Luka stookte het vuur in de bakstenen barbecue voor het huis op en ik struinde de keuken af op zoek naar achtergelaten keukengerei. Marina had niets nuttigs achtergelaten en het deed me goed dat alles erop wees dat ze tijd had gehad om haar spulletjes in te pakken. Ik maakte het aanrecht leeg en zette de polaroids van de handen in het cement en van Luka en Plitvice op een richel tegen de muur. Ik wilde ze mee naar huis nemen voor Rahela, maar voorlopig stonden ze hier goed.

We bakten de makrelen met olie en dennentakken en legden ze vervolgens op de keukentafel waar we ze met onze handen uit elkaar trokken. Ze waren korrelig en zout en er zaten wat achtergebleven schubben op, maar ze waren ook geheel doortrokken van de geur van de olie- en dennenrook. Als toetje aten we de pindakaas op. We schraapten de randen van de pot helemaal schoon. De laatste meeuwen kolderden naar elkaar terwijl ze hun nest opzochten voor de nacht.

'Weet je, je zou ook naar Amerika kunnen komen,' zei ik.

'Ik denk niet dat mijn Engels goed genoeg is.' Hij zei het zo snel dat ik wist dat hij er al over nagedacht had.

'Met je Engels is niets mis. Je zou in elk geval eens op bezoek kunnen komen. Bij mij in New York.'

'Dat zou ik wel kunnen doen, ja.'

Tiska was nu donker en ik vroeg me af hoe laat het was. Ik had de hele dag geen klok gezien. Het was een zeldzame luxe die het dorpje bood, dat je niet beheerst werd door tijd, at wanneer je trek had en ging slapen wanneer je moe was. En moe was ik. Mijn maag was vol, mijn spieren deden zeer en mijn hoofd was warm en wazig.

Ik luisterde naar Luka die zich hardop zat af te vragen hoe de vogels elk seizoen weer hun weg terug vonden. Intussen spreidden we onze dekens uit over de vloer. De tegels voelden koud en hard tegen mijn stijve rug. Door het gat in het dak zagen we de hemel. We strekten onze armen naar boven uit en trokken sterrenbeelden na. Dat maakte me rustig, net zoals het dat had gedaan toen we klein waren en hongerig en bang voor de dood. Overal in de kamer vulde de maan de granaatgaten met een zachtblauw licht waardoor de muren weer heel leken, als een thuis.

Dankwoord

Er zijn veel mensen zonder wie dit boek nooit tot stand zou zijn gekomen. Mijn dank gaat in het bijzonder uit naar:

Mijn uitmuntende redacteur, David Ebershoff, die precies de juiste man was voor dit verhaal, zijn assistente Caitlin McKenna en iedereen bij Random House die een bijdrage heeft geleverd. Mijn agente, Kristina Moore, en de geweldige mensen van Wylie. De vrienden en familie in Zagreb en Pisak – Dubravka, Matea, Marin, Joško, Šinko, Novak en vooral ook Darko – die hun verhalen met me hebben gedeeld. De vele docenten van Emerson College en Columbia University die me hebben gesteund, in het bijzonder Jon Papernick, Jonathan Aaron en Jay Neugeboren. Mijn medestudenten die mijn eindeloze geklets over dit project geduldig hebben aangehoord bedank ik voor hun vriendschap. Alan voor zijn scherpe oog als meelezer en zijn steun op de juiste momenten. Zach die zorgt dat ik mezelf nooit te serieus neem. Mijn familie: mijn moeder die me een pen in de hand heeft gedrukt, mijn vader die me heeft geleerd hoe je een verhaal vertelt. Mijn grootouders die me al geweldig vonden voordat ik ook maar iets had gedaan. En Aly, die dit als eerste heeft gelezen.